Novas cartas portuguesas

Maria Isabel Barreno
Maria Teresa Horta
Maria Velho da Costa

Novas cartas portuguesas

todavia

Corajosas Marias, perigosas Marias,
por Tatiana Salem Levy 13

Prefácio das autoras 19

Novas cartas portuguesas
Primeira carta I 25
Segunda carta I 26
Terceira carta I 28
Teresa 30
Isabel 31
Fátima 33
Isabel 37
Isabel 39
Senhora 40
Primeira carta II 42
Segunda carta II 45
Terceira carta II 48
Eis-nos 52
Primeira carta III 54
A paz 59
Segunda carta III 61
Mensagem de invenção de Mariana Alcoforado 63
Terceira carta III 64
Proposta de mim ao trio 66

Brinco de freira 67
Cantiga de Mariana Alcoforado a sua mãe 69
Sela e cela 71
Bilhete de Mariana Alcoforado ao cavaleiro de Chamilly 73
Carta de Mariana Alcoforado a sua mãe 74
Carta encontrada entre as páginas de
um dos missais de Mariana Alcoforado 77
Cantiga de Mariana Alcoforado à maneira de lamento 80
A freira sangrenta 82
Primeira carta IV 91
Segunda carta IV 92
Lamento de Mariana Alcoforado para D. Brites 96
Primeira carta V 100
Terceira carta IV 104
Carta do cavaleiro de Chamilly a D. Mariana
Alcoforado, freira em Beja 110
Alba 117
ALBA 120
Conversa do cavaleiro de Chamilly com Mariana
Alcoforado à maneira de saudade 122
Segunda carta V 124
Primeira carta VI 128
Carta de uma mulher de nome Maria Ana, da aldeia
de Carvalhal, pertencente à freguesia de Oliveira
de Fráguas do concelho de Albergaria-a-Velha,
distrito de Aveiro, a seu marido de nome António,
emigrado no Canadá há doze anos, na cidade de
Kitimat, na Costa Oriental, frente às Ilhas da Rainha
Carlota e perto da fronteira do Alasca 133

POEMA ESCRITO EM LÍNGUA PORTUGUESA
PELO SENHOR DE CHAMILLY NO ANO DA GRAÇA
DE MIL SEISCENTOS E SETENTA 136
Intimidade 138
Poema que o cavaleiro de Chamilly enviou no dia
da sua partida à freira Mariana Alcoforado 141
Monólogo para mim a partir de Mariana,
seguido de uma pequena carta 142
Carta de uma mulher chamada Mariana,
nascida em Beja, para uma mulher de nome
Maria, ama de sua filha Ana 145
A mãe 147
Carta de Mariana, sobrinha de Mariana Alcoforado, deixada
entre as folhas do seu diário, para publicação após a sua
morte, à guisa de resposta a M. Antoine de Chamilly 150
(por virtude do muito imaginar) 156
Carta parva VI 158
O PAI 160
Três meninas outras três 163
Carta de D. Joana de Vasconcelos para Mariana
Alcoforado, freira no Convento de Nossa
Senhora da Conceição em Beja 166
GUERRA 170
Extractos do diário de D. Maria Ana, descendente
directa de D. Mariana, sobrinha de D. Mariana
Alcoforado, e nascida por volta de 1800 171
Resposta de Mariana Alcoforado, freira em
Beja, a D. Joana de Vasconcelos 176

Relatório médico-psiquiátrico sobre
o estado mental de Mariana A. 180
Carta de D. Joana de Vasconcelos para o cavaleiro de
Chamilly, na véspera da partida deste para França 183
Carta de D. Joana de Vasconcelos
para Mariana Alcoforado 186
Carta de soror Mariana Alcoforado, freira em Beja, a seu
primo menor, D. José Maria Pereira Alcoforado 188
Bilhete em envelope lacrado com o sinete dos
Alcoforado e dirigido a sua prima Mariana por
D. José Maria Pereira Alcoforado na madrugada
em que seu corpo foi achado enforcado na maior
figueira da cerca da casa de seus pais 192
Poema de D. José Maria Pereira Alcoforado,
datado da madrugada de seu suicídio 193
Carta de Maio Amor e Carta Mor 194
Monólogo de uma mulher chamada
Maria com a sua patroa 196
De como pode a morte ser mais fácil do que
o amor. Ou lamento de Mónica e Maria 199
O cárcere 204
Carta de Mariana Alcoforado para seu
cunhado o Conde de C. 207
O corpo 210
Carta de um homem chamado José Maria
para António, seu amigo de infância 212
DE PAREDES E FLORES 214
Carta enviada a Mariana Alcoforado
por sua ama Maria 215

Carta encontrada num envelope lacrado entre os
papéis de D. Maria das Dores Alcoforado **218**
Primeira carta VII **221**
Carta de uma universitária de Lisboa de nome Mariana
a seu noivo (?) António em parte incerta **223**
Texto sobre a solidão **226**
Carta escrita por Mónica M. na manhã do seu
suicídio, a D. Joana de Vasconcelos **229**
Terceira carta V **232**
Extractos do diário de Ana Maria, descendente directa
da sobrinha de D. Maria Ana, e nascida em 1940 **233**
Mónica **242**
Bilhete que Mónica M. deixou a D. José
Maria Pereira Alcoforado **245**
Papel encontrado entre as páginas de um livro
pertencente a D. José Maria Pereira Alcoforado **246**
A filha **248**
De manhã Mariano; de tarde, não **251**
Carta de um homem de nome António, emigrado no Canadá
há doze anos na cidade de Kitimat, na Costa Oriental,
frente às Ilhas da Rainha Carlota e perto da fronteira do
Alasca, a sua mulher de nome Maria Ana, da aldeia do
Carvalhal, pertencente à freguesia de Oliveira de Fráguas,
do concelho de Albergaria-a-Velha, distrito de Aveiro **253**
Carta de um soldado chamado António para uma
rapariga chamada Maria a servir em Lisboa **255**
Segunda carta VIII **257**

Sonnets from the Portuguese, Elizabeth
Barrett Browning, 1856   **260**
Redacção de uma rapariga de nome Maria Adélia nascida
no Carvalhal e educada num asilo religioso em Beja   **261**
Redacção de uma menina de Lisboa, de nome
Mariana, aluna da quarta classe de um estabelecimento
de ensino dirigido por religiosas   **265**
A luta   **267**
I JOGO   **272**
Ditos de mulher e homem   **275**
MAGNIFICAT   **277**
Carta de uma mulher de nome Maria para sua
filha Maria Ana a servir em Lisboa   **280**
Texto de honra ou de interrogar, escrito
por uma mulher de nome Joana   **283**
Adultério: infidelidade conjugal   **287**
Dois poemas encontrados entre os papéis
de Joana — escritos com sua letra   **289**
Poema encontrado entre os papéis de Mónica M.
escrito e emendado com sua letra   **291**
Carta de uma mulher de nome Joana, para um homem
de nome Noel, francês de nascimento   **292**
Carta de um escriturário, em África, para sua
mulher de nome Mariana a viver em Lisboa   **294**
Sexta e última carta de D. Mariana Alcoforado, freira em
Beja, ao cavaleiro de Chamilly, escrita no dia de Natal
do ano da graça de mil seiscentos e setenta e um   **296**
Primeira carta última e provavelmente
muito comprida e sem nexo (I)   **300**

Balada do mal real **303**
Poema encontrado entre os papéis de Mónica, assinado
por D. José Maria Pereira Alcoforado **305**
Poema de uma mulher chamada Mariana, morta
por suicídio em 11 de agosto de 1971 **307**
Poema do amor que resolve todas as diferenças **308**
Primeira carta última e provavelmente muito
comprida e sem nexo (cont.) **310**
Carta VIII **313**
Passamento **316**
D. Tareja final **320**
Elizabeth Regina III **322**
Segunda carta última **323**
Meu poema de amor à maneira de dedicatória **330**
Primeira carta última e de certeza muito
comprida e sem nexo (*Te Deum*) **332**
Poema de desprezo de uma mulher de nome Ana Maria **336**
Poema de amor de uma mulher de nome
Mariana, morta em 11 de agosto de 1971 **337**
Isabel — Final — Irmã **338**
Final — Fátima — De rosas **339**
Três fragmentos do diário de uma mulher de nome
Mariana morta em 11 de agosto de 1971 **340**
Poema encontrado no diário de uma
mulher de nome Mónica **343**
Terceira carta última **344**
Meu texto de amor ou proposto de uma
mulher, à maneira de monólogo **345**

Corajosas Marias, perigosas Marias

Tatiana Salem Levy

Quando penso em livros portugueses revolucionários, o primeiro título que me vem à mente é *Novas cartas portuguesas*. Parece-me impossível pensar na Revolução dos Cravos ou em feminismo sem lembrar desta obra assinada por três autoras: Maria Isabel Barreno, Maria Teresa Horta e Maria Velho da Costa, posteriormente conhecidas como as "Três Marias". Para entender seus aspectos transgressores — quando digo transgressores, digo-o tanto na estética quanto na política, aqui indissociáveis —, é preciso contextualizar o país e o tempo nos quais este livro foi criado.

Em 1971, ano de publicação da obra, Portugal vivia ainda sob o jugo do Estado Novo, uma ditadura que se alongava desde 1933, e que teve António de Oliveira Salazar como seu principal mentor e líder. No entanto, quem estava na presidência do Conselho de Ministros já era Marcelo Caetano, que substituiu Salazar após uma queda que o deixaria com sequelas mentais. Mesmo com a mudança governamental, a ditadura seguiria firme — com repressão, prisões de artistas, intelectuais e opositores, censura de livros e obras de arte — até o 25 de abril de 1974, data da Revolução dos Cravos.

É nesse cenário que um incidente acabaria dando origem a *Novas cartas portuguesas*, obra que se tornou imprescindível para a compreensão da literatura portuguesa contemporânea. O livro de poemas *Minha senhora de mim*, de Maria Teresa Horta, havia sido apreendido pela Polícia Internacional e de Defesa do Estado, a Pide, por "ofensa da moral tradicional da nação". Na sequência, Teresa foi perseguida e espancada na rua por três homens, que lhe advertiram: "É para aprenderes a não escreveres como escreves". No almoço marcado para o dia seguinte no restaurante Treze, onde as autoras se encontravam semanalmente, Maria Velho da Costa provocou as amigas: "Se uma mulher sozinha causa toda esta confusão, este burburinho, este escândalo, o que aconteceria se fôssemos três?".

Assim surgiu a ideia de escreverem um livro a seis mãos. Com pouco mais de trinta anos, elas já haviam publicado, individualmente, livros que desafiavam a tradição patriarcal portuguesa com uma escrita subversiva e erótica, contestando os papéis sociais e sexuais esperados das mulheres. Todas as três viriam a ser autoras de vastas obras. Maria Isabel Barreno publicaria mais de vinte livros, entre os quais dez romances; Maria Teresa Horta, a única que permanece viva, tem em torno de quarenta, e Maria Velho da Costa, além de romances, escreveria poesia, contos, crônicas, peças de teatro e roteiros de cinema.

Essas grandes mulheres decidiram então, no almoço que se seguiu ao incidente com Teresa, se juntar para dar à literatura uma dimensão coletiva. Pela primeira vez na história portuguesa surgiria um livro assinado por três mulheres. Da epígrafe sobressai o tom provocador que domina as páginas seguintes: "(ou de como Maina Mendes pôs ambas as mãos sobre o corpo e deu um pontapé no cu dos outros legítimos superiores)". *Maina Mendes* é um romance de Velho da Costa; *Ambas as mãos sobre o corpo*, uma narrativa fragmentada de Teresa, e *Os outros legítimos superiores*, um livro de Isabel.

Faltava ainda traçar o caminho que dariam à obra coletiva. Como tinham no feminismo e na escrita transgressora seu ponto em comum, depois de alguma discussão pareceu-lhes instigante partir de um diálogo com o célebre romance epistolar *Cartas portuguesas*, ícone da voz feminina submissa e maltratada pelo patriarcado, publicado pela primeira vez em Paris em 1669. Tudo indica que as cartas que compõem o pequeno volume foram escritas por soror Mariana Alcoforado, escrivã e vigária do Convento de Beja, depois de ter vivido um tórrido caso de amor com o cavaleiro Noel Bouton de Chamilly, capitão de cavalaria que lutou em Portugal durante a Guerra da Restauração.

As cartas de Mariana Alcoforado revelam o desespero de uma mulher atormentada por um amor não correspondido. Intensas, falam de um ponto de vista muito conhecido na literatura portuguesa, pelo menos desde as "cantigas de amigo" medievais: o da mulher que, abandonada, aguarda o ser amado. Não foi à toa, portanto, que as "Três Marias" optaram pela escrita de *Novas cartas portuguesas*. Novas na autoria, na forma, na contextualização dos papéis da mulher, no tratamento do corpo e do sexo.

Se a autoria de *Cartas portuguesas* é polêmica e misteriosa — alguns críticos afirmam terem sido escritas pela própria Mariana Alcoforado, outros por Gabriel-Joseph de Guilleragues —, a de *Novas cartas* é propositadamente coletiva. À exceção da primeira carta, escrita por Maria Isabel Barreno, não sabemos quem escreveu nenhum dos outros textos que compõem o livro. Não há qualquer assinatura individual. Esse foi o combinado entre elas: encontravam-se uma vez por semana para ler os textos, mas jamais diriam quem havia escrito o quê, "engravidando cada uma de cada uma de cada uma". Para Maria Velho da Costa, o aspecto mais emocionante do processo foi o fato de cada autora experimentar as formas, os pensamentos e os estilos das outras — algo realmente inédito e surpreendente na literatura até os dias de hoje.

A única regra era a liberdade absoluta. Podiam escrever o que quisessem, do jeito que quisessem. E o resultado foi um livro inclassificável, que contém de tudo um pouco: poemas, cartas, ensaios, citações, contos, reunidos numa ordem que segue apenas a cronologia. Os textos são datados, mas não assinados. Também no que diz respeito aos temas, o livro é constituído dessa pluralidade. Embora a ideia central dele seja libertar a mulher das suas clausuras, redefinindo seu papel, tirando-a de um lugar subjugado e passivo, outras lutas também aparecem: a denúncia da guerra colonial, a emigração, o sistema judicial e a repressão. As "Três Marias" entendiam que a luta feminista nunca está separada da luta por outras minorias. Eram muitas décadas de um regime fascista, que agora explodiam num só livro.

Gestado na mais extrema liberdade, *Novas cartas portuguesas* veio ao mundo nove meses depois de ter sido pensado. Antes que a censura recolhesse e destruísse a primeira edição do livro, as reações começaram a chegar. O jornalista e crítico Fernando Assis Pacheco se revelou entusiasmado com uma obra que ele definiu como um "ato de extrema coragem no país das Pimpinelas". No jornal *A Capital*, Nuno de Sampayo destacou "a coragem de querer, a coragem de exigir, a coragem de litigar, a coragem de combater", assim como as pressões machistas que as escritoras portuguesas ainda sofriam na década de 1970.

Depois de apreendidos os exemplares de *Novas cartas*, foi instaurado um processo contra as autoras, que seriam interrogadas pela polícia dos costumes, acusadas de produzirem material de conteúdo "insanavelmente pornográfico e atentatório da moral pública". O presidente Marcelo Caetano chegou a dizer: "Há aí três mulheres que não são dignas de ser portuguesas".

As "Três Marias" foram assim parar no banco dos réus, com um processo que o regime não quis tratar como político, e sim moral. Elas seriam punidas por terem sido corajosas demais, perigosas demais. O mesmo inspetor que interrogava as prostitutas iria interrogar as três escritoras e, como disse Maria Teresa Horta, "ele só tinha ordem para a humilhação, a castração, a intimidação, por parte do governo, obviamente".

Não há nada pior para o orgulho de um governo fascista do que aparecer de forma negativa nas páginas dos principais jornais mundiais. E foi o que acabou acontecendo quando o caso das "Três Marias" percorreu protestos de Boston a Paris. Tudo começou quando um amigo de Maria Isabel Barreno levou exemplares do livro para Simone de Beauvoir, Marguerite Duras e Christiane Rochefort, que promoveram várias ações, incluindo um abaixo-assinado entregue na Embaixada de Portugal em Paris, logo após a Conferência Internacional da National Organization of Women (NOW), que aconteceu em Boston em junho de 1973. Foi nessa conferência que a causa das escritoras portuguesas foi chamada de "a primeira causa feminista internacional".

Em janeiro de 1974, Simone de Beauvoir organizou uma "procissão de velas" em torno da Notre-Dame em defesa das três. Meses antes, em outubro de 1973, havia sido realizada uma leitura-espetáculo, *La nuit des femmes*, em que várias mulheres leram trechos do livro. Tantas manifestações de apoio levaram a uma repercussão inesperada, culminando na cobertura do julgamento por alguns dos principais jornais internacionais, como *New York Times*, *Le Monde*, *Libération*, entre outros. Com tamanha repercussão, *Novas cartas* se tornou uma das obras portuguesas mais traduzidas de todos os tempos, embora tenha encontrado bastante resistência dos leitores em seu país.

Como atestam Ana Luísa Amaral e Marinela Freitas no artigo "Da 'exposição de meninas na roda': a recepção em Portugal de *Novas cartas portuguesas*", um enorme silêncio se abateu em torno do livro nas décadas seguintes. "Subversivo antes da Revolução, o livro passaria a ser um incômodo para os setores mais conservadores no pós-25 de Abril", afirma Amaral. Foram poucos os estudos nos anos posteriores. Só no nosso século surgiu um novo interesse pela obra, com os textos fundamentais de Maria Alzira Seixo ("Quatro razões para reler

Novas cartas portuguesas") e de Ana Luísa Amaral ("Desconstruindo identidades: Ler *Novas cartas portuguesas* à luz da teoria *queer*"). A partir daí, apareceriam muitos estudos, ligados sobretudo aos estudos feministas e aos estudos de gênero.

De volta à década de 1970, o julgamento terminou por ser adiado, e a sentença veio alguns dias depois do 25 de Abril, tendo sido determinada a absolvição de Maria Isabel Barreno, Maria Teresa Horta e Maria Velho da Costa. O juiz Acácio Lopes Cardoso concluiu: "O livro não é pornográfico nem imoral. Pelo contrário: é obra de arte, de elevado nível na sequência de outros que as autoras já produziram". Era a democracia chegando. Com ela, uma constituição que pela primeira vez instituía a igualdade de direitos de todos os cidadãos, sem distinção de sexo, raça e religião — e a compreensão de que a arte é o espaço da liberdade.

Se há livro que nos faz entender como essa liberdade conjuga experiência estética e política — em qualquer lugar do mundo, em qualquer tempo — é este, que temos agora a sorte de poder ler.

Prefácio das autoras*

É difícil descrever o conteúdo de *Novas cartas portuguesas* sem nos referirmos à dinâmica interpessoal, à experiência quotidiana das três autoras durante a sua criação. O QUE está no livro não pode ser dissociado do modo COMO ele surgiu. Não se trata do trabalho de um escritor isolado em luta com os seus fantasmas pessoais e os seus problemas de expressão de forma a comunicar com um Outro abstracto, nem tão-pouco da soma da produção de três escritoras a trabalhar separadamente sobre o mesmo tema. O livro é o *registo escrito* de uma experiência muito mais vasta, comum, vivida, de criar uma sororidade através do conflito, da alegria e da mágoa partilhadas, da cumplicidade e da competição — uma troca lúdica não só de modos de escrita mas de modos de ser, alguns conscientes e outros nem tanto, todos eles se alterando ao longo do processo, e nós as três enfrentando, ainda hoje, a questão do *como*.

Tudo começou quando uma de nós disse: "E se escrevêssemos um livro juntas?". O nosso ponto de partida, que só decidimos depois da COISA já ter começado: as *Cartas portuguesas* seiscentistas, publicadas primeiro em França — cinco cartas de amor de uma freira portuguesa, Mariana Alcoforado, enclausurada num convento em Beja, a um "cavaleiro" francês enviado ao nosso país por Richelieu para apoiar a independência portuguesa da dominação espanhola, recentemente readquirida. Esse cavaleiro tinha tido um caso amoroso com Mariana e, uma vez terminado o seu serviço no Exército, tinha-a abandonado. Assim, um sem-número de motivos estavam já implícitos na nossa escolha

---

* Originalmente publicado em inglês como posfácio ao livro *New Portuguese Letters* (Londres: Littlehampton Book Services, 1975). Tradução de Luís Filipe Costa.

destas cartas como "inspiração": a paixão, a clausura feminina, e a sororidade; o acto da escrita, o homem e a mulher como estranhos entre si; o casal; o sentimento pessoal e nacional de isolamento e abandono; o ódio, a separação, a guerra; os preconceitos religiosos e morais e os tabus; a culpa; a busca da alegria e do prazer; a comunidade dos enclausurados; o amor ingénuo e as cartas de amor sofisticadas; as questões constantes da nossa história nacional... um pouco de tudo isto. Mas também algo que tem como foco principal certos temas-chave:

— três escritoras portuguesas de hoje
— trabalhando juntas uma obra literária clássica, apesar de possivelmente forjada,
— escrita por outra mulher portuguesa, supostamente uma freira letrada, há muito falecida.

Quanto às *regras* estabelecidas do nosso jogo, da nossa pesquisa, do nosso pacto, daquilo que nós lhe quisermos chamar:

— à medida que a COISA ia tomando forma, cada uma de nós deveria ir trocando cartas com cada uma das outras duas;
— dever-nos-íamos encontrar para almoçar, sem nenhum programa específico em mente, num espaço público, pelo menos uma vez por semana;
— dever-nos-íamos encontrar um dia à noite todas as semanas e cada uma entregar às outras duas uma cópia do material que tínhamos produzido nessa semana em particular.

E foi isso que fizemos. À medida que o manuscrito foi crescendo, trabalhámos juntas, discutimos os contributos de cada uma, falámos das nossas vidas, e fomos prosseguindo. Não impusemos a nós próprias regras quanto ao estilo, aos géneros literários, à quantidade.

E acabámos com:
— poesia (sobretudo lírica e/ou erótica);
— cartas fictícias do século dezassete, desenvolvendo o tema de Mariana Alcoforado;

— cartas fictícias sobre temas nacionais contemporâneos, como a emigração, a repressão, a guerra no Ultramar, os papéis femininos e masculinos;

— ensaios sobre os tópicos acima mencionados, embora o tema principal fosse sempre a condição das mulheres ao longo da História;

— esboços ficcionais baseados nesses mesmos temas;

— e algumas cartas que cada uma de nós combinou de escrever às outras duas, espalhadas pelo livro.

O outro princípio unificador do livro é cronológico. Os textos que o compõem são apresentados tal como iam chegando, sem outro critério organizacional que não a nossa crença no seu (no nosso) próprio desenvolvimento interno e unidade, cada peça datada mas não assinada, a COISA pulsando com uma vida própria, do princípio ao fim, pois de outro modo poderíamos e teríamos sido engolidas por ela, possuídas por ela, e nós provavelmente no final já demasiado cansadas, demasiado assustadas para levá-la mais adiante.

A reacção ao livro, contudo, ultrapassou os nossos medos e as nossas expectativas. Sabíamos que estávamos a fazer algo de perturbador e estimulante. A atenção nacional e internacional continua a provar o quão perturbador e estimulante foi o nosso trabalho conjunto. Isto leva-nos a manter presentes, se alguma vez nos sentíssemos tentadas a esquecê-las, as palavras do escritor brasileiro: "Só sei que há mistérios demais / em torno dos livros e de quem os lê e de quem os escreve / mas convindo, principalmente a uns e outros, a humildade. [...] Às vezes, quase sempre, um livro é maior que a gente". Palavras talvez ainda mais verdadeiras no caso deste *nosso* livro, escrito em conjunto por três mulheres.

Maria Isabel Barreno
Maria Teresa Horta
Maria Velho da Costa

Novas cartas portuguesas

(ou de como Maina Mendes pôs ambas
as mãos sobre o corpo e deu um pontapé
no cu dos outros legítimos superiores)

Primeira carta I

Pois que toda a literatura é uma longa carta a um interlocutor invisível, presente, possível ou futura paixão que liquidamos, alimentamos ou procuramos. E já foi dito que não interessa tanto o objecto, apenas pretexto, mas antes a paixão; e eu acrescento que não interessa tanto a paixão, apenas pretexto, mas antes o seu exercício.
Não será portanto necessário perguntarmo-nos se o que nos junta é paixão comum de exercícios diferentes, ou exercício comum de paixões diferentes. Porque só nos perguntaremos então qual o modo do nosso exercício, se nostalgia, se vingança. Sim, sem dúvida que nostalgia é também uma forma de vingança, e vingança uma forma de nostalgia; em ambos os casos procuramos o que não nos faria recuar; o que não nos faria destruir. Mas não deixa a paixão de ser a força e o exercício o seu sentido.
Só de nostalgias faremos uma irmandade e um convento, soror Mariana das cinco cartas. Só de vinganças, faremos um Outubro, um Maio, e novo mês para cobrir o calendário. E de nós, o que faremos?

01/03/71

Segunda carta I

Mais do que a paixão:
 os seus motivos; a construção dela. — Motivos que, peça por peça, a elaboram como um vitral com as suas imagens à transparência? Não —, antes no seu interior visceral de vidro inteiro.
 Pensemos o amor no seu jogo através do contentamento: as palavras uma por uma no bordado empolgante dos sentimentos e dos gestos. A mão sobre o papel traça com precisão as ideias na carta que, mais do que para o outro, escrevemos para nosso próprio alimento: o doce alimento da ternura, da invenção do passado ou o envenenamento da acusação e da vingança, elas próprias principais elementos da paixão na reconstrução do nosso corpo sempre pronto a ceder à emoção inventada, mas não falsa. — Não é falso se te escrevo:
 "Repara, sequiosa é a faca do teu silêncio a revolver-se-me bem no interior do ventre... Cobre com os teus dedos os meus olhos a fim de eu não ver ou não me veja, que te perco e não me odeio."
 Eis o ódio, outro principal elemento do amor. Amor cujo objecto nunca será em si a principal causa, mas apenas o motivo, o ponto de partida, jamais o único objectivo ou mesmo o fulcro, o outro.
 E se não acredito em mim o amor como sentimento totalmente verdadeiro a não ser a partir da minha imperativa necessidade em inventá-lo (logo já ele é verdadeiro mas tu não), recuso-me a negá-lo no entanto pois na realidade existe, é em

si mesmo: vício, urgência, precipício, enquanto tu serves apenas de motivação, de início, de peça envolvente em que te arrasto neste meu muito maior prazer em me sentir apaixonada do que em amar-te. Neste meu muito maior prazer em dizer que te amo do que na verdade em querer-te.

Não é falso, então, se te escrevo:

"Sei que te perdi e me afundo, me perco também dentro da minha total ausência de poder em que me queiras".

E assim sofro, aparentemente porque te amo, mas antes porque perco o motivo de alimento da minha paixão, a quem talvez bem mais queira do que a ti.

Do desvario não me curo, nem da ansiosa vontade de te ver. Mas aqui por certo será já o desejo e não o amor a causa deste outro sentimento ou alimento de uma emoção que pode ser tomada apenas por amor e erradamente entendida de outra maneira que não pelo simples exercício do corpo, que realmente é.

Não nego, portanto, o exercício do amor. O sofrimento como exercício do mesmo e o mesmo amor como exercício da paixão, qualquer que seja.

Que dou eu então em troca do que me dás?

— O meu amor. Mais exactamente: o meu amor por ti.

E jamais, pois, nenhuma de nós três: mulher, se entregará sem dano de si própria e de outrem. Ramificação oculta que transportamos na voragem de nos sabermos, de nos descobrirmos, na viagem que premeditadamente empreendemos através de nós próprias na procura ou na entrega.

Na sistemática dissecação do que nos resta? Ou do muito que possuímos?

02/03/71

Terceira carta I

Considerai, irmãs minhas, cá hoje e ensoalhada a febra por este brando sol se repartindo e bem rendido, turista o dar e o brotar para esta novidade literária que há-de vender-se, eu vos asseguro, ó seis patinhas sonsas de nós três caminheiras, considerai cá hoje e abri-vos — nós para nós e eles. Considerai a cláusula proposta, a desclausura, a exposição de meninas na roda, paridas a esconsas da matriz de três. Moças só meio meninas bem largadas da casa de seus pais e arrematados já seus dotes em leilão de país. Nem vai ser isto, pois não é? Que vai ser de nós e Mariana depois desta partida, choro de ausência, de alguma falta, falha de Mariana ou quem — ou dela querer sabê-la?

Só que Beja ou Lisboa, de cal ou de calçada — há sempre uma clausura pronta a quem levanta a grimpa contra os usos:
freira não copula
mulher parida e laureada
escreve mas não pula
(e muito menos se o fizer a três)
com a Literatura,
LITERATURA, não se faz
rodinhas
— porém, ledores, haveis comprado
Mariana e nós, tendo ela
montado o cavaleiro e bem
no usado para desmontar

suas / doutras razões de conventuar.

E nós, e nós, de quem, a quem o rumo, os dizeres que nem assinados vão, o trio de mãos que mais de três não seja e anónimo o coro? Oh quanta problemática prevejo, manas, existiremos três numa só causa e nem bem lhe sabemos disto a causa de nada e por isso as mãos nos damos e lhes damos, nos damos o redondo da mão o som agudo — a escrita, roda de saias-folhas, viração de quê? Garantia porém a quem folheia — o tema é de passagem, de passionar, passar paixão e o tom é compaixão, é compartido com paixão.

03/03/71

Teresa

de rosas tu teresa e a voz de vidro
prestes e libelinha do quebrar-se e nunca
de leve astuciando os ditos gastos esgotas
e travo tenro trevo fica; um silvo (tu de silves),
plácido um sulco gravemente meneado
sobre alguma cal, um equilíbrio manso
o fácil contornado pela ponta da boca
dado de anca leda barca e pétala
polpa de embalo ao eixo aceso, não corrupto
estame em luz
único de um fio e de um metal de ti teresa.

06/03/71

Isabel

Ouve Isabel as pedras são antigas
desmerecido temos o seu trato
de basalto macio ou irisado quartzo.
Revéns do que as sustenta até areias peso.
Não do granito digo ou não apenas
de todas trazes signo e majestade
mesmo de areias.

Ouve de areias digo e risco
reduto mineral cristal de rocha branca saibas
que o som tem o metal e ar também
e entre gotas de ar se afia a música palavra.

Tu tens intacta a ordem na figura da carne
e recuado gesto
ordem da pedra imposta e recortada
transparecente ou de vedada cor
safira seixo colina rosa aurora
só a fala areada te desgasta.

Ouves
como as águas maninhas te corroeram porte
e nome de isabel contorna ilha coral alto
e a detém.

Antes azálea foras
flor de pedra o nome e arredio.
Não por inerte mole entendo que chegaste
ou te devolvo
perigas onde o suporte é estreito
e sulco fere o acto separado
contigo o tempo exacto gasta te tem por vã o olho astuto sílex
talhando no polido face e aresta rosácea
despojo posto em guarda pacto sombra
desmerecida a rocha iluminada.

Ouve Isabel por baças e antigas
como de pedra luz são escassas as que estão
e dão sinal
consente o que moldado está por belo
a carnadura suave e alevantada.

06/03/71

Fátima

Fadada foste ao gesto e à
palavra
o corpo tão daninho que te habita
mulher que não domaste e te desgosta
maina te possui
plácida escondida

Escassa é a medida
em que te evitas
e nunca saciada ao próprio espanto
quebras
nela o risco
em ti o que persiste no metal luminoso
em que te encerras

Não é pois já em ti
que o sol tem o bronze
mas antes nela o som a prata trabalhada
a luz que lembra a forma e no poente
enterra até ao fundo a sua faca

Se tens domada a raiva
no seu gume
tão fêmea tu e firme na febre
debruçada

atenta és à pele onde suspendes
os dedos na pressa da voragem

Que abandonada estás
fátima por ti
e bem amada

Vingada vens do tempo
e a venceste
tão bem talhada ao peito
em que a criaste
no maneio de anca nas coxas que crispaste
a ladear a cama em que a perdeste

De sede fátima devoras a firmeza
e tão fecunda ou dor
tornaste a tua fala
que és teu próprio alimento e teu sustento
na solidão imensa em que
resvalas

Que maina foste
mulher que te mantém
maldição de terra envenenada
intacta suspeita e boca amena
cintura branda
joelhos-madrugada

Se mágoa desmanchas fátima
em segredo
como quem borda o pano sobre as nádegas
a camisa descansas costurada

por mãos que maina recusava
a só estar presa

O nojo conheceste e o mordeste
o trocaste em fruto de paisagem
na rua desenhada
que escolheste
para gerares futuro em tua casa

Que abandonada estás
fátima por ti
e bem amada

Faminta te darás
avessa te conheço
a deixares embora sem desgosto
que alguém te possua pelo corpo
se caça fores somente e de seu preço
teres de ceder à arma a linha do pescoço

Pecado de mudez que não
a tua
só maina na herança de outras vozes
nunca pactua

Malquerença que descobres
brevemente
talvez ferida fátima ou ferro fátuo
que de manso o Verão te chega aos nervos
e nunca o mar obrigas sob os braços
nas tão breves arestas de alegria
que tu alheia usas sobre o fato

Fadada foste então
à luz
e às secas margens
aos lisos gestos tão fiéis a maina
que áridos parecem mas não fáceis
de ti te distancias
e a medida é justa
como se de roupa fátima te fosse executada
à água

Maligna pois te habita maina
ou tu te habitas fátima
em palavras

            11/03/71

Isabel

Estás não sei
se atenta
se perdida

tu de rosto ou mastro
posto ao vento

vidro secular
que há muito tempo
trazes recato de vencida

Da correcção no rosto
tens as linhas
e o rigor claro que se traça
enquanto calas isabel
e fias
na voz os dias como quem disfarça

Imersa a porcelana que se afaga
composta a anca a romper ao tacto
deserta a pele porque
se desata
o sobressalto rente
que se apaga

De posse não
que estranhas a rudeza
da mão alheia
que te quer e galga

A pedra acesa tu
de framboesa
pedra talhada de firmeza e calma

Porque já cruel reconheces
tu isabel a morte das palavras

e nem por elas estejas
talvez presa

Não sei se frágil
    se fruto
    se de tudo
o que dizes:
quero e não desfruto
te seja o mar inteiro que o corpo encerra

                                        12/03/71

Isabel

Te encerras isabel
na transparência secular da pedra
voluta de cabelos e volátil
de ti
como quem erra

Escasso corpo possuis
e pedes nas palavras que mordes
como frutos de fome
que te ardem

E assim isabel tens
de ti
um convexo mar como passagem

(mulher que não se usa
ao trato de uma casa)

clausura aprazada
que recusas
em cartas de nós sem ter mensagem

13/03/71

Senhora

— Senhora, o que te faz tão franzida
Tão refeita
Tão suspeita?
Quem escolhe a mansa vida
Verá bem o que rejeita.

— Vai e traz-me um cabelo
Dum dragão enamorado
Pois se me falas de amor
Quero vê-lo feito e provado.
À volta dar-te-ei guarida
Sentar-te-ei a meu lado.

— Senhora, o que te traz tão sujeita
Tão faltosa
Suspirosa?
Quem fia, borda e ajeita
Murcha cedo como a rosa
Não tem ciência nem prosa
Não sabe o nome que aceita.

— Vai roubar o setestrelo
A um deus mau e zangado
Pois se me dizes saber
Quero prová-lo, e habitado.

À volta dar-te-ei suspeita
De que não estás do meu lado.

— Senhora, o que te jaz tão famosa
Tão ausente
Tão pungente?

— Quem escolhe, parte e rejeita.
Quem parte, vai e não colhe.
Quem vai, faz e não ama.
Quem faz, fala e não sente.
São teus olhos os sujeitos
São de granito os meus peitos.
Quem fia, borda e ajeita,
Quem espera, fica e não escolhe,
Quem cala, quieta na cama,
Sou eu, deitada a sentir
Tua roda de fugir
Tua cabeça em meu ventre.

11/03/71

Primeira carta II

"Venceste" —, digo. Logo sou eu que te venço e tu perdes, pois confiado na vitória esqueces a vigilância sobre mim, que te examino.

Friamente?

Que outra maneira tenho de examinar as coisas, os outros: com toda a minha paixão? Aquela alimentada pelo simples prazer ou dor que me dá senti-la. — Assim te procuro, te uso, te escrevo; porém as palavras não são elos, nem pontes, nem laços a desatar na solidão das salas.

Em salas nos queriam às três, atentas, a bordarmos os dias com muitos silêncios de hábito, muito meigas falas e atitudes. Mas tanto faz aqui ou em Beja a clausura, que a ela nos negamos, nos vamos de manso ou de arremesso súbito rasgando as vestes e montando a vida como se machos fôramos — dizem.

De imediato então nos querem tomar pela cintura, em alvos lençóis de cama se necessário, e filhos. Que mãos nos galgam as carnes a fim de retomarem a posse, impondo-nos matriz de dono, porque dano causamos na recusa e menstruo será o estigma que eles tomam por feminina causa de nos exigirem a vontade e silenciarem o gesto com que nos despimos ou negamos para nosso próprio proveito e palavra dada a nós mesmas.

Direito conquistámos, também, de escolher vingança, já que vingança se exerce no amor e amor nos é dado de uso: usar o amor com as ancas, as pernas longas que sabem, cumprem bem o exercício que se espera delas.

E eis novamente em tema o exercício, como se de paixão se tratasse e vingança fosse de amor uma das justiças. Para que o exercício da justiça nos coubesse às três, dado de amor, somente, talvez por defesa ou atenção a tudo.

Como Maina sagraremos "dessa crua distância, o direito ao absurdo dos demais e seu".

Saciadas estaremos algum dia. — Pergunto: daquela voraz saciedade em que nos pomos? — Desembuçadas iremos, embora saibamos que isso nos arrasta às ameaças, ao simples maldizer aceso com a madeira dos usos e da raiva.

O que nos restará então de nós depois desta aventura?

A freio nos quererão domar e à rédea curta. Mas de onde nossa mãe dormia não nos vem sequer a fímbria desse susto; outras roupas costuramos para nossa alegria e abandono. Que o abandono é outro pressuposto, costume ou uso em roca onde se fia o gosto.

Deste modo vamos construindo um azulejo: painel. Carta por carta ou palavra escrita, volátil, entregue. A nós principalmente, depois a eles; a quem nos quiser ler mesmo com raiva. E nunca o amor foi tão inventado, logo verdadeiro:

"este prazer que abraço se te abraço e os teus dedos, devagar, me vão correr nos braços, nas coxas, pelos seios. — A que tontura me entrego e me demoro. Em que grito rasgado me debato e cresço, me acrescento e cresço, me enlouqueço e basto; ou não me basto e por isso te invento, reinvento, te faço, te desfaço em meu sustento.

"Atenta, pois, nisto: o perigo de nos querermos ou nos negarmos. Tu homem dono que me cavalga ou o pretende e eu que te pareço seguir nesse jogo, consentir nele, porém, na realidade recusando-o, caminhando já em labirintos, outros, em verões tórridos, por certo, mas meus trajectos.

"Porque só de minha posse na verdade te importas: eu tua terra, colónia, tua árvore-sombra-programada para acalmar sentidos. Também em ti me queres de clausura, tu próprio meu convento, minha única ambição, afinal meu único deserto."

"Venceste" —, digo, e tu pensas: venci, mas estás vencido. — Minha lenta viração de nada, te acrescento carta a carta. Tentando perceber de nós três todo e qualquer sequestro, da sua motivação como projecto de paixão ou já paixão em si mesma. Assim, penso, estamos nós três neste dar de mãos, nesta entrega, nesta independência nossa.

Nos procuramos, vos procuramos entender porquê. Quem sabe que desmesurado anseio este, se temos não mais que um luxo, um acinte, uma avidez:

"pelo corpo deixo que a paixão me tome: o corpo ele próprio já essa paixão ou objecto dela, sua raiz, sua motivação, seu ócio. — Como não recordar tuas ancas estreitas e jamais te dizer paixão por elas? Assim, amo partes de ti, a ti por essa causa e de mim no contentamento de as ter, me comprazer com elas."

E como soror Mariana, talvez até digamos: "que seria de mim sem tanto ódio e tanto amor [...]". Porém, nunca de pena mas prazer nos ficamos, irmãs, sem ser por nostalgia, ou crença. Pois clausura rompemos, já rompemos.

Que seria de nós sem tanto amor, — pelo puro desprazer que isso nos daria.

14/03/71

Segunda carta II

Conto-vos, entretanto, a história da Mãe dos Animais, mito de uma tribo de índios da América do Norte — e que paixões nostálgicas e sem remédio terão inventado os índios nas suas reservas, morrendo aos poucos, e os seus poços de petróleo, às vezes, e seus fatos usados pelos hippies, e sua paixão agressiva, agora, na prisão de Alcatraz. — Mãe dos Animais foi a mulher abandonada pela sua tribo, que se dispunha a fazer uma migração difícil, na altura em que ela paria; a mulher ficou para sempre errando nos bosques, ensanguentada e medonha, Mãe dos Animais, protegendo-os dos caçadores; e o caçador que a veja, com o susto, tem uma erecção, e a Mãe dos Animais viola então o caçador, concedendo-lhe a seguir um sucesso infalível na caça.

E lembro-me ainda, bastante mal, da história do homem que encontrou uma semente debaixo da presa dum javali, e plantando a semente dela nasceu um coqueiro; e tendo o homem ferido a sua mão, o seu sangue caiu sobre a flor, e da flor ensanguentada nasceu uma rapariga, que foi dançar à praça pública, onde os homens da aldeia a mataram, tendo-a enterrado no sítio onde dançava; a deusa que protegia aquela gente retirou-se então para trás das estrelas, e passou a recusar o seu auxílio. Lembro-me apenas destas coisas, sem nomes nem detalhes, mas lembro aquilo que me interessa, sem dúvida, e pergunto-me se a Mãe dos Animais se vinga protegendo os animais, violando os caçadores ou dando a estes sucesso infalível na caça; e pergunto-me quem destruiu a rapariga que dançava, se aqueles que a mataram, se o outro que dizia tê-la gerado do seu sangue numa flor. Pergunto-me, enfim, sendo a força-paixão da Mãe dos Animais o seu errar pelo tempo, qual o seu exercício protegendo os animais, se nostalgia do mundo ou vingança aos homens, violando os caçadores, se vingança ao mundo ou nostalgia dos homens, dando sucesso na caça, de si ou para si; sendo a dança a paixão da rapariga, contra quem ou o quê. Será desnecessário acrescentar que o meu exercício é o da vingança; que quem está ferido não se recolha, antes despeje o seu sangue no mundo. Porque o objecto da paixão é mesmo pretexto, pretexto para nele ou através dele, definirmos, e em que sentido, o nosso diálogo com o resto.

Vejamos: o que nos resta é o mundo; e o tema é a paixão.

Mariana no convento, quer ir, quer cindir-se; chega o cavaleiro, e Mariana pede-lhe boleia, "leva-me até além, até dentro de mim própria"; Mariana monta o cavaleiro. Mais adiante, diz o cavaleiro "deixo-te aqui"; Mariana concorda. E aí fica, faz o seu inventário, a sua circum-navegação, sempre sonsa, "considera, meu amor, até que ponto nos levou a tua loucura", Mariana sonsa e por isso limitando-se, acabam-se as suas paragens e a sua trajectória, Mariana tem que regressar. Qual o transporte de volta? Ainda o cavaleiro, fazendo o caminho às arrecuas, e Mariana sempre a fazer-se distraída como quem só escreve cartas, mais nada, afinal não me levaste a parte nenhuma, cavaleiro ingrato, fugiste para França e eu aqui estatelada neste convento. Mariana regressa ao convento, que já não acolhe menina vinda de casa de seus pais, mas sim freira largada da viagem do seu cavaleiro. Foi este o seu objecto, seu pretexto, e a paixão, seu pretexto, sua força de querer sair do que lhe restava, sua passagem a outra condição; foi seu exercício essa sua lástima agressiva, esse tom entre o lúcido — quero mais à minha paixão do que a ti — e o translúcido — louco foi o cavaleiro, vejo-me obrigada a desistir porque a sua loucura foi uma fraude, e Mariana não assume a sua própria loucura, quando muito a sua marginalidade — foi seu exercício nostálgico, mas bem sabemos quanto a nostalgia tímida é manhosa. Seria moral da história dizer-se: se a freira e o convento se dão mal, muda-se a freira ou o convento. Mudou-se a freira? E como se muda a freira sem mudar o convento? Com que cara fica um convento onde uma freira escreve cartas de amor, atestando a falência de uma clausura onde entram e saem cavaleiros franceses?

Mariana — Maina, Maria — coincidência será a causa que se descobre posterior ao efeito — e terceira mulher que entra na combinação, sem nome, e deste exercício a três veio a necessidade de nos descobrirmos quais as letras comuns e incomuns nos nossos nomes. De Maina, Mariana é disfarce, e o exercício de Maina não seria um filho do cavaleiro gritando no convento, cheirando a azedo no convento, ou Maina criando porcos no silêncio da sua cela e depois soltando-os, grunhindo, espezinhando, pelo convento? De Mariana, Maria é raiz, e o exercício de Maria seria a contaminação pela suspeita, trabalho quieto e de sapa, até que em todo o pão e em todas as laranjas pesasse a suspeita de estarem envenenadas. Maina e Maria não quereriam sair do que lhes restava, antes tratariam de o acrescentar. Nada garantem os fantasmas, sem dúvida; e por isso aqui estamos, e de novo.

16/03/71

Terceira carta II

A que certeza queremos chegar, a que pudor maior, a que desolado concerto de três, instrumento de três cordas, amarra de que nova barca — porque inflectimos para a inflação da metáfora? Que metáfora nos é Mariana se nos quase matamos para a deixar de fora?

O susto começou e a exaltação. Arrematado o tema arrebatado, que exaltação revém? Eis que, dito o objecto por tal e sem relevo posto à margem quem cavalga, amazonámos a ideia — mas o sentir revém, o sacro pacto: já os homens e as infâncias nos contamos, as paisagens, as pausas, já laudas nos compomos e dizemos *quem* e dizemos *como* (ou não) ao projecto inicial — seguir de perto Mariana e as cartas.

Eu, por mim, me estou naquela ante-expulsão que sei já só as palavras postas em linha acalmam e não sei a quem pedir contas desta tensão grave, de peso, deste mal grosso que o escrevê-lo apenas apequena e por isso minto — resolve. *Resolver* não é dar ou subir. A mente escreve e mente. E isso sinto, escrever-vos (me-te) é sempre um menor bem.

Quem me obriga a perder a seriedade do riso com que disse *sim* ao passeio convosco, passar-vos, aos almoços no Treze, à deambulação indestinada — pré-destinada? — de passos, mas exacta de trajecto da "Capital" ao Treze e contra, tráfego e camionagem, ameaças?

Porém, o deus que assiste à candura de alcova/alcofa, meninas, sabe que foi gravemente, com pejo e re-conhecimento, isto é, sem qualquer sorriso ao lado, que li no Porto, quando as li, as cartas da possível Mariana, eu só comigo e à espera de bem--amar a cidade com outrem (e, por isso, pela espera de alguém, seu exercício, bem a amando?). Mas isso não o disse, não vo--lo disse, ao início, como se mais valeram então meu engenho e idade que o que puder parecer ingenuidade.

Que é então o que me desdesenvolta, desvenda aos poucos o que uma de nós pense de pensado "o exercício da paixão" dita força, dito sentido, o que uma de nós tagarela, conta, desvaira, pensamos e contamos, intermeados já os traços, abandonadas a acertarmos passos ou retidas?

Temos já rido e dito e escrito e partilhado a mesa, o cherne (ó Alexandre, ó nihil), o sempre frango, a rectidão das lulas. E alguns serões. Tu dizes "é pouco, só ainda trocámos bilhetinhos" e tu dizes "que maravilha, que maravilha", como dizes a tudo o que é novo, te abriga e não obriga, "tu de vidro". E tu te resguardas e entregas calma, dizendo tudo sempre menos e o pensando, mesmo hesitante, exacta: "as cartas da soror? porquê as cartas da soror? bem vistas as coisas, são como o choro da esgraçadinha", a lamúria da sopeira "largada de mão" (e assim passas como que a pano o Paulo Rocha e os "Verdes Anos". Mas não.), e tu outra dizes, "que horror!" e sabiamente teces em teia de palavra solta, vestido, hábito a uma e outra e eu te respondo e tu outra também, para que possamos habituar-nos. Habituar-nos na alva. Alba?

E tu de vidro e carne nova dás teu espaço à noite e teu passado, tagarelas a entrada, minuetas tuas cercanias nunca próximas de gente, a gente *das* letras, os desapalavrados disto, os objectos marcados pelo tu deixá-los lá, a tua antiguidade, porque tu és a mais antiga e a mais nova — tu mentirás de amor tão grave e belamente que homem que te deseje só poderá agradecer-te o consentido e passar-se lesto para o Leste, para o lado do real dos réis, porque tu lhe darás, quotidianamente instável, a realeza da ilusão — o desejo do desejo do desejo — a real necessidade do supérfluo — a convulsividade da beleza, precária, precária. Talvez seja por isso que o homem que faz vida contigo é o único que, até agora, nos visitou o trio sem medo, pois que não crês em ti (ou Mariana) mais do que em ti seja crível — tu te asseveras por desejada e neste limiar do círculo de nós hesitas bem — seduzir pelo canto, sereiar, ou sofrer (-nos) mos pelas carências a confirmar.

E tu, alto, "milhano cravado à nossa ilharga" (cito o que citamos, parecemos não saber de Mariana a Maina, mitos, ritos, por onde ir) e tu, porque me abarcas de tua própria pedra? (Assim seja, porém que assim também no é.) Tu, a que melhor pensas de pensar pensado e dito, a que a uma serenas e à outra desolas, tu, solar e reserva, que queres desta obra e deste amor posto nela — deste já apaixonante exercício — provar que Mariana nunca foi mais que seu convento e que o senhor de Chamilly apenas lhe foi pretexto de vir escrevendo a nosso encontro — a casa das mulheres "de ciência e prosa e nome aceite", que *são* sem definir-se *por* ou de *para* algum desejo e sempre contra? Se o exercício da paixão tens por maior que o seu (convívio) comércio trágico, se dizes sem cegueira que objecto sempre é o objecto e Mariana sim, se escrevendo intramuros, e Mariana não, se gemendo intrabraços, onde repousas de ti, diz antes nós (que aqui prevejo), diz onde encontras paz fora de ti, tu que jamais desaforas ou desatinas e és — como és tu? Com quem, senão a mãe de ti em ti (isto?) te inventas?

E não me chamem pedra ou gume (ainda que também) que qual Mariana já me lamurio, não me pensem perante, não dances sempre tu o desejo e chores tu pensante a ausência por definitiva — entre o exacto e o convulso, a prima do estrangeiro homem não terá outro lugar onde reclinar a cabeça senão este indeciso ventre (virgem? compassivo? Mariana podia ter parido?) — as suas próprias cartas, seu passar, seu facto-fato-hábito-feito escrita?

Ouvem já, entre isto e o traçado que cada uma trama em suas vidas, quem se nos aproxima ou espia, este rego de amores que cresce entre nós, nem de nostalgia, nem de vingança, como de mães e filhas de uma mesma casa, ou, maior escândalo, como de obreiras frente à mesma adversa matéria, competentes e competindo e afogando as penas e depondo a bota à beira-catre, ascesiando de quartel ou convento, retiradas prevendo a corrosão nas hierarquias e costumes, instaurando a lei de uma nova irman(dade) — dão-se conta do risco?

"Il me semble que je fais le plus grand tort du monde aux sentiments de mon coeur, de tâcher de vous les faire connaître en les écrivant…"*

Está decretada a gravidade desta empresa. O que farei convosco será grave, ainda que para tanto haja que rir-me. Ou, como hoje, nem tanto.

16/03/71

* "Parece-me que faço a maior afronta do mundo aos sentimentos do meu coração quando procuro torná-los conhecidos, escrevendo-os." (Os trechos em francês do original, chamados por asterisco, foram traduzidos por Érika Nogueira Vieira. [N. E.])

Eis-nos

Eis-nos de luta
expostas
sem vencer os dias

as verilhas
certas
no passo retomado

o rever das casas e das causas
o revolver das coisas
que dormiam

Diária é a escolha
o movimento insano
o sossego manso e mais pesado
daquilo que desperta e não quebramos

daquilo que rasgamos
e dobramos
carta por carta em seu perfil exacto

Fêmeas somos
fiéis à nossa imagem
oposição sedenta que vestimos

mulheres pois sem procurar vantagem
mas certas bem dos homens que cobrimos

E jamais caça
seremos

ou objecto
dado

nem voluntário odor
de bosque seco

vidro dizemos
pedra
caminhada

em se chegar a nós
de barca
ou vento

Remota viração que se reparte
esta que usamos em cumprir
sustento

de pressuposta amarra
em que ficamos

apartadas dos outros
e tão perto

17/03/71

Primeira carta III

"Não te respondo a carta escrita; dita para mim ou feita em meu sentido e facto aceite, em duas direcções, numa aparente ambiguidade: a tua infelicidade por me amares ou tua maior infelicidade em não me teres amado nunca, se possível.

"Se possível —, digo, pois a paixão que me dedicas existe tendo-te muito mais a ti por objecto que a mim, na realidade; e apesar do sofrimento que lamentas é muito mais ela em teu proveito (te enriqueces, te humanizas, te revigoras — afirmas), e por isso me amas. Que em meu proveito só o é pela atenção que me dedicas, pelo uso que já fiz dela contra a minha solidão, pela fuga que me obrigas a empreender todos os dias.

"Fuga: ao repelir-te porque me exiges, fuga ainda enquanto te aceito, te pareço aceitar apenas, pois recuso o amor como cedência a outrem, ou condescendência."

Por isso, irmã, foi a ti escrita a carta que tanto se hesita sempre escrever a quem ou de quem nela se fala e fira, mas a quem leva mensagem. No fundo a quem se acusa de não ser (mos) "sombrinha chinesa na mão", antes sol tão intenso "que cega mas deslumbra".

E de novo nos encontramos juntas as três igualmente aqui, como em muitos outros tempos e decisões: recusando sermos sombra, sedativo, repouso de guerreiro. Guerreiros, nós, mulheres de corpo inteiro e segura mão.

Riso breve deixamos sobre as coisas, retornando de onde nunca fôramos. E assim nos expomos umas às outras, contando-nos talvez um homem, sim, porém também de nós nem sempre os homens, mas o nosso espaço vazio, a nossa claridade sufocante, a voragem de tudo o que tocamos, a nossa constante descoberta dos contornos imprecisos, dos perfis exactos, da dureza das formas.

De ti te dizes fluida, de mim vidro e de ti outra milhano (mosto, mastro). De mim desejo: o corpo à descoberta do prazer e a paixão que me engana; de imediato, desejo, e eu sobre a paixão como se a possuísse toda num longo acto de amor sem esperma mas meu suco.

Possível será ser-se mulher sem se ser fruto?

Por tal me chamas rosa seguindo eu sem decorar nenhuma sala, nesta mansa sede que calo ou costumo calar, não a vocês. Por tal ou para isso nos sentimos perto. E se ainda hesitamos (quase sempre tu, pedra-fêmea, tua tranquila transparência) mais não é que a força do hábito de desconfiarmos sempre ao pé dos outros. Hábito de usos e modos, medos bravos: hábitos de útero e convento. Hábitos de fatos e fitas a formar-nos as formas.

De súbito se despe Mariana para mãos que a firam, a provoquem, a desvariem na sua própria descoberta. Não sei se sonsa como afirmas nas cartas, se esperta na lástima ostentada, assim se desculpando, se ilibando, apossando-se, todavia, do cavaleiro, servindo-se dele como alimento da sua paixão, sustento da sua liberdade.

Que com paixão se desclausura a freira.

Não sendo o cavaleiro mais do que pretexto, motivação. Homem que pensou montar e foi montado.

Encontrará o amor outra maneira senão esta: aquele que

utiliza ou é utilizado. Aquele que devora ou é devorado; se finge devorado e por sua vez devora?

"Não me devoras ou domas pelo lamento. Já te esqueço hoje e não desejo. Já me afasto e venço, já te vendo ou troco mesmo pela calma tranquilidade em que me vejo.
"— Recusa-me — escrevo-te, mas tu não me recusas vivendo de esconsas datas e memórias reatadas só contigo, certamente com elas te masturbando, isso te chega, ou não te chega, então me acusas de manso e fingimento em subtil maneira de tristeza, dizendo-me quereres mesmo em teu tormento (eu factor de tormento, logo paixão, sendo o tormento ainda utilizado como constrangimento a me demover da frieza que te dedico), eu teu desalento, desespero, fio tecido em meu redor à maneira de teia."

Mas em teias seremos, se preciso, as três, aranhas astuciosas fiando de nós mesmas nossa arte, vantagem, nossa liberdade ou ordem.
Afinal, que labor procuramos, que caminhos traçamos em premeditada terra, que crueldade usamos e nem só?
Nem só de nós falamos, nem só de quem mora connosco, a quem cedemos porta ao trio; eles coniventes embora temerosos, por isso mesmo coniventes, perante aventura que não entendem, mas onde entraram por nos serem perto e no fundo urgentes.
Que nem só também Mariana nos é hoje única freira, outra entrou em nossa história, de memória lembrada com seu medo: o corpo nu rasgado sobre a cama, os olhos escondidos sobre os dedos:

"Em quarto estranho me encontro a reparar nos espelhos e eu neles, pálida, impassível, na imagem que com ela compartilho desconhecendo-a até àquele momento. Hirta, dividida entre o prazer sentido, a ira, o pânico, o recomeço. Quem sabe se o recomeço e assim me olha. — Porém estou aqui somente a fim de a tirar de casa para o convento. Estranho exercício lhe quero dar à paixão, exercício do corpo; paixão extinta, talvez a reacender-se com a minha presença.

"Uma esperança de vício. Um engano de novo. Um novo aturdimento.

"Levanto o hábito caído junto à cama, sei quem lho tirou e como que a defender homem estou ali.

"Mensageira de macho, marialva me torno e aguardo.

"— Teria apenas de a fazer retomar a clausura de onde saíra com fim de visitar cidades e visitada foi por homem, nem cavaleiro nem francês, mas homem, no dizer de si próprio, viril e bom no acto, conhecedor de orgasmos.

"Toco-lhe no ombro despido de roupa, sem pena. Minha função e gesto não revoltam o mundo: tem-se o mundo sempre desfeito de mulheres. Estou conforme a lei dos fortes: mulher a desfazer-se de mulher a mando de homens."

E ainda hoje me lembro, vos conto e vocês me olham.

— Outra freira, pois, nos preocupa agora junto a Mariana. Que nos custa inventar-lhe cartas? Se de nós inventamos, na reconstrução precisa, em invenção de casa?

Redobrada assim se torna a posse. Veneno de terra desbravada ou desbravamos: a paixão, dissecando-lhe os motivos, as causas, as razões. Aos sintomas, conhecendo-lhes a febre, a doença, o sangue espesso do silêncio.

"Jamais me implores que amante te seja, caça, ou tu próprio caça exposta a minhas armas; para ti estão voltadas, firmes. Nunca esperes delas piedade: são insensíveis, frias, obsessivamente apontadas a quem me queira tomar, entrando em meu domínio de solidão e praia. — Nela vomitei, desconhecendo no entanto, o cansaço, a prisão. Saboreando a náusea à mistura com o sol, o mar, a pele áspera de sal na boca."

Ninguém me peça, tente, exija, que regresse à clausura dos outros.

19/03/71

A paz

Compraz-se Mariana com seu corpo.

O hábito despido, na cadeira, resvala para o chão onde as meias à pressa tiradas, parecem mais grossas e mais brancas.

As pernas, brandas e macias, de início estiradas sobre a cama, soerguem-se levemente, entreabertas, hesitantes; mas já os joelhos se levantam e os calcanhares se vincam nos lençóis; já os rins se arqueiam no gemido que aos poucos se tornará contínuo, entrecortado, retomado logo pelo silêncio da cela, bebido pela boca que o espera.

Que interessa então a Mariana as mãos que o encaminham? Se as suas que lhe descem lentas pelas ancas, se as dele que a largaram de improviso...

Quebra-se, pois, a clausura: pelos seios ele a tem segura a rasgar-lhe os mamilos com os dentes.

Quebra-se pois a clausura?

Recurva, tenso, o ventre: a língua entumescida. Dele a língua quente, áspera de saliva e o demorado sugar, rente, ritmado a esvaziá-la devagar da vida.

Compraz-se Mariana com seu corpo, ensinada de si, esquecida dos motivos e lamentos que a levam às cartas e a inventam. — "Descobri que lhe queria menos do que à minha paixão [...]": — ei-la que se afunda em seu exercício. Exercício do corpo-paixão, exercício da paixão na sua causa.

Os olhos tem fixos, escancarados, no rosto dele presos, a inventá-lo em seus traços que de memória retém ou não sabe se os inventa, enquanto sobre o peito lhe descai, no movimento ritmado das coxas, a possuí-lo como macho — sente — e lhe vê os lábios crispados, se enterra mais nele, se empala num enorme prazer, no uivo de quem foge ou se dá. Dádiva em toda aquela obcecante conquista da dureza violenta do pénis: os dedos bem fundo perdidos na humidade viscosa da vagina, os ombros erguidos, a cabeça apoiada no travesseiro, os braços tensos como que para lhe reter os quadris estreitos que se movem na consentida busca da voragem do útero.

Sei como és daninha, mulher retomada do rio que esforças por calar nas veias, maligna. Na seda das nádegas, no odor abrasado das axilas. Terra que a haustos respiro e formo com teu esperma meu sémen; tua amante-esposa não deixaste perdida nem lograda; eis como me entrego e me ofereço, me conduzo e te ensino até o jeito mais breve ou demorado para melhor gozo. De pé agora te retomo, te cruzo, te possuo; minhas secreções já espessas, à mistura com as tuas, inundam-me as entranhas tão estéreis, herméticas, adormecidas.

Mariana deixa que os dedos retornem da vagina e procurem mais alto o fim do espasmo que lhe trepa de manso pelo corpo. A boca que a suga, a galga, é como um poço no qual se afoga consentida, ela mesmo a empurrar-se, enlouquecida, veloz.

Devagar meu amor, devagar o nosso orgasmo que contornas ou eu contorno com a língua. Devagar te perco de súbito, te esqueço, não sendo tudo mais que uma enorme vaga de vertigem.

E a noite devora, vigilante, o quarto onde Mariana está estendida. O suor acamado, colado à pele lisa, os dedos esquecidos no clitóris, entorpecido, dormente.

A paz voltou-lhe ao corpo distendido, todavia, como sempre, pronto a reacender-se, caso queira, com o corpo, Mariana se comprazer ainda.

21/03/71

Segunda carta III

Estamos alegres, mas de forma alguma. Não sei quem excluímos, quem matámos. Mas sinto essa alegria, sem forma e sem vitral, de se haver desaconchegado um mito, desflorado uma lei, de se ter morto um amor de quem nos diz amar necessariamente. Se fôssemos nós existindo definidas — ou definindo os nossos limites? — por quem nos diz amar, como diríamos então o absurdo da morte? Definidos os nossos limites, interpus, e creio que sim. Quem nos tolhe o passo são aqueles que nos amam; mas, ainda mais, definimo-nos para aqueles que nos amam pelos nossos limites de carne e de pele, de saber e de sentir, o contorno, a forma, é o que nos torna palpáveis e compreensíveis. Eu irei, por exemplo, até à ponta do azul, ou mesmo do anil, mas já não sou eu que gosto ou sei do roxo, aí começas tu, por exemplo. Assim se dão prendas de aniversário e de amor, de passar dos anos às coisas e de pessoas a coisas. Já que vingança se exerce no amor e o amor nos é dado de uso.

Bem sabemos, entretanto, que nosso limite é só o tempo, e que estamos sempre longe de nos definir até à nossa morte. Absurda é essa ideia de se fazer das pessoas conjuntos fraccionáveis, e se nos dizem todos que absurda é a morte, como se compraz alguém em nos fixar num presente sem fim, num último retrato? Vos desfizemos, então, em nosso sustento.

Escalaram-se primeiro as montanhas, e só agora se tenta o fundo do mar, hesitantemente, e creio que a lua já nos é mais conhecida que esse fundo dos oceanos. Os homens sempre se teceram e sonharam no que é forma extrovertida, no que se erige, no que rasga o espaço. Por isso, dos poços e das profundezas nada sabem, nada nos sabem. Dizem-te "és fluida", e não conhecem a rocha que sustenta o peso do oceano; por isso é necessário conhecer-lhes a ciência, a prosa e os nomes aceites. Do uso nos defendemos, e desfizemos então em nossos sustentos, quem nos usa.

Mas nós também ainda não. Estamos alegres, mas de forma alguma. Também ainda não sabemos o que inventar; como abandonar essa definição pelos limites, como inventar amor que reconheça todos os abismos. De cada uma sim, estamos certas. Cada uma sabe a medida do seu uso e da sua defesa, e aí nos entendemos. Eu disse "o que interessa é o exercício, o que nos resta, agora, vingança ao mundo, até novo tempo", e vocês respondem "esperando alguém, seu exercício, e por isso bem a amando, a cidade, e vos desfazemos então em nosso sustento, senhores de cidadelas". E nos contamos os homens e o que já feito, fazemo-nos laudas e bilhetinhos, como o dissemos. E bem sentimos, que para além disso saltamos juntas, isso acertámos, para a profundeza que ainda não criámos nem temos como certo podermos criar.

Não sei quem excluímos, quem matámos. Mas o salto começou, com o cheiro a mosto, o falar de pedra e o raspar de vidro. Fizemos a ara, a taça, o vinho, olhamo-nos de soslaio e perguntamos "quem imolamos, quem vencemos, quem usamos?". Mas já matámos, já excluímos; sugámos-lhe o sangue, o jogo e as armas. E não por aventura, a que é necessário, depois, dar objectivo; afastemo-nos, pois, desta sensação de mau sonho, deste sobressalto de quem acorda depois de luta no escuro em legítima defesa e diz "e agora, o que fazemos aos cadáveres?". Há os que morrem por boas intenções, e os que morrem por necessidade. Foi dita a gravidade desta empresa, luta de vida, o que em nosso tempo e nosso sítio não é tido por legítimo, nem por defesa.

23/03/71

Mensagem de invenção de Mariana Alcoforado

Senhora de mim vos sou
corpo por vós bem talhado
que recompensa vos dou
trocando nudez por fato

figura de meu lamento
choro de muito aparato

cartas escritas porque entendo
que me perco e me desprendo
se não vos culpo ou vos mato

Sofrimento que dedico
à justa mágoa de mim

Pois a razão desconheço

Senhor que de vós não lembro
já o fim
nem o começo

23/03/71

Terceira carta III

"Qu'est-ce que je deviendrai, et qu'est ce que vous voulez que je fasse? Je me trouve bien éloignée de tout ce que j'avais prévu..."*

"... eu muitos peiches pesquei naquêl rio e nesse tempo a água era lisa ela se podia mesmo beber, eu não a bebi, mas vi quem a bebeu e não morreu por a ter bebido..." "para o mar ser limpo é preciso que os rios o sejam antes."

Esta carta do emigrado canadiano remerciante veio-me às mãos e aqui no-la trago. Como se ora tudo isto fosse o coito, a coita, a coifa, onde todos os rios afluem para um mar a limpar, nós poluídas pelos dias e os ditos, rejeitadas de tantos lugares ou deixadas para trás pelos que emigram ou nos fazem de flores, *"qui s'y frotte s'y pique"*.** Era o meu trági-comi-lema, frágil cantilena, para este ano em que revolvi as circunstâncias sem saber a que constância minha (de dança vocativa na praça/ hasta que publica e outra) obedecendo.

Um dos que nos sabe (duvida) já disse que podíamos morrer disto. E outro disse "três monstros como vocês!". E outro apaziguou de pombas. Eu acho que estamos só fazendo a mãe do rio (ó Agustina só e só) que não nos tolha a mão e o corpo *roto* — que/quem amar agora o que fazemos não seja dividido

---

* "Que há de ser de mim? Que queres tu que eu faça? Estou tão longe de tudo quanto imaginei!"   ** Expressão francesa similar a "quem procura, acha". Literalmente traduzida como: "Quem brinca com fogo acaba se queimando".

a dividir-nos. Esta é a pobreza e a castidade. Hão-de de susto dizer-nos até lésbicas, porque sobre este corpo (seis seios da novela também rindo) não se podem pousar mãos a oferecer ou pedir prendas. Frágil e fraco é o sexo do homem se divide sua mãe de si mesma. Amai-nos umas às outras como nós nos amamos órfãs do mesmo bem — quem nos consinta a paz e a aventura, a água lisa e o amor industrioso, pão e laranja limpos e a feijoca de fráguas, porque "na terra que Deus criou, nós somos todas iguais, e isto nos dá a coragem de fazer assim uma aventura!".

24/03/71

Proposta de mim ao trio

Meu tudo sei ou sou
de casa e pão
alimento de mim
claridade

Hábito que não visto
de uso ou grão
semente de água pois se de uma
ave

Terra que por posta
vos darei
sabendo bem que dela só se parte
e nada nela cresce se não nasce

Viagem que de mim
vos dou a arte
onde de mim não sei já ser disfarce

24/03/71

Brinco de freira

mariana ama (o) mal
maria sabe a mar
contra a maré de mariana
quem amaina o sal?

a salto tresmariam malhas
e emigram (dela)
amando mariana queda e mal
marias maridadas cada qual

      isolla bella (isolda?) e
      teresa da mão leda e
      fátima da ácida azinheira

leem escritos (vaga casa) escrevem marejados
e por ou contra mariana
(asinha como estando com (o) vento
sua cal   mareiam.

qual moireja o mal de beja
(paz de jus)
e sua o sal real
a lei das se(i)smarias
léu de povo-rei?

o caldo marinando à vela
desveladas rainhas ramos vigis (por ora) perorando

mariana no horto dado
marias mouras ilhas (telas)
neste sopro de (com) vento airado
          dado.

                                      24/03/71

Cantiga de Mariana Alcoforado a sua Mãe

Senhora Mãe eu me sei
em vosso ventre
gerada

gosto de gozo ou silêncio
vossas entranhas gastei
nelas entrando enganada

Ó sina de mágoa imensa
Ó meu labor recordado

Ó sua agonia intensa
Ó vosso parto adiado

medo tristeza e sustento
teu ombro de minha infância

Ausência que foi doendo
como uma pedra engastada
de anel em vosso dedo

Que filha posta em convento
não se quer em sua casa

Senhora Mãe que te achaste
sem o saber
emprenhada

o ventre vendo crescer
sem te sentires
habitada

27/03/71

Sela e cela

Eu defendo que na ordem do corpo
o sinal posto brando e alto entre as coxas
não deve levantar-se contra nada.

Palo acendido seco ou mosto (mastro) derramado
as fendas que revolve sempre sangram
e não é nisso o mal.

Exposto é o macho e pode ser de flora sua altura
bolbos de vida tenros os testículos (água de leite vindo)
e tão humildes que a mão os tolhe ou pode decepar.

Fortíssimo perante só o onde
ganhar guarida   e atingir redondo
que o vértice inseguro bem sustenha.

Dar de alimento não é ser devorado
e não se volvam   por nome do inteiro
a boca de mulher e sua fala em fauces.

Eu defendo
que em tudo está inscrito cunha e cova
na haste e crosta crespa a gota tenra
no redondo do seio o gume de perdê-lo
alguma breve hora.

Assim vos coludindo acaso
esta não sei se ácida   per juris causa nostra
baga nova
imponho (tábua ou rosa?):

Amar de amor alguém
côncavo ou exposto
bom montador ou casa (entranha) clausa
é ter em mãos suspensa a sua outra face.

                                                27/03/71

Bilhete de Mariana Alcoforado
ao cavaleiro de Chamilly

Senhor

Desculpai se vos escrevo sabendo — a razão e o coração mo dizem — quanto alívio sentis em vos afastardes de mim.

Já mar não vos sou nem mesmo mar—iana... nem meu ardor te lembra de fêmea este alentejo aceso ao qual me comparavas o corpo onde passeavas teus dedos em extenuadas tardes...

Porquê meu amor o silêncio a que me votas (de voto estou eu já presa: mordaça posta), silêncio que devoro de angústia. Se de ti não me alimento, que me aguarda?

Desculpai o desvario, desculpai-me a ânsia, não era essa a função deste bilhete, nem foi ele ditado por amor, mas antes imposto pela urgência de pedir que me venhais ver por coisa tão urgente e grave que mais não posso esperar, pois cada dia passado de maior susto me tomo, sem saber como resolver uma situação que não só a mim cabe resolver.

Espero-vos, então, esta noite. Podeis vir tranquilo que não vos aborrecerei com lágrimas ou abraços. Evitarei, juro, as súplicas, a ironia, a memória, meu amor.

Como sempre, esperai junto às grades, Dona Brites vos conduzirá até meu quarto, onde aguardarei calma, esperançada que me possais salvar ainda, ou para sempre me condenardes à ira da minha família.

27/03/71

Carta de Mariana Alcoforado a sua Mãe

Senhora Minha Mãe

Não vos podendo ver mais nesse martírio inventado de desgosto e dúvida por mim, vos escrevo logo após vossa partida (hoje precipitada a senti e em desprendimento me foi clara: pois pensais acaso que não?) a dar desta vossa filha conhecimento e das causas que me trazem neste cruel e profundo abatimento ou medo.

Talvez de amor vos fale ou de morte; de clausura (aquela a que desde menina me votastes, tão bem paramentada, em sossego posta), de hábito: aquele que visto e aquele adquirido de mim e através de mim também de outrem, mesmo agora criada tanta distância. Tendo o mar entre nós penso inevitável ser esquecida, eu o esqueça, me esqueça. Deixais de vez vosso susto que já nada mais me pode acontecer neste mundo senão o viver sozinha a imaginar-me, lamentando-me de sorte tão adversa (de braços de homem passei aos meus e talvez por minha única culpa, que mulher não o soube aprisionar, ou repelir a tempo), enganando-me em cartas que tanto mais entendo de meu engenho que de paixão, construídas todas elas em língua não materna (assim vos recuso, de vós me liberto um pouco — ó vingança, ó riso...) tão doce e amarga tornada, desde que da boca dele a ouvi em proveito de meu uso.

Sabei Senhora Mãe: nada do que é vosso me importa, nem pensamentos, nem costumes. Costumes que apesar de tudo e todavia, continuo a aceitar, de lei e cobardia, aceitando este estado onde de acordo com meu pai me pusestes por homem não ter nascido e entrave fazer a meu irmão e minha irmã, de dote, podendo ela assim arranjar marido que a receba apesar de feia, não vos custando eu mais que parto e raivas acesas ao me saberdes por amada e possuída de corpo contra vossas ordens, mando, vontades; apesar mesmo de vossas ameaças.

Mas tranquilizai que abandonada me encontro e isso, sei, vos dá alegria, a verdade foi, enraivecida não me terdes perdoado usufruir da vida o que da vida jamais usufruístes. Agora, inquieta encontro vossa atenção por minha saúde e desgosto por minha apatia... nada mais me restando senão aceitar essas atenções, fingindo não ver nelas a secreta alegria de me encontrardes repelida, logo vós vingada de minha ousadia em recusar o que generosamente meus pais me haviam dado ao me mandarem para este convento... castigo sofro por me ter entregue: amante de homem por prazer; entrega nomeada de amor *e de amor me haja perdido* — diz Dona Brites.

Embora... de prazer me dei e conquistei, desafiando de aparência o mundo e a mim mesma nesse desafio de coragem, inconsciência ou grande tentação de fuga, a única que desde sempre se me deparou.

Minha trégua, paz. Limite de mim própria, Senhora Mãe.

Que mulher vós nunca fostes nem eu jamais o serei...
Pouco vos escondo e em nada vós me entendeis. Com esta carta sei apenas conseguir reacender raivas, orgulhos e sentidos de posse sobre mim. Bem me podeis executar, quem me defende? A lei? A que dá aos pais todos os direitos de mordaça, aos machos primazia e à mulher somente o infinitamente menos nada, com dádivas de tudo?

Olhai que não me iludo, Senhora, este convento será meu túmulo, guardião feroz em morte como jamais o foi em meses de fala e agasalho. Que isso lhe é alheio. Me alheio. Permiti-me apenas alheada ficar, só isso peço: deixai-me fiar os dias que me restam com seus fios tecidos hora a hora, em fuso de memória. Assim me encontrastes e quisestes saber os motivos com a certeza deles, primeiro falando-me com azedume, depois com certa brandura, tentando tirar por astúcia aquilo que de mim afinal não consigo esconder. Prefiro o azedume, Senhora Minha Mãe, que a ele estou mais habituada partindo de vossa mercê.

Que mal vos fiz nascendo?

É como se a vossas entranhas tivesse sido obrigada e me gerásseis de culpa, quem sabe... e bem contrariada, por certo.

Gostaria que dissésseis a meu irmão, muito lhe agradecer o não me tornar a chamar ao parlatório; assim me pouparia a penosa resolução de me negar a vê-lo, ou, com total precisão: a ouvi-lo. Os seus assomos de cólera deixam-me num estado de nervos deplorável, não queira ele tornar sua irmã mais desgraçada.

Soubesse ser por amizade que ele o faria... porém apenas é seu nome que defende, invocando princípios de honra que ora me convencem, ora me aterrorizam.

Comunicai-lhe que o cavaleiro de Chamilly jamais voltará ao nosso país e como de lhe escrever larguei para sempre, não preciso mesmo de meu irmão licença para o fazer, como até aqui; assim ando eu ao mando e ao uso de todos...

Beijo-vos a mão, Senhora Minha Mãe, como prova de grande consideração

Vossa filha dedicada

Mariana

28/03/71

Carta encontrada entre as páginas de um dos missais de Mariana Alcoforado

Senhora

Guardai o respeito que deveis a vós própria.

Melhor serve o silêncio e a dignidade o amor do que o queixume e a mentira. Pensai que conheço de mais vossos excessos, vossas raivas súbitas e vossos caprichos, por experiência. Bom será para ambos me afastar, não dando ouvidos nem crédito a estratagemas que mal vos fica usar, não sendo eles sequer, vede, de vossa condição e estado.

E se o amor e a paixão invocais, que provas me destes de paixão, senão daquela que alimentais por vós mesma em devoradora chama?

Senhora, guardai-vos de vós que de vós só vos vem veneno; guardai-vos de vós que de vós me guardo e me afasto, transbordando de pasmo por tanta malícia e ódio e egoísmo ter encontrado numa só mulher.

Preferível vos será aceitar o mundo como vos dão e a ele vos moldardes, pois nenhuma fuga vos é possível.

Muito me condoí de vossa vida, Mariana, muito me indignou vossa prisão atrás dessas grades que vos detêm cruelmente o sangue e o riso. Porém, ao conhecer-vos e ao me tomar de amor por vós, entendi que bom só será vos conservar presa e obrigada à recusa do mundo.

Donzela vos tive, não conhecendo no entanto mulher em mais depravado avanço de sentidos, êxtases, ânsias desvairadas. Sob poder me tivestes, e bem o sabíeis, doente de vossa febre que me incendiava o corpo. Desmaiada vos colhi em meus braços, desmaiado eu em vosso ventre, meu precipício e fim, meu absurdo princípio e morte todas as vezes mais rasgada e mais profunda onde me afundava e afundava sob vossos olhos firmes não toldados... que nunca os olhos, Senhora, vos vi toldados...

Perdido me encontrei por vos amar e achado desamado à força de, mau grado, vos examinar, e em estado de razão me ver forçado a afastar-me, pois morte caberia a um de nós se tal não o fizesse.

Que despeito vos arrebata! Tão baixo por ele vos deixais ir, que usais de modos e fingimentos aprendidos por certo com vossa criada.

Não vos canseis, mais não me vereis, de vós fujo e o confesso, sem qualquer vergonha ou remorso, pois sei até onde me usastes sem em abandono vos entregardes jamais.

Como é possível perder-vos, recusar-me a vos ver, a vos ter, a vos amar...

Permiti que me vá, Mariana. Não estais ainda cansada de assim me atormentardes?

Culpado sou de quê?

Em mim vos vingais de injustiça que vossa mãe comete em violência vos exigindo sacrificada nesse convento...

Se em casa de Deus sereis obrigada a viver, confortai-vos com ele entregando-vos à piedade em vez de vos entregardes ao culto do ódio.

Secai essas lágrimas que sei de despeito e não de amor; recusai invenções de tão pouco engenho e arte que indignas são de vossa inteligência que muita é e de mais para mulher.

Mas se sinceras forem vossas palavras e temores, tranquilizai-vos: estais tão prenha de vós própria, Mariana, que jamais vosso ventre engendraria outra vida que não a vossa e a vossa ainda e sempre.

Atenciosamente

Noel

28/03/71

Cantiga de Mariana Alcoforado
à maneira de lamento

Me tomam por tomada
a mim se dou
meu peito e meu convento
em troca de mais nada

   que alheada andava
   tão alheada andava

Me davam por freira
conformada
no hábito que habito
ou habitava

   que alheada andava
   tão alheada andava

Me têm por lei presa
tão bem posta em dádiva
pois me libertei

   que alheada andava
   tão alheada andava

Me dizem que morra se
por mim amei
com a ameaça funda que pequei

que alheada andava
tão alheada andava

Me sobram porém hoje os dias
que perdi
e a clausura então que não rasguei

que alheada andava
tão alheada andava

        28/03/71

A freira sangrenta

Fantasma que assombrava o Castelo de Lindenberg, tornando-o inabitável... Era uma freira usando um véu e um vestido ensanguentado. Numa das mãos trazia uma enxada, na outra uma candeia acesa... Freira espanhola, tinha deixado o convento para viver com o senhor do castelo. Tão infiel ao seu amante como o fora para o seu Deus, traiu-o, mas só conseguiu ser por sua vez traída pelo cúmplice, com quem queria casar. O seu corpo foi deixado sem sepultura, e a sua alma sem poiso errou cerca de um século. Implorava um pouco de terra para o seu corpo e algumas orações para a sua alma... tendo-lhe sido prometidas ambas as coisas, desapareceu.[1]

— Madre Abadessa, aqui me mandam de casa dos meus pais.

— Não houve pão para nós à mesa dos homens.
Nosso corpo inútil no Senhor foi votado.
Na casa do Senhor comeremos.
Na casa do Senhor dormiremos.

— Madre Abadessa, e o que seremos sem corpo
Nem cavaleiro?

— Nossa paixão é o Senhor, nosso exercício
O paraíso, nosso objecto é o mundo
Seremos freiras em convento.

ELISABETH DE HOVEN

Freira num convento de Hoven, no século XII. Encontrou um dia o diabo no seu quarto. Reconhecendo-o pelos cornos, foi direita a ele e deu-lhe uma estalada que o atirou pelos ares... Noutra ocasião, julgou que um homem tinha conseguido entrar no convento, mas quando depois se convenceu de que tinha estado tratando com o diabo, a Irmã Elizabeth exclamou: "Oh! Se tivesse logo percebido isso, que bofetada eu lhe teria dado!".[1]

— Madre Abadessa, aqui me mandam de casa dos meus pais.

— Não houve pão para nós à mesa dos homens.
Nosso corpo fértil no cavaleiro foi maridado.
Na casa do Cavaleiro comeremos.
Na casa do Cavaleiro dormiremos.

— Madre Abadessa, e o que seremos sem corpo
E com cavaleiro?

— Pomar de primeira, montada
Das suas lutas vazias, mão de obra barata.
Nossa paixão é o mundo, nosso exercício
Seus filhos, nosso objecto é o cavaleiro.
Seremos dadas em casamento.

RALDE (MARIA DE LA)

Bonita bruxa presa com a idade de dezoito anos. Começara a praticar a sua arte aos dez anos e foi levada ao Sabbat pela primeira vez pelo bruxo Marissans. Depois da morte deste, o próprio diabo a levou à Assembleia, onde, segundo o depoimento de Marie, tomou a forma duma árvore... mas aparecendo às vezes com a forma dum homem vulgar, ora encarnado, ora preto. Marie nunca beijou o diabo mas viu como isso se fazia. Acrescentou que gostava muito do Sabbat porque "parecia mesmo um casamento". As bruxas ouviam música tão suave que era como se estivessem no céu... e o diabo convenceu-as de que o fogo que arde eternamente não era real, mas artificial.[1]

— Madre Abadessa, aqui me mandam de casa dos meus pais.

— Não houve pão para nós à mesa dos homens.
Nosso corpo de trabalho aos senhores alugamos.
Do dinheiro dos senhores comeremos.
No esterco que sobrar dormiremos.

— Madre Abadessa, e o que seremos com corpo
E sem cavaleiro?

— Terra estéril, montada
Das suas lutas vazias, mão
De obra barata, onde alugares o teu corpo
Dirão "porque não — tua força?" e onde
Alugares tua força, dirão "porque não
O teu corpo?" Nossa paixão é o pão, nosso
Exercício é o mundo, nosso objecto são
Os senhores de trabalhadoras e prostitutas.

MAILLAT (LOUISE)

Jovem demoníaca que viveu em 1598. Tendo perdido o uso dos seus membros foi levada, para exorcismo, à Igreja do Sagrado Redentor. Verificou-se que ela estava possessa de cinco demónios chamados lobo, gato, cão, boneca e grifo. Dois demónios saíram-lhe pelo nariz sob a forma de bolas do tamanho de um punho, uma vermelha como o fogo e a outra, o gato, completamente preta. Os outros demónios deixaram-na menos violentamente. Uma vez fora dela, os demónios giraram à volta do fogo e desapareceram. Descobriu-se que Françoise Secrétain fizera engolir os demónios pela rapariga escondendo-os numa côdea de pão cor de estrume.[1]

MARIAGRANE (MARIE)

Bruxa que disse ter visto muitas vezes o demónio copulando com grande número de mulheres, e que a sua técnica era a de se aproximar das mulheres bonitas pela frente e das feias por trás.[1]

— Madre Abadessa, aqui me mandam de casa dos meus pais.

— Não houve pão para nós à mesa dos homens.
  Se nosso corpo forte no cavaleiro apaixonamos
  Do pão do diabo comeremos.
  Em casa do diabo acordaremos.

— Madre Superiora, e o que seremos com corpo
  E com cavaleiro?

— Terra de ti, montada de suas lutas
  Vazias, mãos de obreira
  Perdidas, onde lhe cederes teu corpo
  Dirão "teu corpo, nossa lonjura". Nossa
  Paixão será cavaleiro, nosso exercício
  O corpo, nosso objecto o mundo.
  Seremos montadas de cavaleiro.

GABRIELLE DE STRÉES

Amante de Henrique IV, morreu em 1599. Sabe-se que ela tentou casar com o rei. Estava grávida pela quarta vez, e vivia na casa de Zamet, famoso homem da finança… Quando passeava no jardim, teve um grave ataque de coração. Passou uma má noite, e no dia seguinte foi acometida de tão assustadoras convulsões que ficou completamente negra e a sua boca torceu-se tanto que ficou na nuca. Expirou no meio de grandes tormentos e horrorosamente desfigurada… Várias pessoas atribuíram ao diabo este acto caridoso. Diziam que o diabo a estrangulara para evitar um escândalo e mais incómodos.[1]

— E o que faremos, Madre Abadessa, que faremos?

— Não houve pão para nós à mesa dos homens.
Se todos os corpos fossem para casamento, baixaria
A valorização do dinheiro, equilibra-se a procura
Com o convento, enfeita-se no bordel o tédio
Para uso. Sem senhores, nem cavaleiros, nem
Bordel, nem convento. Os homens
Dividem-se em homens
E senhores. Mas das mulheres todos os homens
São senhores. Nas casas
De senhores, e homens,
E cavaleiros, damos-lhe o sentido porque opostamente
Se definem. Damos-lhe o alicerce e a espessura; fora
Destas casas erraremos. Nenhuma casa
É nossa. Ninguém é nosso irmão ou irmã. De irmandade
Só o convento. De solidariedade
Ninguém, casadas e vendidas de nós próprias.
Não houve pão para nós à mesa dos homens.

CECÍLIA

Pelos meados do século dezasseis, uma mulher chamada Cecília atraiu as atenções em Lisboa. Possuía a arte de modular a sua voz de tal forma que esta parecia sair do seu cotovelo, às vezes, outras vezes dos seus pés, ou ainda de um sítio que seria impróprio nomear. Ela mantinha uma conversa com um ser invisível... que respondia a todas as suas perguntas. A mulher foi reputada de bruxa e de possessa do diabo; contudo, como graça especial, em lugar de ser queimada, foi apenas exilada para sempre na ilha de S. Tomé, onde morreu em paz.[1]

— E o que faremos, Madre Abadessa, que faremos?

— Dir-te-ei que faremos com corpo
    E com cavaleiro. Nossa paixão será o corpo
    E exercício o mundo, e objecto
    O cavaleiro. Nosso corpo forte
    Ao cavaleiro daremos, à noite, mas o corpo
    Do cavaleiro tomaremos. A troca
    Será rompida na madrugada. Diremos
    "Cavaleiro, quero o meu corpo para que eu possa
    Seguir o meu dia". Chamar-te-ão
    Amazona. Mas não corras
    O mundo até ao inferno. No convento
    Amarás o cavaleiro. E disso darás testemunho
    E pedirás justiça. Na casa de cavaleiro marido
    Amarás cavaleiro amante. E disso darás
    Testemunho, e pedirás justiça
    E dar-te-ão convento. No bordel dirás
    "Tenho fé no Senhor", e amarás
    Um cavaleiro. Tremerão os alicerces

Do convento. Que o cavaleiro corra
Do convento ao bordel, e daí
À sua casa, sem nunca te encontrar
A ti fugida na tua paixão.

BRINVILLIERS (MARIE MARGUERITE DE)

Jovem e bonita mulher que, de 1666 a 1672, envenenou sem malícia, e muitas vezes com desinteresse, pais, amigos e criados.

Chegava a ir aos hospitais e aí administrava veneno aos doentes. Todos os seus crimes devem ser atribuídos a uma horrível loucura ou à mais atroz espécie de depravação, mas não ao demónio, como é frequentemente o caso. É verdade que Brinvilliers começou a sua carreira criminosa aos sete anos e que espíritos supersticiosos suspeitavam de que um medonho diabo a tinha possuído... Vinte e quatro horas depois de ter sido queimada, em 1676, as pessoas procuraram os seus ossos e olhavam-nos como relíquias, dizendo que ela era uma santa... pois que os envenenamentos continuaram depois da sua morte.[1]

— A ti fugida na tua paixão. De solidariedade
Ninguém, casadas e vendidas e nos próprias.
Não houve pão para nós à mesa dos homens.
E o que faremos, Madre Abadessa, que faremos?

— Ninguém é nosso irmão ou irmã. De irmandade
Só o convento. Que o cavaleiro erre
Tanto como a tua loucura. Não acoites seu corpo
No teu, refúgio do seu pavor. Que ele caia
Sem casa. Nossa esperança   ›

É a ruína das casas. Aí virás
Da tua paixão.

— E o que faremos, o que faremos?

DESHOULIÈRES

Madame Deshoulières decidiu passar alguns meses num domínio a quatro léguas de Paris, e foi convidada a escolher o mais belo quarto do castelo, à excepção de um quarto que era visitado todas as noites por um fantasma. Havia já muito tempo que Madame Deshoulières queria ver um fantasma, e a despeito de todas as objecções levantadas, instalou-se no quarto assombrado. Quando chegou a noite, foi para a cama, pegou num livro, como era seu costume, leu e, tendo-o acabado, apagou a luz e adormeceu. Depressa foi acordada por um barulho na porta, que fechava mal. Alguém abriu a porta, entrou, andando pesadamente... Estendendo as mãos, Madame Deshoulières agarrou duas orelhas lanzudas, e teve a paciência de as segurar até à manhã seguinte... quando se descobriu que o pressuposto fantasma era um grande cão que achava o quarto mais confortável para dormir do que as estrebarias.[1]

— No mundo abandonado onde então erraremos
A paixão será um só objecto e exercício. Não me chames
De irmã, até que outro mundo venha.
Afastar possibilidades de novo convento. Nos escombros
Acharemos irmãos. Os que nada perderam
E por nada foram esmagados, pois que não tinham
Casas. Mas guardemo-nos ainda porque os irmãos
Dirão "Fizésteis os cidadãos
Agora a cidade é nossa"
Três vezes nos trairão

Nossos irmãos: no pão, no corpo
E na cidade. Não me armes cavaleiro
Das tuas angústias. Retomaríamos nos escombros
Antigos fantasmas. Recuaremos à raiz
Da nossa angústia, sozinhas, até dizermos
"Nossos filhos são filhos são gente e não
Falos dos nossos machos". Chamaremos crianças
Às crianças, mulheres às mulheres e homens
Aos homens. Chamaremos um poeta para governo
Da cidade. Que substitua o demiurgo
De ciclópicos trabalhos.

30/03/71

1. *Dictionary of Witchcraft*, Collin de Plancy.

Primeira carta IV

Como é que o amor é possível?
Como é que não é possível?
que mais importa:
a história de um amor?
ou um amor na História?
          na estória?

30/03/71

Segunda carta IV

Talvez de amor vos fale, ou de morte.
Hoje de morte porque a temo, de amor porque o recuso. Porém como poderei com toda a verdade garantir que na realidade o amor recuso se o uso com homem que escolhi por luta me dar e eu lha dar, em longos torneios de dor e astucioso prazer, que nunca radicamos, trazemos de aceite.
Luta lhe dou — homem não só de berguilha — crio, este afastamento que sofro, mas assumo, resolvo na carne e nas noites trocadas por insónia, tomadas de susto; o corpo ora ao longo dos lençóis tépidos, ora recurvado, tenso, os joelhos perto da boca como feto ou jeito de fuga.
Tentei regressar assim ao meu princípio?
Qual afinal nosso princípio senão este. De mulher nos eis paramentadas, a solidão cravada nas ilhargas e o riso que nos fica tal como nos sobram os grandes espaços plenos de claridades, de vazios, onde cravamos as unhas que logo passam a ter formato agudo, ácido, de garras.
E não temos então misericórdia. Nem branda a voz: jamais o fato lilás te adoçará o rosto, ou a ti o azul da tinta nas pálpebras te adoçará os olhos.
De Mariana tirámos o mote, de nós mesmas o motivo, o mosto, a métrica dos dias. Assim inventamos já de Mariana o gesto, a carta, o aborto; a mãe que as três tivemos ou nunca e lha damos. A acusamos, recusando-nos a ilibá-la por fraqueza, cobardia, fazendo dela uma pedra a fim de a atirarmos aos outros e a nós próprias.

Nos acusamos, sabendo no entanto do peso de rocha, de planta, da nossa força. Do poder com que "saltamos juntas" — o dizes — e do alimento que sempre de alguém tiramos para com ele nos vestirmos e envergadas de mundo lhe sabermos melhor o gosto e as fraudes com que sempre impediram à mulher o acesso a tudo.

De nós acesso só a quem nos venha pôr de manso ou raiva tão acesa que mãos lhe consentiremos, porém sempre longe, e que das três não tema o consentido: pois grande perigo leva, corre, até mesmo lavra de improviso.

Quem já então matámos e destruímos?

"Excluímos?" — acrescentas tu, que remorsos negas e vergas assomos nossos, repelindo-lhes intransigentemente as causas. De nós se utiliza quem a nós nos quer e a quem parecendo consentir utilizamos. Pois bem se ama e bem amamos em exercício de corpo e belo prazer. Com palavras construiremos nosso amor, casas de resguardo e tempo de reflexão. — Cada uma por si espontânea, de aparência frágil, porém juntas logo o rigor, o manto, a terra, o susto que provocamos a homem que nos "saiba" e oiça. Já mesmo houve quem em modos de ameaça predissesse: "uma de vocês morre"; já cartas que nos mandam recusamos e eu rasgo — já tu, mar, fluida, maina — me olhas de suspeita e meu corpo vejo gabado por quem nunca o teve, o viu, apenas o lendo em livro tido por suspeita de retrato e confissão, afinal sendo-o só de grito, raiva e ventre inconsentido a outrem, aceite por mim própria:

"Volto-me defronte do espelho, desviando os braços para a cama onde ponho a camisa. Viro-me e entorpecida deixo que a nudez me atinja com a sua suavidade adolescente de seios pequenos, firmes e ancas macias por onde os dedos descem, se perdem, se reencontram ainda, na pele esticada, plana da barriga, a fim de logo se abrandarem na vertigem do púbis. E apenas as pernas, longas, lisas, aguentam o peso do que vejo; apenas os pulsos, tensos, dirigem o que tenho e te conduzo o pénis na lenta introdução em mim: minha lonjura e morte consentida, minha total reconstrução de vida. Exercício de ti: tuas ilhargas duras, tua magreza indomada sobre a minha.

"Ó espasmo. Ó todo sol. Ó imensas terras abrasadas a perder de vista, meu alentejo de orgasmo na plena aridez dos dias e nos dias, onde dantes se erguiam seus conventos. Ó meu meigo, meigo, meigo violento."

Que homem que me efabula, recuso.
 Mas porque desconheço se vocês me entendem, acreditam, recuo, calando do trio o canto.
 Só eu?
 As três em silêncio, perdidas em pensamentos, caminhos vários, por ambiente tenso.
 Através de mim, delinquente, homem nos brandiu acintoso, premeditado punhal em não acertada ferida... Acaso me desvio?
 Porque de amor vos venho hoje falar:
 "Tão deslumbrada fiquei com teus cuidados que bem ingrata seria se não te quisesse com o mesmo desvario a que me levava a minha paixão quando me davas provas da tua."

Novamente por amor, a partir dele nos eis perante a paixão: sentimento que reconhecemos tão útil em riqueza como aniquilante por posse de nós a alguém; sentimento ao qual nunca nos chegamos a entregar, confessemos se sinceras quisermos ser — (talvez também por tal monstros nos chamaram). — Nos eis perante suas provas.
 Provas de paixão: dados de fraqueza.

Eis as provas — afirmamos?
 E ao apresentá-las, atestamos da paixão sua fraqueza, se é através delas que tem sempre a paixão de se afirmar. — Provas, garantias, atestados.

Geralmente a mulher que dê provas, o homem que as receba. Para isso, entre tantas outras coisas, se nasceu macho e fêmea.

Que mesmo Mariana ao dizer ter recebido provas de amor de seu amante, era as suas próprias provas que gabava, não as dele, valorizando-as assim, entregando-as ao cavaleiro francês como atestado do seu deslumbrado amor, desvario, fitando dele receber em troca o mesmo.

E ingrata será a mulher que se nega a querer a quem a queira, determinada que está desde nascença, a ter sua vida à espera sem pelo menos conquistar direitos de vontade e raivas bem seguras, argumentadas logo como armas. De ingratas, pois, seremos acusadas; estranhas parecendo, logo desencadeando bravas guerras por literárias tidas, porém de raiz mais funda, tecidas, crescidas e aguerridas em maneiras de más consciências e parcas vinhas.

Mitos desfloramos e desfloradas fomos de consentido. Porém de consentidas não nos tomem. Me tomem. Me tomes. Se tome Mariana que em clausura se escrevia, adquirindo assim sua medida de liberdade e realização através da escrita; mulher que escreve ostentando-se de fêmea enquanto freira, desautorizando a lei, a ordem, os usos, o hábito que vestia.

"Talvez de amor vos fale ou de morte" — afirmou dizer ela a sua mãe em carta escrita com modos de orgulho, desprendida. Me servi hoje de palavras dela a fim de hoje vos (nos) escrever, estando em vias de me negar a isso.

Há, sim, uma ameaça: "à nossa vista" saiu Irene Forsyte de casa, deixando com pretexto-paixão, seu marido, enquanto minha irmã, tricotando verde em malha e distracção atenta, nos ouvia.

01/04/71

Lamento de Mariana Alcoforado
para D. Brites

Que terror, Dona Brites, que ternura.

De minha vida sempre se há desfeito ou tomado tão a esconsas tudo... Mas jamais me senti assim perdida, assim podida, assim com este jeito de todos enganar. E com verdadeiro acerto digo: que interessam os outros senão para os usar?

Meus pobres seios macios, meu longo corpo por descobrir dia e dia e convosco, nunca mãe, Dona Brites, que se nela vos pus ou vós por ela tomei, de enganos me levei a mais enganos. Dos anos alheada ando. Porém como envelhecer sem nada?

Meus passos sei talhados todos ou por talhar moldados nestas lajes. Pedra de gerar pedra me tornei, e quando nas paredes corro os dedos, a língua, é áspero o arrepio de vácuo a que tomo gosto e tacto.

Rezes, Dona Brites, domadas desde o leite, não o sentis? pois quem nos vale? Não: quem de nós se vale.

Ó terra! Ó Portugal! Ó tanta largueza! Será possível que me falte o ar e na verdade esteja presa?

Os braços estendo, despidos, fora de minha cela: como são frias as grades e alta a janela... longe os ponho, pálidos, magros; magreza com que me desafio, me permite o sol enquanto choro. Choro, Dona Brites, bem o sabeis, quantas vezes me arrancastes assim: hirta, rígida, nua, os braços alteados, estendidos fora da janela e a cara rasgada de a roçar, em lágrimas, pela aspereza da parede, depois pela agudeza das unhas. Sempre então vos debruçais em mim, vossos olhos cor de avelã e mel, os meus pulsos cedidos a vossas mãos firmes, o grito mordido a contragosto na seda de vossos lábios. Em nossa sede por saciar, sempre e sempre bem represa.

Amiga, não, Dona Brites, a odiar-me chegais (quando de súbito e quantas vezes me distancio, me perco, longe). Amiga, não, Dona Brites e jamais também, mãe, em vós, pois será a esterilidade vossa marca, nosso estigma, nossa branca camisa, nosso termo.

Véu tomámos e rendemos corpo à tirania, quem pena de nós terá, se assim é hábito tirar da mulher, a família, contentamento?

Da morte teria tal alegria, que desconfiança tenho não a conseguir tão cedo, mesmo quando a febre a jorros me corre das entranhas e em grandes haustos fico, banhada no sangue de minhas partes vindo. Inútil sinal de mim, marca de pecado, de mal: sinal de gosto, de gozo... tudo então seria tão bem-vindo!

Mas que esperança? Que esperança, Dona Brites, que vida, que tortura. A golpes estou sem escudo: a mulher não se dá espada, nem escudo, nem montada. Homem fora e tal como meu irmão andava de porfia em guerra contra Espanha. Dizem virem franceses (já chegaram?) a auxiliar nossas terras, pois de auxílio precisadas andam, afirmam os avisados. Que prejuízo nos trará ainda esta mudança? E que tem tudo isto a ver comigo, aqui sentada a contar as horas, as madrugadas, como se as tecesse, descrente.

Descrente, ouvis, descrente. Só o fogo me alenta e meus súbitos ataques de ódio a coberto da noite, porém já falados em segredo. Ontem fui chamada e os confessei sem pejo à Madre Superiora. Moderada me ordenou que fosse. Infeliz? "Se essa for a vontade dos Senhores seus Pais."

De mim que importa?

"Mas viver entre lágrimas, que importa?
Se vida que entre ausência permanece
E só viva ao pesar, ao gosto morta."[1]

(Lembrai-vos de quando vos li estes versos e como os decorávamos, ambas? Demoradamente nos beijávamos como que a contrariar a música das palavras.)

"Madre — disse — nada este convento tema de meus excessos, apenas eu os sofro, os ponho e me saem de cada sítio do corpo, de cada meu lugar desabitado. Que interessa aos outros esta ânsia de mundo, esta voragem de terra, esta minha vontade de beber o mar (bebê-lo, Madre, pelo fundo), esta vontade enlouquecida, esquecida, de tocar todas as coisas que erram a fim de as empunhar. De manso morro, Madre, se não afirmo minhas ânsias, não as confirmo nem as vingo. Ocultas as tenho, mas as tenho, vos confio que as tenho e ocultas as deixo, rasgadas, todavia sempre inteiras no grito a lacerar o travesseiro que mordo assim como os braços. Madre, de homem me convenho, já que a mulher só é dado o parir e o parado. Porém mulher o sou e fêmea me sinto. Quem cuida porque gemo e porque minto, porque me quero só e tão esquecida, mais esquecida do que hoje, se possível. De que me serve a vida se me recusais usá-la, sequer a diga? Desde menina obedeço, moldada a rendas, a linho, a costumes em casa de meus pais. Não temeis, pois, meus excessos, que em clausura os ponho, tal como eu, Madre, que de hábito me vejo porque o visto."

Visto, Dona Brites, estas roupas odiadas. Se até a roupa sou obrigada... Vós mesma já quantas vezes quase à força mas vestistes?

"Para vosso bem Mariana, sabeis ser para vosso bem... que será de vós se vos recusardes a ir à capela..."

Mas acaso entendeis o que me seria de bem?

"Mariana... Mariana... Mariana..."

Que pavor, Dona Brites, que secura. Que cegueira enlaçada onde nos pomos. Cedem as pernas à fadiga logo gosto, e todo o meu ventre se abre à vossa boca. Que loucura tomada a contragosto; que ternura súbita subida até ao peito.
    Com que rigor me perco. Com que rigor afinal me tenho.

03/04/71

---

1. De uma poetisa anónima do século XVII.

Primeira carta V

"Mais dura, mais cruel, mais rigorosa
Sois, Lisi, que o cometa, rocha ou muro
Mais rigoroso, mais cruel, mais duro,
Que o céu vê, cerca o mar, a terra goza"[1]

Porque hoje quero dizer da crueldade.
(Só da minha?)
Irmãs, vos quero dizer da crueldade; daquela que utilizo, dia seguido de outro dia, mesmo comigo, mesmo de castigo, de agasalho. Crueldade serena, quotidiana, em que me dispo: com que me dispo; me visto, prossigo de indiferença, rigor.

Que todo o rigor perante o homem será pouco e necessário é dizer-lhe isso.

Não nos tomarão mais como guerreiros tomavam castelos em vitória, a fim de os habitar não só com leis, espada, mas também com vinho: vigor deles, abastança.

Mulher: abastança de homem, sua semelhança, sua terra, seu latifúndio herdado.

De secretas coisas acusarão o trio; nós os assustaremos na recusa de lhes sermos presa. Falcões que se pousarão, todavia, acorrentados em nossas luvas, em nossas mãos cobertas, defendidas:

Nas tuas, tu que recusas a diferença, nossa casta, a dureza, mas a assumes, a diriges em gume acerado, em sorriso ameno se preciso para ferida, e com palavras meigas e sinais, lhes cortas os testículos.

Nas minhas, eu que vos oiço, me distancio, me crispo, me entristeço e calo de súbito, me recolho de hábito, eu que sou de todas a mais afastada de macho por repeli-lo com violência, aspereza (e susto?), depois de o haver tido (amado?), dele me ter alimentado (amado?), o ter utilizado a frio comigo (amado?)

(de crueldade hoje não vos falo?)

Comigo vive homem que me dá luta e eu respiro, desejo até à dor do vício (amo) nunca permitindo apesar disso que me conduza, me distraia, me destrua.

Nas tuas, tu outra, jamais dissimulada, em guerra clara, posição firme. Contra a astúcia te declaras, como sendo única maneira de conquistarmos mundo. Tanto és mosto como mastro.

Como mães?

As três: mães de homens e não de rio, nem de pedra, nem de mulheres. Responsabilidades temos e o sabemos, de não criar marialvas ou marinheiros por conta, neste país historiado e posto: país de marinheiros, navegadores por dono.

Como dizer ainda agora a uma mulher: faz uma ponte, tal como dantes se lhe dizia: dá-me um filho?

Lhes daremos filhos, sim, mas em gosto gerados e paridos nossos; porém jamais nossas afirmações ou obras: pontes recusamos que o sejam de nossas vontades ou distúrbios.

Me afasto — repito — de tudo o que me exige, me prende, ou simplesmente mesmo me pretende a atenção, o riso, a disponibilidade. Como disponível de mim ou de mim livre?

(porque surges meu amor sempre que me afasto? Porquê este perigo, este risco, este fio que sigo e te encontro em luta e desejo do outro lado?)

Que negamos?
  Que rimos ou rimamos nós de Mariana? Que negamos? Que tiramos nós de Mariana? Seu cuidado?
  Eu meu cuidado? Vocês vosso cuidado?
  Nossa chama?
  Se dela tomei partido é porque a invento, não porque a disfarço. É porque a defendo? Me defendo? Me evito, amo, a suicido, a mato, a masturbo.

Quero-vos falar daquele homem que me disse durante uma longa tarde: "possuir-te só posso se vestida; de freira tu, se possível — acrescentou baixo desviando os olhos —, o hábito levantaria a enrolar-to nas pernas que me apareceriam virgens, despidas de pudor até às ancas, ao ventre desprotegido onde passearia demoradamente a língua. Possuir-te só posso se vestida; assim vestida — disse ainda e cada vez mais baixo — é assim que te quero violentar, mulher sem defesa e objecto. Deixa-me ao menos que te tenha numa igreja!".
  Eis este: outro exercício da paixão, Mariana então minha irmã em pretendido objecto, ambas nos afirmando, embora por medidas diferentes: eu afirmando-me recusando, ela afirmando-se aceitando. A submissão da mulher, pois; o domínio sobre ela como paixão-desejo, nunca porém desligada da posse, da violentação, esta mesmo se apenas simulada.
  — Frágeis no entanto são os homens em suas nostalgias, medos, rogos, prepotências, fingidas docilidades. Frágeis são os homens deste país de nostalgias idênticas e medos e desânimos. Fragilidade em tentativas várias de disfarce: o desafiar touros em praças públicas, por exemplo, os carros de corridas

e lutas corpo-a-corpo. Ó meu Portugal de machos a enganar impotência, cobridores, garanhões, tão maus amantes, tão apressados na cama, só atentos a mostrar picha.

Mais duras, mais cruéis, mais rigorosas. — De lésbicas por isso nos chamarão: tendo nós de mulher deles apenas o corpo, não a vontade, o desgosto. Que de homens precisamos mas não destes.

(meu amor, amor, meu desejo, minha mesa e sede ao longo destes anos. Meu tido precipício, meu violento, violento sido; corpo despido onde me deserto; minhas estreitas, estreitas ancas no seu vício.)
Meu calcanhar de Aquiles?

05/04/71

1. Jerónimo Baía.

Terceira carta IV

Chegou o momento em que nossa semente gerou, nossa espiral de entrepalavras se alargou, e de cada uma de nós se vem tornando menos o que fica fora, tudo sendo trazido e revisto em nossa assembleia de três; e eu venho trazer-vos o que venho escrevendo em outros sítios, talvez tudo de mim, se for capaz, e será melhor que o não seja porque muito campo é de revolver e revolucionar não pela palavra escrita; talvez quase tudo de mim em minha circunstância de agora, e se me repetir aqui do que escrevo em outro lado será só efeito de pequenez de palavra e da fixidez da escrita, porque quando digo "venho trazer-vos" estou sobretudo atenta ao que de minha força fica transformado no meu exercício quando é por vós, no nosso exercício. Mas este tema é tema de final, e assim o deixo agora.

Inevitavelmente, passámos de amor à história e à política, e aos mitos que calçam circunstâncias históricas e políticas, e tu perguntaste "é pacto com o demónio que sugeres?". E não foi por acaso, essa pergunta — de fora nos julgamos, mas são nossos temores mais fundos o que nos liga ao que rejeitamos — como não é acaso ser o demónio homem preto, ou vermelho, ou tomar forma feminina, no dicionário dos bruxedos; demónio é o anjo caído por ter ameaçado a ordem superiormente estabelecida. Passamos assim aos mitos de circunstâncias históricas e políticas, porque não nos é possível ainda, falar em amor; porque na relação a dois, homem e mulher julgando-se sós e nos seus sexos, se vem imiscuir o que a sociedade fez e exige de cada um; porque relação a dois, e não só no casamento, é mesmo base política do modelo da repressão; porque se mulher e homem se quiserem sós e nos seus sexos, logo isso é sabido como ataque à sociedade que só junta para dominar, e Abelardo é castrado, e Tristão nunca se junta a Isolda, e todos os mitos do amor dão-no como impedido e irrealizado, e todas as histórias de amor são histórias de suicidas; porque temos de remontar o curso da dominação, desmontar suas circunstâncias históricas, para destruir suas raízes. Entendo, pois, que não basta pensar em relações de produção, sendo socialmente a mulher produtora de filhos e vendendo sua força de trabalho ao homem-patrão. Esta é uma exacta e muito necessária mas não total leitura da realidade; necessária por bem agarrar este fulcro da questão, talvez até sua origem histórica, e que tanto se quer escamotear na arengada promoção da mulher. Mas a esta leitura é necessário acrescentar todos os sistemas de cristalizações culturais que vieram sustentando, reforçando, justificando e ampliando essa dominação da mulher (e não só essa dominação), porque a alteração da situação económica e política que agora nela se baseia não traz necessariamente a destruição de todas as cristalizações culturais em que a mulher é imbecil jurídica, irresponsável social, homem castrado, a carne, a pecadora, Eva da serpente, corpo sem alma, virgem-mãe, bruxa, mãe abnegada, vampiro do homem, fada do lar, ser humano estúpido e muito envergonhado pelo sexo, cabra e anjo etc. etc. E digo é, tudo isto no presente, porque contra estas imagens nunca houve combate de raiz, apenas se foram pondo em causa as consequências lógicas e práticas de algumas delas, na medida em que já não convêm, já não servem mais ao homem, mas o tom desse pôr em causa é mesmo o de uma conveniência medida, "então, então, não exageremos, nem para um lado, nem para o outro". E pergunto-me, e disso já falei, se a guerrilheira que luta junto de seus irmãos, nessa altura em que é guerrilheira, e não produtora de filhos, nesse seu renascimento de sangue, se é guerrilheira sem angústias de futuro e junto de seus verdadeiros irmãos, ou se nestes pressente ainda a raiz da traição, no diálogo de luta presente e na cidade futura; qual o sentido da liberdade, ou da sobrevivência, por que luta, se continuar a ser sexo de segunda ordem, à sombra da cultura do Homem, com letra grande, obrigada a serviços da manutenção do homem, último receptor das frustrações do homem, para quem o próprio erotismo, sua fictícia bandeira de libertinagem, é agressão à mulher. E tudo isto respondo a quem diz que o problema da mulher é pequeno-burguês, de seiva burguesa, esquecidos de que a burguesia se instalou no chão já feito de suor da mulher; e a ti, quando dizes "o sinal posto brando e alto entre as coxas não deve levantar-se contra nada". É bonito jogarmos com palavras e conceitos — e aí sim, aí temos nosso refúgio de mulheres burguesas — mas será duro jogarmos com a pele dos outros. Se resistente é a economia e a política — depois dos capitalismos, dos colonialismos e dos socialismos, têm vindo todos os neo e os revisionismos, e enquanto não houver máquina de fazer filhos é a mulher quem os faz, e o problema não será só de capataz ou patrão, mas o de uma sociedade ser também construída a partir disto, do significado do trabalho e de quem o faz — se resistente é a economia e a política, mais é tudo o que as sustém. Voltando à enumeração dispersa dos rostos cristalizados da mulher; só quando os soubermos alinhar segundo eixos, vectores, poderemos ver a extensão e profundidade do que nos tolhe a todos, mulheres e homens. Pegando, por exemplo, numa linha: corpo de mulher, onde é sugado e exausto sexo duro do homem, sua

breve participação na feitura do filho — filho riqueza, mão-
-de-obra, imortalidade em outro — corpo de mulher com
seu sangue e ciclos e que se rasga noutro corpo filho, mis-
tério de vida e de morte, escândalo de um corpo demasiado
próximo da natureza que o homem tenta dominar receando
sempre suas vinganças, medo do corpo, corpo de perdição,
medo de castração nele, homem erecto e construtor mas a
quem só a mulher para os filhos, mulher marginalizada na-
quilo que o homem rejeita nas suas escolhas pragmáticas,
intuição feminina (a mulher tem artes, diz o povo, e Freud
considerou-a, *et pour cause*, muito mais atenta do que o homem, ao significado dos esquecimentos e actos falhados),
eterno feminino, magia, bruxa, demoníaca, possessa, vampe
(ah, mulher! que é para te comprar que eu trabalho há séculos, e minhas leis, e tu sempre me foges), corpo que se possui, terra do homem, carne da sua carne, costela de Adão,
homem faz-se mãe da mulher para a reorganizar nas suas ori-
gens, a partir do caos, mulher poder de tentação e de pacto
com a desordem, poder e escândalo, sentimento de culpa do
homem, sua crítica marginal, sua imagem negativa... Vêm
de longe os nossos medos, as nossas ditaduras e os retratos
demiúrgicos dos nossos chefes. Em toda esta linha que eu
mal puxei, se ensopam e mitificam nossas políticas, nossas
éticas, nossos amores a dois. Nossos amores a dois, onde
os homens se nos chegam assim, vindos daquela cavalgada,
em sua imagem social presente, destrutivos, fazendo o vazio à sua volta, afirmando-se sempre contra alguém ou alguma coisa, erectos não por si mas por força de ir contra outro, sempre cegos e sempre sós no seu solilóquio perante
nós, que substitui, diálogo, connosco, impossível; seu vazio diz-nos "minha sombra de nada", seu medo diz-nos "minha raiz de tudo"; e nesta carência, por seu medo, é nova in-
vasão que se prepara, "em ti me enxerto, eu cepa usada, tua

seiva sugo". Chegará tempo de amor, em que dois se amem sem que uso ou utilidade mútua se vejam e procurem, mas apenas prazer, prazer só, no dar e no receber?

Nossos amores onde nós chegamos hirtas, e não feitas por gente, talvez antes feitas de pedra, também naquela cavalgada, onde nossa mãe nos tiraram, feita terra de homem, feita costela dispensável de Adão; nossa mãe sem nada, que esperava filho varão em que o seu eu pudesse desforrar-se e vingar-se, e que perante filha fêmea só soube desolar-se, sentindo culpa por tê-la feito igual a si, menos que nada nos seus direitos, e sentindo culpa por ser sua vingança e sua necessidade, seu acesso negado a ser outra, só fazê-la igual a si; não temos mãe desde o leite e as fraldas, ninguém nos disse da necessidade de nossa presença única. Também por isso nosso intercâmbio — e toda a amizade de mulheres — tem um tom de uterino, de troca lenta, sanguinária e carente, de situação de princípio retomada. Também, mas não só; também conta, pelo menos nos receios fundos, nossos e dos outros, o que a sociedade semeia de turvo e equívoco nas relações entre mulheres, juntas só para se entreterem, e divagarem no que as aflige e opõe e nunca no que constroem, juntas para que uma sentinela baste, e a sociedade semeia o equívoco que assustará e susterá a própria amizade entre mulheres, dois homens não se beijam, duas mulheres sim, que se lhes compense um pouco o que por outro lado lhes é negado, mas leve e ingenuamente, confidências também sim, mas nada de consequências além, porque na sociedade, e por ela, assexuada é a mulher.

E nesta volta do amor à história e à política veio a visita de fundo ao nosso intercâmbio; porque desentulhamos o que de assustador temos para nós — e porque não "pacto com o demónio", se dessacralizado, desmistificado, se soubermos "o diabo que temos na mão"? — e o que de assustador, monstruoso, equívoco, nos cometerão os outros — lembremo-nos, sim, que um negro extremista é já respeitável, mas que uma feminista é vituperada, assustadora do ainda indiscursível, incómoda, ridícula, mesmo para os cavaleiros bem pensantes de toda a libertação — talvez seja o primeiro caminho para desmontarmos nossas circunstâncias históricas e políticas.

06/04/71

Carta do cavaleiro de Chamilly a D. Mariana Alcoforado, freira em Beja

Chamilly, Sexta-Feira Santa do Ano da Graça de 1671

Madame,

Marianne   âme   amère   mère
ma soeur, voilà que tes lettres que j'ai jetées au monde, l'ordure et la souffrance à l'ordure et à la souffrance, voilà qu'elles siègent à présent sur la table de chevet de celles et ceux qui font du plaisir d'amour leur raison d'être. Madame La Reine s'en réjouit en cachette, on t'enjolive, Marianne, ton but est atteint, te voilà mise en pages et sacrée femme de l'esprit du monde, femme au monde. Il n'y a plus lieu de faire en moi le lieu de ta parole de souffrance, de te plaindre en moi.

M. Pascal est mort: "Qui voudra connaître à plein la vanité de l'homme n'a qu'a considérer les causes et les effets de l'amour. La cause en est un je ne sais quoi (Corneille), et les effets en sont effroyables. Ce je ne sais quoi, si peu de chose qu'on ne peut le reconnaître, remue toute la terre, les princes, les armées, le monde entier".

Mais point de la même façon, point de la même matière. Voilà que des louanges comblent ton amour décrit, décrié, voilà sept ans que je ne fais que remuer ma vie de ton absence.

Pourtant, je t'ai aimé d'un amour juste. Seule ta rencontre s'est faite en vanité. J'en avais les moyens, la parole aisée, le coeur fade et blasé, les mains et le corps dociles à l'absence d'amour des amours libertins. Pourtant,* oh bem amada, a quem jamais direi a que divino serviço me rendeste, a quem jamais usarei de escrever-vos, em vossa própria língua vos legarei dito o que me fostes e haveis traído, acaso por vossa condição de mulher e sem no saberdes. Hora após hora, vossos olhos lustrosos espelhos de água quieta, a clara voz de teus cantares galantes ou menineiros tão descongraçados com vossa cela e hábito e eu falava-vos, seriam talvez a cal de vossos muros, o refrigério de vosso crucifixo sobre eles, eu falava-vos sem resguardo, despojado de adornos e encargos, eu vos dizia de vossa falta louvando vossas graças, o fosso aberto em meus olhos cegos a cavalgar ao sol a vosso encontro como se nada houvera de mim que em vós não tivesse lugar e matéria, como se os plainos secos de vossa terra me foram a secura própria, meu silêncio, eu deserto até que em vós dado, hábil ainda por prazer de vós, mas dado, Senhora. *"Je n'approuve que ceux qui cherchent en gémissant." Je gémissais, car je croyait avoir trouvé, je gémissais à vos genoux,*

---

* "Mariana alma amara mãe/ minha irmã, eis que tuas cartas, que lancei ao mundo, torpeza e sofrimento à torpeza e ao sofrimento, eis que jazem agora na mesa de cabeceira daquelas e daqueles que fazem do prazer do amor sua razão de ser. Vossa Rainha, regozija-se em segredo, ataviam-te, Mariana, teu propósito foi alcançado, estás posta em páginas e sacramentada mulher do espírito do mundo, mulher no mundo. Não há mais ponto em fazer de mim o ponto de tua palavra de padecimento, em queixar-te em mim./ Sr. Pascal está morto: "Quem desejar conhecer de todo a vaidade do homem necessita tão somente considerar as causas e os efeitos do amor. Sua causa é um não sei quê (Corneille), e seus efeitos são atrozes. Esse não sei quê, coisa tão minguada que não se pode reconhecer, revolve toda a terra, os príncipes, os exércitos, todo o mundo"./ Mas nada do mesmo modo, nada da mesma matéria. Eis que louvores preenchem teu amor descrito, descreditado, por sete anos tão somente revolvo minha vida em tua ausência/ Contudo, amei-te de um amor justo. Tão somente teu encontro deu-se em vaidade. Eu possuía os meios, a palavra fluida, o coração deslavado e indiferente, as mãos e o corpo dóceis à ausência de amor dos amores libertinos. Contudo."

car je ne trouvais que mes gémissements sans recherche.* Entendeis de que me queixo sem já queixar-me de vós, Senhora? Mas não, vós não podeis haver-me entendido, que só de gabar-me meneios de cortesia e esbeltez de corpo, só de contar-me os cabelos e as horas a vosso lado cuidáveis, só de meus cuidados por vós, nunca do mal maior que por vós me vinha tivésteis entendimento. "*C'est la petite soeur de Beja*", dizia-me então o senhor de Magny com ironia e meus pares, e o moço aparelhava-me o animal, sorrindo, até que me foram achando em descuidar serviços e mal cumprir deveres de cargo e cortesia a cavarem-se-me os olhos de já nada me ser nada e, transposto o umbral de vossa cela, ainda nada, porque teu corpo e olhar e vãs palavras e risos e gosto em mim e teus dizeres tão entregues e inquietos me eram menos que ao que por ti me vinha — só queria uma outra tua fala, que te foras tu igualmente desfeita de ti mesma e pouca perante meu tão pouco ou que o acolheras por tal. E era então que vos dizia "Partamos, partamos longe". E o longe esse era tão largo que nem pudera saber onde nos queria, em que lugar de enlace tão justo que o horror de não ser vós se me apagara. E tu ali, como de sempre, só que amando de paixão e não para lá dela e me dizíeis "Como, meu senhor, como poderíamos? Onde?", com um sorriso composto de paciência, pois que bem vos bastava eu ali e minha pena, humilde e tão astuta e eu não podia proteger-vos de tão mansa ambição que então só de mim era.

Dia a dia assim me morria de mim em vossos braços e o eu não querer-me eu bem por vosso amor ao que eu bem vos parecera tal qual era me matava de vós. Minha senhora de vós, ou menina tenra e casta, que só de minha ausência soubeste que

---

* "'Aprovo tão somente aqueles que buscam gemendo.' Eu gemia, pois acreditava ter encontrado, eu gemia a vossos joelhos, pois encontrava tão somente meus gemidos sem busca."

lamentar-vos com arte, que essa é a sabedoria que vos coube, sem que nunca de vós me viesse bálsamo a este horror — o ter perdidos para sempre meu lugar entre os meus, meu gosto de ajeitar-me à sela, à farda, ao bom comando, à leveza de rendas e casacas, à inteireza de servir com boa pólvora minha honra, meu Rei e meus haveres. Tu, Mariana, que por vós contra tudo pequei que menos contra o espírito, meu trago de meu nada, acolhida à dureza de minhas carnes sem que pudera ofertar--vos meu pavor — pois que vos preenchia de prazer os dias, nada mais ousando dizer que o que vos convinha ao estado e dava gosto à condição, amansando-vos a culpa por vos saber inocente das minhas.

Senhora pois de minha agonia, claras noites, eu, vossas paredes nuas e o Senhor nelas suspenso, cru, tu branca, enluarada e nua repousando e eu face a vosso amor de vós saciado, a sombra de vossas grades em minha camisa, meu sémen frio, largado de meu assento sobre a terra, meio despido e estrangeiro, Senhora — eu velando-vos e calado de nada.

Car peu à peu, tu as abandonnées tes habitudes de prière, tes mots marmonnés le matin aux visages de plâtre, à des ulcères feintes, aux images figées de ta solitude enfantine — je devenait ton dieu et ton offrande, ton saveur en cullote de soie, tandis que pour moi, dans l'effroi de ma tendresse, sous la terrible absence de moi en toi, j'ai subi de mes mains sur ton corps l'affreuse absence de Dieu en toute chose.

Ah, que n'aurais-je désiré que vous soyez pour moi une autre Ximéne, m'aidant à me tenir raide sur ma selle, me menant au champ d'une bataille à laquelle ni mon coeur, ni mon corps ne tenaient plus. Que ne m'avez vous tenue promesse de m'aimer au delà de la mort, puisque c'était de l'agonie du sens de ma vie qu'il s'agissait auprés de vous, c'est contre cet anéantissement que j'ai essayé de creuser dans vos entrailles un abri, chevauchant la souplesse de votre corps avec trop de tendresse, trop de tendre fureur pour n'y trouver que votre absence dans le plaisir, votre complaisance et point de compassion, pour n'y trouver que le tombeau de ma présence. Vous étiez vide, Marianne.* Tão seca e gasta de húmus apesar de ardente como os montados tórridos que cruzava levantando poeira ao vosso encontro e onde vossas gentes, negras à contraluz do sol-pôr, largavam suores e tempo de vida, donde vossas gentes pela madrugada me levantavam os olhos à passagem, olhos negros como os vossos *et pleins de la même alégrésse ironique, sans pudeur, puisque je leur étais le saveur, le doigt du roi de France venu à raffermir à son profit votre liberté envers l'Espagne. Est-ce-que votre liberté ou vos amours ne peuvent être, vous, gens du Portugal, que contre l'autre, le prochain? Est-ce-que vous, Marianne, si douce, distraite et accueillante, ne pouvez compâtir avec la souffrance, l'horreur de l'amour humain, que dans l'absence de l'aimé? Est-ceque tu ne peux connaître la mesure de ton avidité aride que par mémoire et écriture? Est-ce-que tu oublies que je me tenais devant toi mediant et démuni comme les mendigos qui venaient le dimanche manger la soupe de vos mains distraites de soeurs bien*

---

* "Pois pouco a pouco, abandonaste teus hábitos de prece, tuas palavras resmoneadas de manhã diante dos rostos de gesso, de falsas chagas, das imagens estáticas de tua solidão pueril — tornava-me teu deus e tua benesse, teu salvador em ceroulas de seda, ao passo que quanto a mim, no temor de minha afeição, na terrível ausência de mim em ti, suportei com minhas mãos em teu corpo a terrível ausência de Deus em todas as coisas./ Ah, como desejei que fôsseis para mim outra Ximena, ajudando-me a permanecer reto em minha sela, guiando-me ao campo de uma batalha a qual já nem meu coração nem meu corpo consideravam importante. Como prometestes amar-me para além da morte, uma vez que era da agonia do sentido de minha vida que se tratava segundo vós, é contra este aniquilamento que tentei cavar em vossas entranhas um abrigo, cavalgando a flexibilidade de vosso corpo com exagerado desvelo, exagerado furor desvelado para encontrar tão somente vossa ausência no prazer, vossa complacência e nenhuma compaixão, para encontrar tão somente o sepulcro de minha presença. Estáveis vazia, Mariana."

nées? Soeurs de qui,* Mariana, que nunca mo fostes, como de nenhum outro deserdado que não vós mesma, pois que eu vos gabava a beleza, os olhos fundos, os seios redondos, a curva branda dos tornozelos, o airoso dos pés, tal como eles vossa bondade e só vos achávamos risos e vãos cuidados, porque do desespero de nossos olhos nunca vos destes conta e de vossas lágrimas tardias as haveis volvido escrita de sofrer galante.

Deixo-vos, Senhora. De há muito já que de vós não busco notícias ou espero. Meu último arremedo de retorno ao estado em que estava posto antes de conhecer-vos foram minhas campanhas ao serviço do senhor meu Rei nos Países Baixos.

Não me poupei, só que a morte sim. E minha vida mais não será que buscar aqui em minhas terras lugar para um saber que meu coração não desdiga, para um sentir que meu saber possa ter por verdadeiro. De vós me veio clausura e fechamento, Senhora, e perdoai se mal vos perdoo de moço mais não ser. Ficará esta entre meus papéis, para que um dia, em vossa velhice ou na juventude de alguém de vosso sangue possa justificar-me, não de meu abandono, que não parti de vós, Senhora, mas de vossa falta, porém de haver dado azo, por objecto deles ser, a escritos e sentimentos que jamais deveriam ter sido, pois mais feitos são de ilusão, Senhora, que da disciplina crua e austera que de nossos amores houvera podido nascer. De nada vos acho em culpa, porém, Mariana, e que bem claramente o

---

* "e repletos da mesma alegria irônica, sem pudor, uma vez que eu era seu salvador, a vontade do rei da França que fora confirmar em seu benefício vossa liberdade em relação à Espanha. Vossa liberdade ou vossos amores só podem ser, povo de Portugal, contra o outro, o próximo? Vós, Mariana, tão doce, distraída e acolhedora, só podeis vos compadecer do sofrimento, do horror do amor humano, na ausência do amado? Só podes conhecer a extensão de sua árida avidez pela memória e a escrita? Esqueces-te que eu me mantinha diante de ti mendicante e despojado como os mendigos que vinham aos domingos tomar a sopa de vossas mãos distraídas de irmãs bem-nascidas? Irmãs de quem."

tempo o deixe entre nós para os vindouros. Nem outra companheira escolheria para esta amaríssima busca que tanto não o seria convosco. Pois que bem vi em vossas cartas e artes, que o mesmo talento de que haveis dado sinal ao compô-las é o de achardes alegria em todos os modos de estar solta. Não sois, Mariana, uma mulher grave e eu, que por tal me conheci ante vós, muito haveria de ganhar da aceitação da vida e de seu fim junto a vossas artes de nada ter por derradeiro ou de maior vulto que o que é bem composto e cheio de graças. Por esposa pois vos hei tomado, ou vossa lembrança, e que noutro lugar ou tempos possa ser o que em nós não foi.
Adieu, en Dieu,

Antoine de Chamilly

06/04/71

Alba

> Como se não houvera
> bosque mais secreto
> [...]
> *Eugénio de Andrade*

Maria atira para trás o lençol, devagar:
 o calor do quarto empasta-lhe os cabelos num brando suor, às têmporas, ao pescoço, aos ombros, sobre a almofada; volta-se, consciente do silêncio da casa, do jardim imenso. O terrível silêncio do bosque:
 "O bosque com as suas ledas sombras, as suas ternas saliências, o seu verde húmido de água; dunas. As suas dunas de pássaros adormecidos. A sua dormência uterina, a sua voragem quase monstruosa onde mergulharia, se envolveria, despida de si por completo."

— Mas que bosque, Maria, que loucura, que invenção? — diz ele enquanto a acaricia, lhe beija os peitos soltos sob o fato, não querendo ou podendo reparar-lhe no vazio dos olhos, no crispado dos lábios, na indiferença dos braços. No medo crescente, todos os dias maior, possessivo, envolvente, radical, por dentro das pupilas verdes, toldadas; um verde cinzento já sem transparências.
 Uma manhã em que Ana se lhe demorou mais no colo, disse baixo, como se fosse um segredo entre as duas:

— "Anda minha filha, vamos para o bosque."

Depois riu-se, baixo, e correu as mãos pelo rosto, indo encostar a testa nos vidros mornos da janela que dava para o jardim imenso com as suas dálias, os seus crisântemos, os seus alucinantes malmequeres amarelos, a perder de vista.

— Que bosque, Maria? Mas que bosque... que caminho? Ali é o portão, depois as casas, as pessoas, Maria; mas que bosque estás sempre a inventar, que domínio, que bosque, meu amor; que rio, que desatino?

Maria atira para trás o lençol de linho branco, devagar; o calor da tarde agarra-se-lhe à pele, ao sono mal desfeito ainda, ao corpo que a camisa de noite, de tom rosado, dormente, exibe mais do que se estivesse nu.

Maria sai da cama, escorrega para o chão as pernas altas, levanta os braços e despe-se, entontecida, numa leve, leve tontura ou náusea a tomar conta de si... De pé, espera um breve segundo antes de contornar a cama, afastar os cortinados brancos, na renda larga, trabalhada; os cortinados assim como os lençóis, de branda fragrância suspensa; os cortinados assim como a casa, de macia transparência a delinear a nudez, a delinear as ancas. As pernas longas, pálidas, tensas, vergam-se ao de leve, mas logo se firmam a aguentar do corpo o peso; as ilhargas quentes, secas, lentas; a cintura recurvada aos dedos, a toda a violência.

E brandos são os pés agora no lajedo aceso do terraço, sob o sol. Brandos no passo incerto, breve. Sereno o movimento posto de vidro no gesto cauto, vigilante.

Largo o risco traçado pela sombra que o corpo projecta, remove, doma, cresce e floresce na própria sombra. Enquanto Maria agora desce novamente, transpõe o perigo dos outros e desce ainda, no bosque que tão bem conhece, embora lá nunca tenha na realidade ido. Que meigas folhas a roçar os lábios, os seios na terra onde pernoita o tempo, o corpo recolhido, acolhido na erva, à mistura com o sabor ácido do rio. Maria fecha os olhos e sabe que adormece, ali tão a resguardo, tão tranquila, tão esquecida de tudo, tão desarmada, os joelhos erguidos, junto à boca, como nela estivera já a filha.

Querida Mãe:
Mando-lhe a Ana que aqui não pode continuar. Tome conta dela, distraindo-a do que por cá se passou e ela viu.

Maria parece ter enlouquecido (poucas esperanças de curá-la nos dão os médicos) e o Francisco nega-se à verdade, os dias metido no quarto dela, onde se fica em silêncio a olhá-la como se a quisesse despertar para a vida.

Ralo-me por ele, no entanto não te preocupes de mais, que eu me encarregarei de o convencer (conheço meu irmão) a internar Maria numa clínica.

Não fales à Ana, da mãe, é preferível que comece já a esquecê-la, pois melhor seria não lembrá-la nunca como sempre foi.

Bem sabes que jamais previ algo de bom deste casamento. Mas agora que aqui estou, tudo se arranjará e há-de voltar a dantes.

De volta espero levar-te o Francisco. Prometo-te. Entretanto vou dando notícias.

Beijo-te afectuosamente.
    Tua filha dedicada

    Mariana

    09/04/71

ALBA

As cool as the pale wet leaves of lily-of-the-valley
She lay beside me in the dawn.
										Ezra Pound

						ALBA

						Como se não houvera
						bosque mais secreto,

						Como se as nascentes
						fossem só ardor,

						Como se o teu corpo
						fora a vida toda,

						O desejo hesita
						em ser espada ou flor.

						Eugénio de Andrade

BEJA	E	VERONA	AO	MESMO	MADRUGAR

— Volta à redoma farta onde redondos cantam os gerânios
vem à noite amarela que te faço no poço dos meus braços

— Vou que de nada dizes o que me consegues
 vou porque me tomaste pelo lado manso

— Volta ao lado de dentro onde estão guardadas as palavras boas
   volta ao rigor do riso
   que eu te fiz silêncio
   eu te guardei brava
   eu te pintei solta
   por um preço alto

— Vou pela vela acesa ao pinheiral novo
   suspensão dos teres
   ao lugar dos brados
   que não demos antes

— Dança pelo teu segredo uma casa aberta

— Vem a contar-me as horas por dentro dos nomes

— Minha espada dada dorme à tua beira

— Rosa verde clara   senhor do primeiro

— Casada de mim   eu não sei quem sou

— És sobre o meu seio

— Dorme sossegada
   minha água lisa
   face onde me estou.

                                                        09/04/71

Conversa do cavaleiro de Chamilly com Mariana Alcoforado à maneira de saudade

— De vossos peitos
senhora
estou de vós lembrado

— De tua boca em tê-los
e o medo
de perdê-los

— De vosso ventre
senhora
estou de vós lembrado

— De teu leite cheio
e chama
tão acesa em sê-lo

— De vossas coxas
senhora
estou de vós lembrado

— De te serem
tidas
se queixam desvalidas

— De vossas artes
   senhora
   estou de vós lembrado

— De ti roubada
   nelas
   por mim tomada delas

— De vosso gemido
   senhora
   estou de vós lembrado

— De prazer o grito
   menor
   que o meu gemido

— De vosso orgasmo
   senhora
   estou de vós lembrado

— De teu corpo
   o campo
   do meu corpo o canto

— De vossa língua
   senhora
   estou de vós lembrado

— Na tua boca o suco
   no teu membro
   o espanto

09/04/71

Segunda carta V

[À guisa de inventário e como guia do que vai ser.]

Pronto, está feito. O encontro virou família, a paixão virou trabalho de amor. A aflição e o susto viraram regras e pactos. O tema virou de fogo a peça de forja, a objecto de situar. O cerco, círculo, parábole. Parábole aberta.

De irmãs indecisas a enfeitar-se cada uma de suas plumas, tu a emotividade lírica e o erotismo, tu a distância "analítica", eu o destacamento irónico, todas vindo cada uma presa de seus arremedos de força, eis que, no calor do acontecido e tocadas, até reveladas na infância comum que nos *foi dado* encontrar, eis que nos fizemos, de queixas nossas umas a outras, da coragem disso, de nos acusar e suspeitar, passando da acusação a nossas mães a nós ali presentes e suportando isso, eis que nos fizemos de todas mãe e filha e irmãs decididas a dizer-nos exactamente porque órfãs e doridas e carentes. A família.

Tudo isto encadeado, entremeando e ensaiando cada uma formas das outras, como a provar que, e provando, que tomando posse e engravidando cada uma de cada uma de cada uma. Quem não analisava, fê-lo bem, quem não fazia poemas, foi-os fazendo, quem não se fazia valer de pintar olhos, também. Quem não chorava, quase, quem não se agitava, agora sim.

Mas sempre perante e dito. A paixão aflita da ameaça de ser doutra forma o mesmo (isso é a paixão), assim se foi selando (zelando por ser), trabalho de regra do imposto ao pacto. O tempo da disciplina começou. Com sua mestra cada uma discípula da matéria que melhor lhe cabe e às outras convém.

Do fogo de Mariana, ora dito "todos os fogos de fogo", ora lume brando de fogareirinho de antanho, forja-se agora, em jogo de dentro e fora, a vontade de inquirir sob o modo e objecto que a cada uma é mais próprio — tu, de dentro da pele de Mariana, me queres saber as dores e a condição — deixá-la vir e vem e sua história na História por acréscimo. Tu, de largo para o estreito, a contragosto e nem sei bem, te vais estreitando — tema largo das mulheres e sua origem, à condição de freira e bruxa sob porém forma versada e demanda à madre, dos largos mitos e latíssimas questões te cingindo e ocultando os olhos da aguda vigilância e pedido da mais intensa e dúctil de nós, tão assim que te refugias em mim da emoção (em nós) que nela tem sua sede (sede) mais exposta. Eu vacilando com toda a firmeza que posso, entre vós ambígua e ambivalente, valendo-me de vós, vosso contraste para o (me) dizer inteiro (a).

E o cavaleiro, "claro, dizes tu, tinha que ser", o cavaleiro tomado a meu cargo, posto de escuta no seu posto anos depois de Beja, na via estreita, lendo Pascal e lendo seu passar, sem ter passado, sem Mariana ter-lhe estado e escrito. Julgais vós, senhoras mães e filhas, que porque mais cuido do cavaleiro que de vós (nós)?

Antes vos digo que esse recado me foi dado de vós, pelo muito gosto de cavalgar de todas e mui manhoso jeito de deixar portaria entreaberta a cavaleiro que valha, ainda que dormente em vosso coração como a Sofia dos desastres que todas lemos (quanto lemos!) que guardava Paulo, guardando-se. E se tu dizes que "não houve pão para nós na casa dos homens", não é para que eu te diga que não houve sal para os homens na casa das mulheres que serviram "barrigas de freira"? (e di-lo poeticamente, tu a pensadora); e se tu dizes "ando louca à procura de dados sobre a condição jurídica da mulher do séc. XVII", não é para que eu vá inquirir dos porquês de um homem de bem(ns) francês em Beja, integrado no exército pós-restauração, francês, enviado ainda dos fundos sinistros do Senhor de Richelieu e com que espírito, com que ânimo de alma? (e di-lo analítica, beauvoirianamente, tu, o (a) poeta). Verdade seja que sou eu a que desde menina lida com quartéis e gente de armas e lhes tenho marcados os jeitos nos gestos e forma de assaltar os perigos e cair. Mas não é de cavalaria que tu ias chorar fora (de trás) de portas e não é de cavalaria que tu jamais te queixas? Não é de brinde a cavaleiros que o não são que deixais tombar de mão quem perante vós se apeia de peão peado? Cavalgando a par morreram os muito amantes filhos de algum rei nosso (oh, a minha precisão de imprecisão!).

Não é à busca de história, História de melhor fim, não é para bom fim que (nos) dirigimos Mariana e seu par?

Amazone, chère Amazone,
vous qui n'avez pas de sein droit
vous nous en racontez des bonnes
mais vos chemins sont trop étroits!*

Pobres trópicos do calor do corpo, pobre antropologia a dos conventos e casernas em nós. Mas esta não é a casa da dualidade. Pobres, pobres dos que são apenas dois. Três é o fim da virgindade, o começo da justa história do par. Cada uma de nós terceiro elo — a porta da cidade, a rua, os outros — tanta gente, Judite e nem só Holofernes superior ilegítimo merece seu inferno, porque a rainha do baralho de cartas (todas lemos, quando lemos), disse a Alice "cortem-lhe a cabeça". Coisa que muito fez Alice aumentar de volume em volume.

*

---

* "Amazona, cara Amazona,/ vós que não tendes peito direito/ contai-nos umas belas histórias/ mas vossos caminhos são demasiado estreitos!"

Considerai ainda como tudo o que em nossas vidas era *suplentemente convulsivo* face a rumos, fendas fundas de que nem sequer acaso sabemos o nome — nossos amores os mais tenazes, nossos espaços próprios (o teu espaço no jornal demarcou-se de ti, as paredes ali agora com sinais e tu regressaste e eu passo a peça ocupo, nossos filhos todos contados como pequenos senhores de si, nossa escrita, cessamos, cessámos de nos atormentar miúdo) considerai ainda como tudo o que nos adiava ou supria faltas *da* "família de infância" — os jogos inconsequentes mas graves de bonecas a embalar de embalo o embalo (embrulhadas), foi cortado, como se nisto, nesta obra e tempo de familiar, só houvesse permanência e acesso ao radical, ao osso (buco) de nossos dias.

09/04/71

Primeira carta VI

Chegadas estamos a metade de nós próprias.
    Sagacidade? Insegurança? Ambiguidade posta?
    Nosso mútuo consentimento de entrega: logo nossa recusa, nossa frieza súbita de relações com os outros, nosso distanciamento, nosso orgulho.
    Comuna de mulheres ou sufragistas já nos dizem, com riso gelado pela insegurança de nos verem juntas: barreira intransponível, grupo de nós três todavia não levantado *contra*, mas *por*, de entrega jamais vestidas, todavia de entrega uma de nós já se consentindo, dados os cabelos ao afago de dedos que antes recusara e a casa, sua, de florais por pôr nas paredes e nos móveis que enumera, antevendo-lhe os sítios; a casa deixando que pareça habitada, tomada por quem, ou a quem ontem se negou; sua casa de morar sozinha, sitiada... Mariana a quem não desculpamos *sida* mas afinal nós acrescentadas nela, na sua mesma medida, nestes consentimentos, nestas baixezas, neste "deixar que corra", bem mais fácil, a tarde a deslizar lá fora pela chuva e tu estendida na alcatifa como estranho bicho dorido; animal que caça mas doméstico, aos pés de quem lhe afaga os ombros sob a lã macia da camisola certamente entranhada de fumo: o fumo que se espalha pela sala despida, num odor acerado a ferrar-se-nos na pele, fumo de um fogo que teimosamente se recusa a crescer na lareira, assim como no teu riso, na tua palavra a tentar reencontrar qualquer caminho pelo corpo, ao pedires (ordenares) a homem (então ali), em arremedo de cama, como

se o tivesses sob ti e a ele (a ti), te pudesses entregar (possuíres) caso não estivéssemos contigo. — Te acuso disso. — Mariana que em tanto ócio, de tanto corpo te puseste, recolheste fala; te adornaste de tudo como se de fatos fora e fáceis de envergar, enfiar pela cabeça, a tolherem-te afinal os passos. — O paço, o mundo, teu sustento, tua memória, teu rosto.

Rasto:

A rosa tu — de maina adolescente — que compraste em papel de tantas cores como és por dentro — mulher que vejo presa a mito de macho e pálida te tornares por isso, em ferida dada, tornada, esfacelados os olhos no seu tom, brilho, e me enraiveço que não sejas tão forte — mais forte — como eu (não) sou, quisera ser, nunca a homem atreita enquanto homem-macho somente dono, aguardando nós dele brandura, tolerância, condescendência: bandeira deles em fornicação nocturna retomada (para isso lhes servimos) bem a coberto de lençóis, cobertores, a camisa de noite levantada às virilhas assim expostas e o ar composto de quem cumpre um dever vindo, herdado de nossas mães e avós, o prazer (não muito, claro) fingido, imitado bem, a fim de se lhes dar a constante certeza da sua vigorosa virilidade, aura: bons na cama e no trabalho, excelentes pais de família e patrões de mulher, com ordenado certo ao fim do mês a fim de se poder comer e ter carro.

Nossa liberdade: tu que trabalhas, vives só e ainda te deixas agarrar, te manténs na história, manejada... Mariana desamada, desamiga, deserdada.

Que danos nos fizeram que aqui não se digam, não se apontem, não se contem. Que castigo, que lenda, que hábito, que medo-irmãs?

"Danos meus tão encobertos,
 aqui podereis sem medo
 ser agora descobertos;

Se ficou algum segredo
al de menos nos desertos"

A que entrave nos pomos, desguarnecemos, teimamos em esconder por vê-los sempre de segredo. — Que agora são outros tempos, embora de mesmas eras, e liberdades ostentamos apesar de presas nos sabermos? Nos deixamos ser? Apesar de até nos afirmarmos livres para nos perdermos, mas afinal sempre em função do amor, da paixão, de enganadas nos sabermos, utilizadas e a fim de deturparmos toda esta engrenagem imposta há tantos longos anos?
Séculos.
"Je suis nue, ou à peu près; et je sais que dans la position que j'ai choisi, un automobiliste débouchant du virage que est tout près de là est obligé de plonger immédiatement son regard entre mes jambes jusqu'au plus profond de mon intimité."*1

Intimidades que usamos a dominarmos os costumes, a fazermos recair sobre nós as iras, o desejo, mas a trocarmos com a intimidade outros favores, que *"Les hommes, lorsqu'ils ont envidde e d'une femme, sont toujours dociles..."***2

E pela docilidade, maneira menor, conseguem-nos eles atingir, manejar até, enganar; reconhecemos-lhes o jogo mas nele entramos por inépcia, hábito, também por astúcia. Astúcia, como única maneira que até há bem pouco tempo nos era de única valia, defesa.

E às vezes um pouco como desterradas nos sentimos; se sente a mulher quando não cumpre a figura imposta pelos

---

* "Estou nua, ou quase; e sei que na posição que escolhi, um piloto desembocando da curva tão próxima é obrigado a mergulhar imediatamente o olhar entre minhas pernas até o mais fundo de minha intimidade."
** "Os homens, quando querem uma mulher, são sempre dóceis..."

tempos, não a interpreta e assim tenha de procurar caminhos, outros "países" onde viva em diferença do seu, país dado pelo útero da mãe.

A que mãe fugimos? Que mãe nos fugiu? A quem podemos, acabamos sempre por dizer, assim como, aliás, a todo o factor proporcionante de paixão-amor:

> "[...] já me vós fostes a vida,
> agora me sois o dano;"

paixão-dano; amor-entrega: dano de nós mesmas, nosso receio, nosso medo, nosso anseio? Mariana—Maria-Maina e minha mulher silenciosa, intensamente silenciosa, eu própria mesmo quando não só eu. Tão ostensivamente, orgulhosamente afirmamos a posse de outrem, que mesmo os homens creem e se deixam guiar embora a contragosto. — Para nós os trazermos nesta espécie de crime, de violação das leis: mas não só hoje, recordamos Mariana então violando leis, embora nascesse em tempos de dissolução e Espanha de Filipes, Portugal castrado da sua virilidade: independência e rei de casta, nosso sangue, que escalar conventos era aventura de pouca monta, quando não reconhecido, visto, vingado por família.

Hoje nos eis de outros crimes postas. Crimes também de paixão-honra vingados por nossos maridos, pela lei, se provado for que pecamos em adultério. Nossa vida, pois, em mãos deles dadas e prestes sempre a incorrermos em faltas que se julguem de morte permitidas.

Qual a diferença do tempo de Mariana?:

"Teve o crime passional, tipicamente meridional e muito espanhol, o seu apogeu e glorificação literária naqueles reinados que estudamos agora. O matar a mulher amada por infidelidade efectiva ou suposta, rara vez genuína, era vingança e quase sempre monstruosa manifestação de desejo. Muitas vezes o pretexto para matar seria notoriamente inventado e o crime tinha algo de bárbaro, êxtase supremo. A morte de mulheres pelos seus amantes acontecia então, com efeito, todos os dias..."[3]

10/04/71

---

[1]. Moravia.
[2]. Idem.
[3]. Marañon.

Carta de uma mulher de nome Maria Ana,
da aldeia de Carvalhal, pertencente à
freguesia de Oliveira de Fráguas do concelho
de Albergaria-a-Velha, distrito de Aveiro,
a seu marido de nome António, emigrado no
Canadá há doze anos, na cidade de Kitimat,
na Costa Oriental, frente às Ilhas da Rainha
Carlota e perto da fronteira do Alasca

Carvalhal, sexta feira da paixão do senhor do ano de mil novecentos e setenta e um. Meu querido e nunca esquecido António aproveito a passagem de hoje com os nossos da nossa prima Luísa que me faz o favor de ter esta escrita para te escrever que a falta das tuas é muita. Olha António há dois anos que não vens a ver da gente e isto só dá empiorar se bem que não nos faltes dos dinheiros que o nosso Jorge alevanta em Aveiro a saber todos os meses e que deus nosso senhor te pague o esforçado que tens sido que os teus filhos e eu bem to agradecemos que outros aí se ajeitam e só mandam o demenos que as terras que a gente tem pordemais que eu tenteie e ponha ainda mais o da Amélia que quando não está grosso ainda amanha só dão silvas e caimão por causa da podridão das águas do Caima que cá viste deitarem tudo a perder dos peixes e feijão nem falar e assim os gastos são todos para fora, por mor da fábrica de papel que inda é o que dá que fazer a quem cá fica até às sortes que depois tu sabes que o nosso Júlio já anda apalavrar-se para a França, tu vê se lhe escreves a desenganá-lo antes no quero à tua beira que a lonjura é maior e essas frialdades que tu cá contaste mas é outro asseio que lá na França que só me chegam notícias de desgraças com mulheres e desleixo nas casas que lá tem e os dinheiros que é uma ralação para no trazerem. O peixe anda todo morto pelo Caima abaixo e nem a roupa se lá pode corar por mor do fedor que nem os animais se lá chegam a bebêla. Todos aqui e o prior novo que me veio de bênção me perguntam de ti e eu não me vou queixar que o aconchego que me pões cala-me a boca e só te digo estas por ser a mão da Luísa mas se me deixas sem as faltas e misérias que por aqui tantas as há e até com que lhes acuda e disso me agrandeça dos respeitos que me dão é como se andara a penar de viúva que vou este ano em trinta e oito anos e dei-te três filhos antes de abalares e que agora de criados nunca te deitei manchas nas ausências e quando foram aqueles choros de abalares outra vez deste-me palavra de eu haver de ir-me a juntar-me a ti nessas terras que eu não sou mulher de medo às friuras nem às lidas e depois mandaste por escrita que esperasse teres que bastasse para a riqueza dos filhos e estares de volta maior que os mais daqui. Mas olha António de que me serve vires daí um senhor e a gente estar de gastos e sem serventia lixo rico como o do Caima e o Jorge já lá é espesializado e vão-no mandar a estudos e o Júlio de partida para a guerra sabe deus o que me rala as entranhas isso na tua falta mais os perigos dessa friura nessas serrações tu que não és homem de te cobrires com termos e deus permita que esteje em condições a camisola de lã que te mandei que já nem te sei as medidas do corpo e as tirei pelo Júlio vê-me lá bem o corpo que ele já deitou. E agora mais a nossa Cândida de professora nas freiras em Aveiro que a querem para noviça e que anda nuns choros que eu sei lá já coisas de mulher por causa do filho do Mourinhas que também está na África e que não lhe dá novas nem mandados, tal como a ti e ela está lá em Aveiro de casa posta com a madrinha e de boas roupas e bragal com o dinheiro que tu mandas. E já que esta é por mão da Luísa que lhe quero como se irmã fora também te digo que de asseada e composta como me trazes de longe não me faltam cortesias e maus pensares que ainda sei luzir apesar de gasta e roída de saudades porque mulher sem homem é como terra baldia e forno de pão a alumiar sem préstimo. Cá me vou rendilhando e alindando a casa para a tua volta que nem sei se há-de ser que o pouco que me mandas dizer é sempre das tuas afadigas e ganhos e de lembrança só a aflição em que te vi de me largares e o bom aconchego que me deste já fez dois anos por Março e a gente parecia outra vez de noivos e remoçados que inda hoje mo gabam não sei se de nos terem em estimação se de me enjeitarem estes bens que só ganho de te ter longe e quem sabe se me deitas a perder que eu não te quero de volta para me veres as brancas e a ruindade de velha e os modos de viúva rica por mor de ti. Adeus, António, Deus te guarde bem que hoje é o dia da sua agonia de todos os males que não te esqueças de cobrir a cabeça por mor desses toros grandes que me falaste e que te agasalhes e que não bebas mais que o que te carece por mor dessas neves. Muitas recomendações da Luísa e os teus filhos pedem-te a bênção e muitos beijos desta tua mulher que te traz na alma e no coração para sempre e tinha feito um folar de seis ovos porque nunca sei quando pode ser a tua chegada e como da outra vez foi pelas festas e sem nenhum aviso, e beijo-te de todo o meu coração, desta tua mulher para todo o sempre

                                            Maria Ana

                                            10/04/71

POEMA ESCRITO EM LÍNGUA PORTUGUESA PELO SENHOR DE CHAMILLY NO ANO DA GRAÇA DE MIL SEISCENTOS E SETENTA

em leitura do Memorial encontrado cosido às roupas de Blaise Pascal após sua morte.

> "Deus de Abraão, Deus de Isaac, Deus de Jacob,
> não dos filósofos e dos sábios."

(deus, deus,)
Que mãos deixaste religar o arco a seu sentido?

Que línguas consentiste para a flexão perfeita dum só nome
sereníssimo verbo
se verberados tinhas por o serem os servidores do templo
se toda a arquitectura te confina e desmerece
se carne e osso de homem sempre te apequenam?

Sabemos que na aveia e no centeio estejas certo
como de estreita hoste estás servido bem.

Quem ousar pode dessagrar-te os servos
se mal servidos todos no ser dito por breve todo o tempo
agónico porém um só minuto o ratifica extenso?

Quem inquirir do prometido amor
mais do que o texto onde o rosto não é?

Quem sepulcro garantes ou rosa viva expões
se ilegítimo o escândalo por ignoto o reino
um só réu basta condenado já?

10/04/71

Intimidade

A casa, a arca, a cama;

a colcha, Mariana, em vão tecida, a franja lenta, caída, de um tom amarelecido, a roçar o chão, suspensa na madeira, a tocar ao de leve no cimo da madeira, a silenciar-se ao de leve na fímbria da madeira acontecida em vez de pedra comida pelo tempo, chão de tua cela, mordida pela nudez dos pés, que tu Mariana tens pequenos, a desdizer tua altura, medida ao longo da nudez do corpo sobre o qual ele desliza quando te monta, te habita, a morder-te ao de leve os mamilos brandos, às vezes nacarados ou quase tão castanhos como o louro roubado dos teus cabelos lisos ou encrespado púbis tão alheio.

Bem pode ele morder-to como a boca, os seios; a língua leve a infiltrar-se já na fenda entreaberta que os dedos alargam e por inteiro se expõe. O fruto entumescido se mostra erecto mesmo enfebrecido, em suco, em cheiro, em útero tão aceso.

Bem pode a boca tê-lo em sorvos; os dentes despertando o grito que deixas, Mariana, escapar, jamais detido: teu orgasmo, teu espasmo, teu gemido. Tuas unhas rasgando tua pele, a colcha, o lençol de linho onde te encontras: o chão, a pedra e novamente a colcha, que tua ama bordou, a renda aberta, roxa, o pano verde, no tom macio onde te esvais agora, te transpões Mariana para além da cela onde o frio se sobrepõe em camadas duras, no escuro sucedidas.

As costas tensas, as pernas recolhidas, as coxas lentas, naquele movimento aberto que a avidez impele, incita:

"— Devagar — suplicas —, devagar, que me despes de mim tão de repente... aí em alto posto, meu amor, mas devagar no topo, devagar no gosto, devagar no cuspo, devagar ainda onde me vendo."

A cama, a casa, a mesa, o gozo e sobreposta a tudo isto, a colcha, onde se rende o corpo, se alheia se reacende, luta, se incendeia, esquecido de convento mas preso todavia à sua amarga teia nunca dele liberto mas antes obrigado porque indefeso, incerto, oferecido.

Que colcha mostrada por mãos que a vão usar, a cama aberta a pénis e a testículos, não é de freira, Mariana, se de brincos, sedas e colares te despojaram inteira, todavia o corpo não seja adormecido.

Frágil, frágil a colcha no seu pano, a ama no seu leite e nós mulheres se ainda Mariana —, é braços, ombros, onde se adormece...

... e esperma doce com a acidez da erva...

E já a colcha então reaparece e nela Mariana se permite, esquece, dos motivos que a prendem, a dominam, lhe destroem a vida que não é somente o quente, o mar, a praia da vagina.

Assim se afirma, se mata Mariana, assim se submete, se rende, se dúvida. Assim se silencia mulher-Mariana-Maria: Coutada nela, ela própria caça, arvoredo baixo, arma onde se afirma — firma. Os peitos esmagados na renda roxa da colcha que ora volta na memória, na avidez, se apenas de memória agora não é mais que consentida.

Do estanho das axilas, da pedra daquela cela onde se perde, amazona de virilhas alargadas pela montada que é ela, sua amiga e desamiga, sua cantiga e fadiga:

"[...] a nenhuma parte vou
que lá não ache fadiga, ›

que aquesta só me ficou
   de minha amiga, ou emiga [...]"[1]

Tua ou minha colcha antiga se bem que de imitação, renda lilás não pendida, a franja branca no chão, sobre madeira, fendida, bandeira que tu ostentas, mostrada porque é bonita, mas também porque afirma a liberdade aprendida que te magoa e defende.

De baços dias se estende, o seu brando pano velho, tecido de leite e vinho e outras maneiras dela.

Que tua mãe ta tirou. E a ti de dentro dela, gerada no seu menstruo:

Cansada tu de estares nela.

12/04/71

---

[1] Bernardim Ribeiro.

Poema que o cavaleiro de Chamilly enviou no dia da sua partida à freira Mariana Alcoforado

Senhora que não
vos dais
nem a Deus nem a ternura

que cuidais que não cuidais
em guardar corpo
e secura

Tão empenhada Senhora
vos estais no pano e no dano
em prazer e aventura
que nem vos cega o amor
nem já por mim de desejo se vos acende
a figura

Senhora se então vos perco
e da vossa boca o travo
seja eu que tão liberto
me distancio vos deixando
a raiva de me quereres
perto

                                                  14/04/71

Monólogo para mim a partir de Mariana, seguido de uma pequena carta

Ouve Mariana o silêncio com suas pedras uma a uma postas em convento.

— Que mãe te assistiu, que mão te tocou no ombro, que punho te brandiu o último golpe?

Tu loura a contradizer a casta (assim gostaria que fosses?) ou a macia pele, como teu nome indica: morena, o mar e a terra — teu Alentejo incendiado, árido, tua praia interior onde ao comprido te estendes com o ócio nas coxas, nas ancas, na vagina.

Tu de loura agasalhada e exposta.

Tu exposta apesar das grades onde te puseste de vigia. Tu de vigia e exposta. Tu exacta. Tu de dúvida hoje se existias.

Demasiado viste ou nada te encontrou se recusada foste; demasiada. Que recusada te quiseste. De ti mesma nada soubeste ou entendias. — Que fazias? Que manobravas? Que esquecias? Que tomavas por certo? E certamente dias havia onde te esquecias e neles te aquecias de alimento.

Demasiado te tenho e destruída; te recuso, hesito, te reconstruo de mim partida e em sedução te ponho.

Que possível dizer-se de mulher havida, por homens recebida a coberto de véu?

Em tua cela às ocultas, conhecias o gosto dos abraços e o suor dos corpos, a doçura das línguas, a dureza erecta de quem te visitava o ventre. Quantos homens Mariana assim te libertaram do convento? Uns te deixaram, a outros enganaste. Mas que outra maneira terias afinal de te afirmares?

Meu lamento de ti, minha acusação permanente. Dissimulada te sei, sonsa, lamurienta, mas também documento, testemunho por tua própria presença assim então no mundo.

Agradada te sentias morrer ao te saberes não amada: ó vício, ó prazer, ó longa tortura de te encontrares só e apenas conseguida quando através de homens.

— Olha mãe, eis-me de ventre liso e pernas abertas para a vida. A ela me negaste, me castraste e caça nela me tornaste.

Que mulher se pode ser sem pai, sem útero, sem alimento?

Eu te direi, Mariana: tu caçando tua própria caça de sustento.

Escuta como manso se vai tornando tudo e à tua volta se abrem clareiras e fogos fátuos a despertarem o mais interior das trevas do convento em suas pedras postas de silêncio.

Tu és o fruto, Mariana, o produto, o lento gemido de um sintoma tão perdido e reencontrado, retomado sempre ao longo de uma magra história.

Que te acharam de mais se não chegaste a França? Hoje te desmente da vida que tiveste, das cartas que escreveste: não és mais que um vitral, um mito sem lembrança.

Ouve minha irmã: o corpo. Que só o corpo nos leva até aos outros e as palavras.

Ninguém melhor do que tu Mariana ou eu, ninguém melhor que a sede, o espasmo. Ó seda, ó pele tão macia, ó medo e medo ainda e sem qualquer segredo nem habilidade.

Forçoso te foi confessar que o odiaste. "Que cavaleiro és tu que assim me deixas sem montada, que cavaleiro, que amante, que filho, que pai, que tudo." Que tudo de posse é macho, Mariana, e ainda hoje. Meu testemunho de ti, meu lixo e alvorada. Alba e alba enquanto adormecias com o dia já a subir-te de manso nos cabelos e as pernas atiradas assim, como as mãos as haviam deixado: escancaradas, entontecidas, lentas, numa tão evidente posição de liberdade e vício.

Brando queixume que te escapa, me ocupa, me emprenha, me ultrapassa e mata: minha escrita.

14/04/71

Carta de uma mulher chamada Mariana, nascida em Beja, para uma mulher de nome Maria, ama de sua filha Ana

Senhora Maria

Espero que esta a vá encontrar de saúde em companhia dos seus e de quem mais deseje que eu graças a Deus ao fazer desta cá vou indo com a ajuda do Senhor uns dias melhor outros pior que isto aqui pelas cidades não é o mesmo que por aí nas nossas terras onde todos se conhecem a consideração é outra e ainda se dá a saudação que como o senhor prior diz todos somos filhos de Deus mas aqui não parece. Senhora Maria mando-lhe ajuntado a estas linhas o dinheiro que havíamos ajustado todos os meses para a criação da minha Ana de quem tantas saudades sinto mas estou mais descansada com ela aí em bons ares e posta de outra maneira em sítios limpos e bons pois com a desgraçada vida que levo mais pecado havia em tê--la comigo do que a deixar à senhora Maria que sei mulher de asseio e apesar de poucas falas e gestos largos não lhe faltam coração e lágrimas que bem as vi quando aí fui deixar a menina e ela se me apendurou ao pescoço a pedir que me não fosse dela.

Não se esqueça do leite a ver se ela deita altura e cores melhoradas pois tão fraquinha me saiu das carnes que não sei como vingou.

Nem que me mate por aqui na vida o dinheiro há-de chegar para médicos se a senhora Maria vir caso disso. Ainda ontem um senhor que é doutor muito fino de palavras e de modos me disse "não estejas triste rapariga que sem a tua filha até estás melhor e com o corpo que tens". Mas a senhora Maria sabe o gosto que eu tomei de viver ao pé da minha Ana, coitadinha mas como podia dar-lhe criação sem arranjar dinheiro e eu para nada sirvo a minha mãe sempre me atirou à cara e agora me deita ao desprezo isso me mata e não tenho entranhas que aí me ponham hoje de cara alevantada.

Bem melhor valia ter aceitado ir para companhia da senhora Dona Mariana mas metia-me susto o convento e as maneiras más que ela tinha e tão velha sempre a gritar com a gente e a bater com a bengala a quem lhe corria perto e os hábitos tão compridos a arrastar pelo chão. Antes me valera afinal essa desgraça senhora Maria já que a gente tem de ser desgraçada porque é essa a vontade do senhor e ele bem sabe o que faz e a minha cruz foi ainda deitar ao mundo uma menina que um homem se cria doutra maneira sem mais preceitos e para ser feliz pois a mulher é sempre desgraçada como eu.

Senhora Maria vou terminar por hoje com muitas recomendações aos seus muitos beijos à minha Ana coitadinha.

Obrigada.

       Adeus

esta que se assina

       Mariana

          17/04/71

A mãe

A chuva cai com um ruído metálico, agudo, doloroso.

Através dos vidros imensos, olho a rua rodeada pelos seus vidros brilhantes, transparentes, por onde a chuva corre devagar, amolecida, contradizendo assim o ruído rápido, áspero, ácido, que faz ao bater em todos aqueles vidros lisos, planos, a perder de vista, iguais na sua pele hirta, hostil.

Não percebo sequer se me sinto assustada, mas sei, isso sim, que estou perdida.

Trago o meu filho pela mão e a sua palma quente, macia, tranquiliza-me, acalma-me. Passeamos devagar por dentro daquela cidade vazia, ambos calados, os passos acontecendo-nos silenciosos como se deslizássemos; coniventes?

"Querida mãe — penso — bem sabes que não conheço esta cidade. Escrevi-te para que me viesses esperar? Lembrar-te, chamar-te a atenção?"

As ruas sucedem-se à nossa frente, por dentro daqueles corredores envidraçados, ou arcadas. O meu filho fixa os olhos ao longe como se procurasse uma saída, mas será aqui que vamos ter de viver o resto dos nossos dias.

Oh, como a febre sobe, me galga já pelo corpo na sua ânsia, na sua pressa, a lamber-me os cabelos, a dobrar-se toda ela pelo ventre, a partir-me do ventre.

Sinto que cambaleio e largo a mão do meu filho, a fim de me apoiar a um dos muitos vidros da cidade mas logo o ombro me fica molhado de chuva, pois aí não era mais o vidro mas antes a saída para o mundo da água, embora que ainda vidro.

Querida Mãe:
Amanhã ao fim da tarde estarei ao pé de ti.
Peço-te que me vás esperar, pois desconheço tudo por aí e temo perder-me. Sou tão desajeitada... tu própria o dizes...
Continuo cansada mas talvez mais conformada com a vida, com os seus modos, suas facas e preceitos.
Beijo-te muito, cheia de saudades.
Tua filha amiga.

                                                  Maria

A mulher toma consciência da ausência do filho e logo o vê: brinca à chuva, todo encharcado já, fora da protecção dos vidros. E a cólera surge de súbito, uma estranha cólera que a toma toda e toda ela a veste, lhe revolve as entranhas, a impele para fora, também, a chamar numa voz sem som.
Entontecida, corre, a lutar com a chuva, quase cega. "Vai adoecer", pensa, "vai adoecer." E quando consegue segurar-lhe a camisola empapada de água, puxa-o para si, enquanto o obriga a segui-la para dentro das ruas cobertas de vidro (ou das casas, das arcadas, dos caminhos?). Aí dentro percebe que a cólera ainda não a abandonou, pelo contrário, cresce na sua avassaladora voragem incontrolável, temível, enorme, a enlouquecê-la, a tomar-lhe conta de todos os sentidos; implacável, determinante.
E agarrando o filho pelos ombros, bate-lhe com a testa, violentamente, num dos enormes vidros: duas, três vezes, até que horrorizada vê um fio de sangue descer ao longo da cara dele.
Um grosso, grosso cordão vermelho, viscoso, lento...

Mãe:

Sabes bem que não quero voltar mais para casa. Estou cansada das tuas ajudas e da prisão em que assim me vais conseguindo ter.

Ao meu filho serei eu que hei-de criar e não tu, nem como tu a mim me criaste, assim o espero fazer sem conselhos teus.

Peço-te que me deixes em paz

                                                Mariana

Olho o sangue vermelho, vermelho, a escorrer da cabeça do meu filho e começo a gritar alto, as mãos perto dos olhos, o corpo curvado para a frente. Então, acordo, e no escuro do quarto, de olhos bem abertos, fico o resto da noite, aterrorizada.

                                                18/04/71

Carta de Mariana, sobrinha de Mariana Alcoforado, deixada entre as folhas do seu diário, para publicação após a sua morte, à guisa de resposta a M. Antoine de Chamilly

Dissera minha tia que vos abandonaria à vingança de seus parentes, se acaso voltásseis a este país. Sonhava ela com vingança de armas, porque pensava pagar o sangue com o sangue, e porque outra mais definitiva não conhecia, tão acolhida na sua condição de fêmea e freira que se imaginava a vida assim como a fazem parecer os homens, feita de presenças bruscas, de vontades e capacidades, de confrontos directos e fortes.

Mas vós tivestes a ironia de vos recolher a França, lendo Pascal e transformando vossos amores em retiro místico, inventando-vos um outro além de marechal, que pensa e se assina Antoine. Que aprovação ou que desculpa procuráveis, até nesta melhor sonância de novo nome, não sei, e mesmo vossa sinceridade pouco me interessa. Recordo minha tia morrendo, vestida de freira, morrendo velha, em seu convento, seus olhos já vítreos quando nesse dia a fui visitar, guardada na minha bolsinha vossa carta, chegada na véspera por mão de algum vosso parente — piedoso, ou também com ironia distante de vossa linguagem de franceses? — e vós já morto, tendo escolhido esse abrigo de tornar vossas palavras irremediáveis, sem resposta possível, assim guardadas até tornarem implacáveis vosso destino e o de minha tia, e esta dizendo-me nesse dia, apertando minha mão na sua, "sabes o pior, Mariana, não é ter vivido aqui, é morrer aqui, neste buraco, neste silêncio, como um bicho acossado em sua toca, enquanto se vive pensa-se alguma coisa há-de acontecer, mas agora, Mariana, nada". E eu falei então da carta guardada na minha bolsinha, não sei por que verdade ou falsa compaixão, "diz ele que nunca vos esqueceu, minha tia, e morreu com vossa memória", e os olhos de tia Mariana tornando-se mais vítreos, opacos, "mas para quê, Mariana, para quê?", todo o absurdo de sua vida e de sua morte lhe tomava o corpo, que ainda há pouco se diria demasiado fraco para tomar com tão clara consciência esta afronta inteira, e eu pensei "que morte horrível ajudei a preparar-lhe", e li-lhe então vossa carta, sem omissões e minha tia morreu, sorrindo, dizendo *"femme au monde*, Mariana, *parce que Madame La Reine s'en réjouit en cachette, femme au monde*, Mariana, pelo menos meu ódio teve um sentido, mas esperei desquite pelas armas dos raros, ah, Mariana, só o meu ódio teve sentido, *femme au monde*, Mariana, só tu me poderás vingar, *Madame La Reine s'en réjouit en cachette, Monsieur Le Marquis de Chamilly s'emmerde avec grandeur, et moi, je me meurs, sans cachette ni grandeur"*.*

Me torno pois a vossa carta, M. Antoine de Chamilly, com a vingança de minha tia posta no meu coração. A vós, já morto, a esse outro por vós inventado em vosso resguardo de senhor de terras, de castelo e de armas, a todos esses outros de vossa linhagem, de vossa condição, de vossa ficção, a esses que diziam *"c'est la petite soeur de Beja"*, e a todos os que virão, ainda em muitos séculos, defender vossas razões admiráveis ou vossas desculpas benevolentes, respondo eu, Mariana sobrinha de Mariana, e não estranheis ser minha a resposta pois que, por vossas mãos, vós todos nela matastes o querer e o dever responder-vos.

---

* "mulher no mundo, Mariana, por que vossa Rainha regozija-se em segredo, mulher no mundo, [...] mulher no mundo, Mariana, [...] vossa Rainha regozija-se em segredo, o senhor Marquês de Chamilly se aborrece com grandiosidade, e eu, eu estou morrendo, sem segredo nem grandiosidade."

Todos esses, cavaleiros como tu, te fizeram no gosto de te ajeitares à sela e à farda, e ao bom comando, e à inteireza de servir com boa pólvora tua honra, teu Rei, teus haveres, teu lugar entre os teus.

Porque te daria eu, agora, teu sentido de vida? Parece-te vã a tua espada e pouca a tua pólvora? Que outros haveres procuras? Pensa antes no sangue e no serviço da tua espada e da tua pólvora, cavaleiro, e terás melhor solução para a tua agonia de nada ser. Se teu lugar entre os teus te parece apertado, porque chamas teus a esses companheiros de tanto constrangimento, e porque vens a mim, sem largares a âncora desse quieto porto de abrigo, pedir-me diversão de mar alto? Só porque eu não tenho lugar entre os teus? Mais honesta era eu, cavaleiro, dando esmolas distraídas a mendigos, com minhas mãos de irmã bem nascida, que não lhes exigia de sua miséria a nostalgia do que eu podia mas não queria ser.

De ti quero e a ti dou amor e prazer, mas aí se cinge nosso comércio comedido, que assim o quisestes, raça de cavaleiros. Não me venhas pedir solidariedade, sustento e significado para tua vida e tua morte, que solidariedade não tenho para te dar, eu, cujo lugar que me reservaram no mundo foi esta cela de convento. Devias pensar nisso antes, no que perdes e no que queres, antes de fazeres teu caminho até mim, se querias encontro e não *divertissement*. Mas tudo queres, e nada queres perder.

Quando eu te digo "como, meu senhor, como poderíamos, onde?" bem te afundo minha vingança em teu coração, cavaleiro que vens sustentar com tuas armas independência de um povo que te é estranho, contra outro povo, que te é igualmente estranho, só por ordem de teu rei, e que nos dizes "vossa liberdade ou vossos amores, gentes de Portugal, só podem ser contra outro, contra o próximo?". Pois assim são nossa liberdade e nossos amores, Senhor cavaleiro seguro de vossas armas de país rico e culto e civilizado, e assim serão enquanto nossa independência depender das ordens de vossos reis e da honra conivente dos cavaleiros. E a mim, senhor cavaleiro de tantas lutas e de tanto serviço de rei, a mim, irmã de todas as encerradas em celas, apenas me ofereces fuga particular na garupa de teu cavalo para algures, para a margem possível da sociedade bem estratificada e onde todos se catalogam por seu nome, sua fortuna, seu sexo e seu estado civil, para qualquer buraco, nova cela, onde nos refugiássemos os dois da carapaça pesada desta sociedade que por outro lado tão bem sustentas com tuas lutas de independência por ordem do teu rei.

E nesse nosso refúgio a dois, tu conservarias teu lugar entre os teus, quando muito temporariamente proscrito, provavelmente recebendo cartas magoadas, repreendendo-te benevolamente por essa tua loucura de homem, e por ser de homem logo tida por natural e justa, chamando-te à razão até que tu cedesses e retornasses ao teu lugar, sendo recebido como um filho pródigo. Definitivamente proscrita só eu, que só a mulher é irredimível na sua desonra, não por ser sua desonra, mulher em si tão pouco conta, mas por estar escrito na lei que sua desonra é a dos machos que deviam tê-la e não souberam guardá-la, consentindo assim numa ameaça à santa propriedade privada, desonra que só é lavável com o sangue da mulher rebelde.

Só eu proscrita e ameaçada de morte, indefesa, é minha vida e minha morte que tu arriscas na tua proposta tão ingenuamente absoluta e honesta.

Não te julgues louco e singular, cavaleiro, que é costume nos homens ser seu horizonte de absoluto o jogar com a vida da mulher.

Em aventura de amor a dois, é a mulher que depõe e arrisca seu corpo e sua alma, que homem não engravida e está já feito aos jogos de libertinagem e do amor que se lhes permite. Que me disseste tu, cavaleiro, quando eu te disse estar grávida de ti? Que mulher importuna, pensaste, e disseste-me "deixai-vos de imaginações, senhora, que não é por elas que me prendeis". De real para vós senhor, só essa fuga mística imaginada em meus olhos fundos e minha carne luarenta, e imaginação era minha carne viva, e nela consequência directa de nossos amores, e imaginação foram para vós todas as mezinhas preparadas por D. Brites, que eu ingeri, e minhas cólicas, e meus suores frios, e meus excrementos cheirando a podre, e meus desmaios, e finalmente esta onda de sangue sem fim, vindo do medo e da fraqueza e das noites de vigília e em tudo isso se prolongando sem fim, cavaleiro, que pensei então ser meu corpo todo que se desfazia e esvaziava; jurei que vosso sangue pagaria o meu. Mas nada disto é real para vós, raça de cavaleiros, nada disto está previsto nas vossas lutas nobres, que sangue de aborto não é sangue vertido pelo rei, é sempre vertido contra vós todos. O horror de não serdes eu, dizíeis; que insulto inconsciente e plácido, senhor. E disto não vos falaria se não vos quisesse dizer até que ponto me ignoráveis. Nesta paixão com freira, senhor cavaleiro, vossa vertigem é a de meu risco, vosso risco é o da minha transgressão às leis e normas que são vossas, senhor cavaleiro, de vós e vossos pares. Que buscáveis em meus olhos, senhor? O poder de contestar vosso mundo, que sentes vazio, ou a vertigem de melhor me anular a vossos olhos, tornando-me não só vossa posse, como ré de vossas leis? Nem isso, senhor. Porque meu sangue sobre vós e o risco de minha vida, rejeitastes. Sempre anulada e inexistente fui perante vós, olháveis meus tornozelos graciosos, e pensáveis "meu trago de nada, tão seca e gasta de húmus". Meu húmus, senhor, seria o de vos ajudar *à vous tenir raide sur votre selle*,* e com boa consciência, e com paz de espírito,

---

* "para manter-vos firme na vossa sela."

porque seria eu *à vous y engager**. Meu húmus de mim, de meu corpo e de minha alma, esse não o quisestes ver, foi por vós arredado com impaciência, julgado infantilidade e futilidade, e quando grave, senhor, quando sangrento, fechastes os olhos com rancor, porque não era resposta, era novo enigma na vossa vida pequena.

É costume nos homens ser seu horizonte de absoluto o jogar com a vida da mulher, mas jogo sem risco aceite, senhor, como jogam as crianças com os sapos, que quando o bicho morre nem é pela mão da criança, é com seu espanto e mesmo com sua ofensa ao bicho que se morre assim.

Se por mim perdestes vosso amor à sela e ao conchego de vosso lugar entre pares, foi meu amor por vós inteiro, senhor, apesar de só cuidar de contar vossos cabelos e vossas horas a meu lado, ou talvez por isso. Mas a mim, por vós que me veio? Sei bem que nunca vos pedi que me ajudásseis *à me tenir raide*** nos meus deveres de devoção e no meu lugar de freira, sei bem que nada temia perder. Mas também é certo que na minha condição vós nada fizestes estremecer de vós para mim, só essa proposta de fuga a parte alguma, e agora, esse matrimónio místico, e por vós feito sozinho; para isso, senhor, basta-me o convento e Cristo no crucifixo. Podereis, portanto, considerar-vos inexistente.

20/04/71

---

* "a comprometer-me com isso."
** "a manter-me firme."

(por virtude do muito imaginar)

Por virtude não nego do estar solta
e face à exacta linha em cada objecto
atenta e intacta
olhando de virtude e novidade
seu estar

Do muito imaginar tu sobreposto
(e de partida o mais achado)
se desvirtua o visto
e nem mais posso
amar serenamente o onde como estou

Ninguém foi exposto a ferros tanto como
e tendo tanto ido dito nada
só parecendo que do passar e muito
sabes
e mais terá que ser.

Meu assento é ao dentro
de um leve circular as mesmas barras
e gastá-las do estar-lhe sem amarras
retido o fôlego esse meu (virtude)
em fundo de águas não turbadas

abrir fossas (aqui).
por muito imaginar teu bom nadar em elas
que virtude darei à livre queda que sobre ti suspendo?

(tu círculo de terra   abraço largo e espesso olhos de ave de presa
devolução do punho   eu   águas do daninho bruto espelho
dança de posse   draga de sossegos)

Que imaginar nos posso com virtude
se tendo visto o tanto em espaço e modos fundos
já os olhos se vazam e os destinos?

                20/04/71

Carta parva VI

minhas queridas
    porque o sois e senão tal qual, pelo menos tal como junto de vós persisto

minhas queridas
    manas, mesmo quando monas e birrentas, sois do melhor que achar se possa em modo de manes tutelares para tutuaiar em qualquer fala materna

minhas queridas
    hoje rebentou para aí um sol que não devia deixar ninguém de fora do jubileu
        eu, por mim, vos ponho assim o coração ao léu

minhas queridas
    hoje Mariana cavalgante, se for de rabo ao chão muito de risa se desagacha, hoje o senhor António (aliás Noel, aliás boas festas), está de folga ao quartel e cama e foi aos coentros
        Marianica de cu esfolado e o marquês de urtigas fazem tréguas e sopa

minhas queridas
    diferentes. pazes. vos declaro tão porreiras de companhia como rapazes.
        estou um perfeito balde de afeição
        sanita hoje de toda a aflição

minhas queridas
   a morte da diferença, o chão da revolução, é o bom riso à flor
   da mão

minhas queridas
   cada uma de vós tem os seus quês: às vezes pica, outras vezes
   dorme

minhas queridas
   meus contrastes, onde eu deponho os meus trastes e hoje
   esta gritaria

minhas queridas
   moendo caracóis e fitas e celas e solturas meninas brando-
   -duras

minhas queridas
   irmãs e deveras bonitas, quer quando graves, fulas, talentosas
   ou parvitas

   louvado seja quem, ainda que distrato ou de mau grado,
   vos deu o sémen e vos trouxe aos peitos.

> 22/04/71

O PAI

Era perversa:
dormia toda nua, os peitos soltos e brandos muito brancos e expostos tal como os seus mamilos largos, róseos, distendidos.

Durante o dia andava em casa com as blusas desabotoadas e sentava-se de qualquer maneira com os fatos a subirem-lhe sempre a meio das coxas, deixando antever entre as pernas uma escuridão macia, amolentada na sua meia penumbra.

Era perversa:
deitava-se nos sofás, ao comprido, os braços atirados para trás e ficava assim, toda lisa, ao seu alcance, sem mal, a passar a língua aguda pelos lábios já húmidos.

Era perversa:
de um louro fundo, a pele penugenta, os olhos de um azul duro, sempre adormentados.

Era perversa:
rodeava-lhe com os braços o pescoço, os seios a esmagarem-se-lhe de encontro ao peito e o hálito morno, sedoso, a roçar-lhe a boca, a rastejar-lhe perto, como que entorpecido de saliva.

Era perversa:
Deixava a porta entreaberta, esquecida, enquanto se despia devagar, a descobrir o ventre brando, os ombros magros,

devagar em breves movimentos, em secretos sons e pactos com a infância.

Era perversa:
trazia os cabelos em desalinho e mornos de sono quando o beijava de manhã, a dar-lhe os bons dias, com uma distracção do hábito tomada.

Era perversa:
dormia toda nua, os peitos soltos e brandos muito brancos e expostos tal como os seus mamilos largos, róseos, distendidos.
Quando entrou no quarto o homem hesitou, a olhá-la, a fixá-la no seu sono, mas logo avança, silencioso, e de manso para junto à cama a hesitar novamente. Depois estende uma das mãos, desliza-a na curva suave do peito, na anca quente, doce, os dedos crispados a entranharem-se já nos pelos sedosos do púbis.
Curva-se quando ela acorda e tapa-lhe a boca com força, brutal, mantendo-a deitada, firmemente, debaixo do seu corpo agora ao comprido sobre o dela.

Era perversa:
tinha um riso liberto, sedento, e uma maneira envolvente de olhar os outros; um odor enlouquecido a entreabrir-se aos poucos, como um fruto, obsessivo: obsessivamente, obsessivamente.

Indiferente, Mariana sente que ele sai de dentro de si, sujando-a de esperma também por fora. Depois vê-o que se levanta da cama, se veste à pressa e se vai embora sem a olhar, todo o tempo mudo, mesmo enquanto a forçara, mudo mesmo quando a tivera, rendida, afundada naquele torpor, de onde não quer sair nunca mais, cada hora mais fundamente perdida.

— Tens de deixar esta casa — disse-lhe ele numa voz neutra, monocórdica — não podemos continuar a viver todos juntos na mesma casa depois do que se passou. Foste a culpada de tudo, bem sabes que foste a culpada de tudo, eu sou homem; sou homem e tu és provocante, perversa. És perversa. Uma mulher sem vergonha, sem pudor. Não te quero ver mais, enojas-me, repugnas-me, envergonhas-me. Tu percebias, sei que percebias, que sabias como me punhas. Eu sou homem minha puta.

— Claro que sou uma puta, podes estar tranquilo, pai, sou uma puta.

— Grande cabra — chamou-lhe a mãe quando ela se dirigia para a porta da rua, agarrada às paredes para não cair. — Grande cabra.

23/04/71

Três meninas outras três

(inês a faca)

Inês menina verde podre
toda a dada beleza ou a memória podem
que a honra ou o costume mais?

E de esmagar Constança
o colo logo ali tão dado à luz e alto
que bem real procuras só de estar mais queda?

Carne de irmã   manceba preferida
cordeira sem astúcia   morna saia
quase gorda de dedos   mão beijada
mãe bastarda   trança de mirra e mel
sorriso mole peso do instante
pão na corte   manso corte

pretexto só de um rei a outro rei
a mesma morte.

                                          (ofélia a água)

    Tendo morrido de tanta gentileza
e sem ruído
no (com) vento das águas só seguindo de   ›

leve e bem mandada
como era prometido e calma
o colo um ninho de algas

    (não por causa do alarido duro dele
    ou gesto rijo cometido
    tão só de não curiosa e puro leve sono
    mansa pena)

peso de pérola o peito cheio e as horas
de água
derramada sem causa alheia
alheia desce o rio branca ou de verde
espuma à beira morte
fino fixo sorriso à tona do enredo.

(joana o lume)

País não tem razão de ser
outra
que a sonância das vozes a querê-lo;
vos juro que não de mim
da névoa vêm
e da boca do lis, seu uso
(o rei calado ao povo, varão dentre os varões sagrado surdo).
Armada feno ao ferro
só por tenra e compacta foi lugar de ouvir
tanger o território;
nem era contra nada,
cedo   cedo
as falas do unir pétala a pétala   ›

o lugar usurpado e seu direito
de mais não careciam.

Aquele corpo meu citado e réu
a pura língua livre em chama só servia.

25/04/71

Carta de D. Joana de Vasconcelos para Mariana Alcoforado, freira no Convento de Nossa Senhora da Conceição em Beja

Minha querida Mariana:

Só hoje consegui autorização da tua Madre Superiora para te escrever, às escondidas de teus pais e meu marido, que embora não te conheça de ti não pode ouvir falar sem raiva, certamente pela amizade que sabe eu te dedicar e isso o enfurece. Por princípio odeia tudo o que amo, ridicularizando sempre os meus sentimentos, destruindo-os pela sua delicadeza e sensibilidade com grande prazer e riso, brutalmente.

Mas de ti que é feito minha Mariana? Que resta de ti, aí de clausura posta à força? Recordarei sempre teus gritos, teu desespero, tua raiva, tua recusa enlouquecida em aceitares o convento, teu ódio; depois perante o inevitável, teu mutismo, teu aceitar dos factos com altivez, o desprezo por todos a subir-te aos olhos e o sorriso cortante a paramentar-te de ironia a boca em jeito de vingança...

Que desgraça o se nascer mulher! Frágeis, inaptas por obrigação, por casta, obedientes por lei a seus donos, senhores sôfregos até de nossos males...

Quantas vezes me lembro dos desabafos que tínhamos, das revoltas! Oh, vida madrasta, que separadas nos pôs, a nós tão amigas, tão unidas quase desde o berço. A ti te deram clausura, a mim marido que recusaria caso pudesse ou me ouvissem a vontade, mas bem sabemos, minha pobre amiga, quão pouca valia têm nossos desejos ou quereres, sejam eles de razão ou de coração.

Pensavas já, certamente, que te havia esquecido, esquecendo as horas passadas juntas, nossas conversas e jogos, nossas promessas que não nos deixaram manter, pois em nós nada mandamos e de nós nada decidimos, os desejos vergando aos de nossos pais que nos ordenam ou de nossos maridos que nos compram, homens sempre bem talhados em fatos, avançada idade e dinheiro, em posição na vida. — Que repugnância, Mariana, que martírio! — Sabes tu o que é sermos tomadas nuas por mãos apressadas e bocas moles de cuspo? O corpo dilacerado por membro estranho, escaldante, a magoar sobretudo a alma? Espada leivosa a retalhar-nos as carnes, Mariana, sabes tu minha irmã, o que é calarmos, dia após dia, o nojo, a aflição já sem lágrimas, nem lágrimas tendo para nos chorarmos, nem pena conseguirmos arranjar mesmo por nós próprias?

As grades e os muros desse convento impedem-te os passos, a ferros te puseram, mas assim te deixaram sem disso darem conta, liberdade de te imaginares, de viveres contigo própria, enquanto eu todos os dias me violento nos outros, neles, com eles me obrigando a usos e maneiras que me repugnam vivamente, bem o sabes, que só forçada sou objecto ou enfeite. Antes aprouvera a meus pais me darem hábito tal como a ti, Mariana; monja me agradaria mais ser que mulher odiando seu marido e tão vulnerável, tão ansiosa, tão sequiosa de amor. Exposta a quantas tentações estou, a quantas vontades bem fundo caladas em mim própria, mas até quando, até quando conseguirei eu viver sem mácula e infeliz?

Puderas tu fugir desse convento e eu da casa onde me abrigam, onde me mato, enlouqueço...

Dizem que sou estéril, ouve! Dizem-me que sou estéril, disso me culpando meu marido como se de pecado me acusasse, jamais pensando ele a mansa, dolorosa, mas total alegria que isso me dá. Como poderia eu conceber um filho de semelhante homem, a quem o meu corpo se recusa, mesmo quando rendido, crispado todo de ânsia e repugnância...

Estéril, seca, despojada de tudo. Que indignidade, que abjecção! Que lenta morte a que nos condenam.

Quase todos os dias vejo tua irmã, porém poucas palavras lhe costumo dar, sei com quanta alegria ela aceitou o sacrifício de ti em sua troca. Enfeitada se põe e graciosa tenta ser, amável com todos, mas, coitada, só o dote lhe valerá e comprará marido. Tua mãe, segundo se diz, já anda a deitar as vistas (e os sorrisos) para os lados do Conde de C., lembras-te? O dos olhos grandes e verdes, tão tímido o pobre, que nem sequer era capaz de se defender de nossos ditos, nem ripostava a nossas troças na fingida corte que lhe fazíamos... Como nos divertíamos então, Mariana, sem pensarmos ou imaginarmos sequer o que nos esperava...

Vou fazer tudo, te prometo, a fim de um dia próximo poder ir até junto de ti, irmã, visitar-te não, conhecer-te antes presa entre essas paredes. Como chovia, Mariana, no dia em que para aí te levaram prisioneira já na carruagem de teus pais, todo o caminho vigiada não foras fugir.

Que ironia! Para onde fugirias tu que logo não te agarrassem, não te prendessem. De que viverias tu, quem te ajudaria? Só se, preso dos teus olhos verdes, algum cavaleiro francês dos que começam a chegar, a invadirem nossas terras, segundo oiço dizer para nos ajudarem contra Espanha.

Galantes são, bem diferentes da grosseria habitual e banal a que estamos habituadas. Galantes e afoitos... pela posição de meu marido obrigada sou a conviver com eles, e um há, o cavaleiro de Chamilly, que muito gostaria que conhecesses. Nem calculas como se impressionou com a tua história que lhe contei em pormenor. Falando de ti ficamos horas a fio, tecendo ele considerações que estranho ouvir em boca de homem e me fazem pensar...

Que mais nos espera ainda, embora morta tu em tua cela e eu morta em meu quarto? Diz-me o coração que nossas infelicidades mal começaram e em nossas cabeças desabarão bastantes mais e muito maiores desgraças, todavia tal nos pareça hoje impossível.

De bem pouca valia serei para teus males, Mariana, mas do teu lado me encontro e sempre lutarei em teu favor caso preciso seja.

Beija-te muito, desesperadamente saudosa, a tua infeliz amiga

Joana

25/04/71

GUERRA

Sobrevoa-nos grave e larga asa
um passo dado à mão, sedoso o gesto
e pode ser tragada toda a face
a casta liberdade.

Não tendo tu ou eu jamais perdido
ou ganho vulto
ou outro tempo que não o de indagar,
uma asa revoa de espessa nova ave (ou fumo de caldeiro?)
tão antigo
que eu digo cedo (é cedo)
te desconheço
e sobre a mesma palma leda e tersa
te assisto ao que não sabes
e teço o que te cedo.

25/04/71

Extractos do diário de D. Maria Ana, descendente directa de D. Mariana, sobrinha de D. Mariana Alcoforado, e nascida por volta de 1800

Partindo de Mariana, a primeira, sou eu a sétima geração, rebento extemporâneo e filosófico desta linhagem feminina, que começa com os feitos profanos duma freira e que a partir daí se constitui e toma consciência de si, de sua necessidade, linhagem assim oposta ao esquecimento e à diluição, à absorção rápida de um escândalo na paz das famílias e das sociedades.

Se homens constituíssem famílias e linhagens para se garantirem descendência de nomes e de propriedades, não será lógico que as mulheres utilizem sua descendência sem nome nem propriedade para perpetuar o escândalo e o inaceitável?

No fundo, como as ordens religiosas. Mas estas cedo perdem sua razão original. Porque o que contesta não suporta ser instituído? Não só por isso; mas também porque a contradição se vai tornando virtude passiva, e toda a carência imposta — dor, miséria, obediência, castidade — vai sendo erigida em virtude autocomplacente e absoluta. Para nos tornarmos irmãos dos que têm fome e sede de justiça não julgo que sejam regras a instaurar, nem sequer pró-justiça. As ordens religiosas fizeram seu caminho pela fome e pela sede, até se negarem, até instaurarem o reino da injustiça. Irmãs Clarissas do Desagravo, holocausto de mulheres que há uns séculos desagravam, noite e dia, a profanação dumas hóstias. Não foram as hóstias feitas para desagravar a profanação das pessoas?

*

Deixemos as freiras, que não são caso único. Que mulher não é freira, oferecida, abnegada, sem vida sua, afastada do mundo? Qual a mudança, na vida das mulheres, ao longo dos séculos? No tempo de tia Mariana as mulheres bordavam ou teciam ou fiavam ou cozinhavam, sujeitavam-se aos direitos de seus maridos, engravidavam, tinham abortos ou faziam-nos, tinham filhos, nados-mortos, nados-vivos, tratavam dos filhos, morriam de parto às vezes, em suas casas, com móveis, cadeiras, cortinados; estamos em tempo de civilização e de luzes, os homens fazem livros científicos e enciclopédias, as nações mudam e mudam a sua política, os oprimidos levantam a voz, um rei de França é decapitado e com ele os seus cortesãos, os Estados Unidos da América do Norte tornam-se independentes... que mais? Que mais me interessa enunciar a história? O que mudou na vida das mulheres? Já não tecem, já não fiam, talvez, porque se desenvolveram a indústria e o comércio; as mulheres bordam, cozinham, sujeitam-se aos direitos de seus maridos, engravidam, têm abortos ou fazem-nos, têm filhos, nados-mortos, nados-vivos, tratam dos filhos, morrem de parto, às vezes, em suas casas, onde apenas mudou o feitio dos móveis, das cadeiras e dos cortinados.

*

Porque me chamo de rebento extemporâneo e filosófico desta linhagem feminina? Por despeito, por raiva, por impotência. Que fizemos nós todas? Nada. Mariana começou; Mariana veio afirmar seus direitos? Duvido. Mariana apenas rompeu a hipocrisia e dela se queixou. Porque andavam os homens fazendo-se distraídos e dizendo às mulheres nascidas de boa cepa: "em que pensamos, o que desejamos? Nada, nada, sempre temos os pensamentos postos na pureza e em altos valores. Nada mais existe senão a boa graça de Deus"; e os homens faziam suas guerras, suas fornicações, suas noitadas de álcool, e tornavam dizendo a suas mulheres nascidas de boa cepa "nada pergunteis, senhora, que este cheiro de sangue, este cheiro de reverso da vida não é para vosso casto nariz, nada precisais de conhecer senão vossa honra e vossos filhos ou vosso convento, o resto não é de senhora", Mariana veio gritar para a rua: "e o amor, e a paixão, porque os inventaram, se tudo é trato manso e mulher honrada? Porque andam os cavaleiros conquistando mulheres como quem faz guerras? Que nostalgias têm eles, junto de suas mulheres púdicas e de seus filhos legítimos? Pois eu mostro-vos o preço da ordem dos cavaleiros, em que encosto se reclinam suas vitórias: em ventre desfeito de mulher, em mulher tornada despojo entre duas batidas". Não, Mariana nem isto gritou; apenas disse "aqui estou eu, possuída pelo amor". Levantou-se um murmúrio "que lindo é o amor de mulher, ah!, mas porquê escondê-lo debaixo de tanto respeito e conveniência, não convirá mais aproveitá-lo? Quem teme esta mulher, tão à mercê do amor?". Desenhou-se, gigantesca, a figura de Mariana sobrinha; rebento extemporâneo também; onde foi buscar tal saber? Com ela me identifico; e apesar de seu saber e de sua palavra, que outra coisa foi senão mulher, que escreve diário e uma carta? Quanto ao resto bordou e teve filhos; com que solidão. O seu diário é uma rocha; não, é antes única quebra de seu silêncio, único local possível para a sua palavra, mas, por isso, pedra. Que dizia ela? "A vida de uma mulher é toda como um parto; acto solitário e doloroso, escondido, arredado dos olhos de todos em nome do pudor. O pudor é uma nostalgia, serve para fingir que estão mortos os vivos demasiado incómodos." Mariana sobrinha, a da carta, que veio dizer que o amor do cavaleiro era uma fraude; fingimento da nostalgia do absoluto, remédio para angústia de cavaleiro fingidor que tanto preza sua vida relativa, seu risco medido e sua transgressão calculada em risco de outrem, que assim exposto e arriscado lhe torna sua vida mais segura e vitoriosa. Entre Mariana sobrinha e eu, vieram quatro gerações decorativas, absorventes, que cultivaram as delícias da paixão e a carta de estilo amoroso; aí quiseram diluir Mariana; uma delas quis mesmo tornar ardente seu comércio conjugal, e muito admirada ficou quando seu marido lhe disse: "Deixai-vos de querer ser minha amante, senhora, porque das amantes me largo quando a sua carne já enfastia; se quereis para sempre meu respeito e meu sustento, tratai de ser minha esposa". Quatro gerações que quiseram substituir a hipocrisia da conveniência pela hipocrisia da paixão: "todos os caminhos me estão vedados, senhor, e assim vos amo, assim vos sirvo com paixão". Amor, eu só o quereria na igualdade; por isso recusei marido, recusei homem. Deixarei meu diário a minha sobrinha. O que posso ser, entretanto? Só me defino pela negativa; não bordo, não tenho filhos. Com Mariana sobrinha me identifico: sou mulher de palavra pesada; mulher de silêncio e diário, mulher que envelhece vivendo da esmola de seu irmão; ninguém teme mulher exposta ao amor. Mas quem aceita como saber que se difunda palavra de mulher que, ainda mais, é pesada?

*

Desde o princípio tiveram os homens de se julgar semideuses caídos de sua graça por obra da mulher; e logo depois tiveram que se inventar redimidos através do ventre de nova mãe, essa santa, essa capaz de conhecer Deus no seu ventre e de no seu ventre incarnar o deus salvador, depois chamado o filho do homem — que ironia rebuscada — na sua vida e nos seus actos exemplares. Porque o homem vai fazendo o mundo e cavando o seu túmulo, e vai chamando a mulher, então dizendo-lhe "mãe", para que esta lhe nomeie o mal e o bem, e lho signifique, e tome em si o absurdo insuportável da ordem das coisas, e vai o homem fazendo o mundo sobre o ventre acolhedor e produtor da mulher, então dizendo-lhe "coisa de mim", e posto na mulher o mal e o bem e o absurdo insuportável da ordem das coisas é então justo que seja ela a primeira vítima, ela a culpada até ao momento em que finalmente o homem chama a mulher, dizendo-lhe "mulher", e repara que está vazio o lugar a seu lado.

*

Vazio, sempre, o lugar a meu lado. Mulher sem homem, e sem força de transformar o mundo. E se alguém me chamou "mulher"? Como poderia ouvi-lo? Toda a luta se transforma em impotência? Tornei minha regra a fome e a sede? Minha vida foi fome e foi sede; mas onde poderia saciar-me? Regra é a justiça; por isso me neguei à injustiça. Fará sentido vida que é só recusa? Onde estão meus companheiros de luta? Não, não deixarei que a amargura do fim me desdiga. Bem procurei e muito me expus; mas tirando a capa do antagonismo polido, vem o antagonismo frívolo, e tirando este, vem o antagonismo feroz. Assim são os homens; amor de mulher para eles é entrega, obediência, serviço, gratidão. Quando o burguês se revolta contra o rei, ou quando o colono se revolta contra o império, é apenas um chefe ou um governo que eles atacam, tudo o resto fica intacto, os seus negócios, as suas propriedades, as suas famílias, os seus lugares entre amigos e conhecidos, os seus prazeres. Se a mulher se revolta contra o homem nada fica intacto; para a mulher, o chefe, a política, o negócio, a propriedade, o lugar, o prazer (bem viciado), só existem através do homem. O guerreiro tem o seu repouso; por enquanto nada há onde a mulher possa firmar-se e compensar-se das suas lutas. Chegará o dia? Até lá fica sem sentido a vida de mulheres como eu.

26/04/71

Resposta de Mariana Alcoforado, freira em Beja, a D. Joana de Vasconcelos

Por Deus, Joana! Que te ias perdendo e me perdias!

Só por muito dó ter de mim não participou a Madre Superiora o conteúdo da tua carta a meus pais e teu marido, chamando-me no entanto a atenção contra ti e agora difícil me parece ser tua visita, se não arranjarmos maneira de nos desculparmos perante ela.

Entretanto, como vês, tratei modo de te escrever sem que ninguém o suspeite: fazer sair cartas daqui, é fácil, o mais difícil vai ser, parece-me, fazer-tas chegar às mãos sem que teu marido o saiba.

Porém, querida Joana, que alegria me deram tuas palavras e em que desespero todavia me mergulharam: novamente perante mim tive nossas esperanças (infundadas esperanças...), nossos anseios, nossas revoltas e segredos, nossas promessas firmes mas tão impossíveis de manter. Que resta de mim, enclausurada, sequiosa de espaço, de sol (bem sabes quanto amo o sol...), sequiosa de correr por esses campos áridos, secos, crestados, que da minha cela vejo, à noite, banhados pela luz ácida da lua, a inventar suas imaginárias imagens de frio, de dias rasgados pela chapa do calor e dos nervos.

Oh! Como podes minha amiga, quereres, pensar sequer desejares trocar se pudesses, tua situação pela minha... de bom grado me casaria com quem meus pais escolhessem e mesmo repugnada me daria, embora isso, sei, fosse uma infâmia, a homem a quem eles me vendessem. Tudo faria, Joana, a fim de me libertar deste convento onde sufoco e endoideço, dia após dia lentamente.

Que falta me fazes, irmã... lembras-te? Eu era o instinto, tu eras a cabeça, eu era o fogo, o imediato, tu a ponderação, a perseverança. Cheguei a pensar que convencerias meus pais, que levarias minha mãe a condoer-se da minha sorte; mas nada nem ninguém consegue dessa mulher outra coisa que não seja a frieza, o disfarce, o cálculo; apenas perante minha irmã se modifica, se adoça quase, se esquece de si própria. Quando me vem ver, os seus olhos apavoram-me pela maneira como me fitam... Sonharei eu, Joana, ao sentir o ódio trespassar-me as carnes quando minha mãe me fita? Mas porque me odeia ela e me castiga sem se apiedar de minha inocência e dor; porque não me diz ela, por fim, que mal lhe fiz nascendo?

Todas estas chagas se reabriram com a tua carta... na alegria de a receber tornei-me de novo vulnerável nela ao mundo que nela me veio. Notícias me dás dele, Joana, e nele colei minha boca, no papel que de ti me traz não só o sinete, mas também o odor, o perfume, o som da tua voz tão lembrada.

Pois que case Maria e tenha filhos... coitada, para nada de outro deve servir minha irmã senão para estar prenha... pois que case se é para isso que aqui estou... mas muito vai sofrer esse pobre Conde de C., nas mãos de D. Maria Alcoforado! Com seus ataques de fúria e raivas súbitas o assustará mais do que já é assustado por natureza e estupidez. Como tu me ralhavas quando me vias rir-lhe na cara...

Muito grosseiro e brutal deve ser teu marido, Joana, para que não admire e ame em ti sobretudo a inteligência e a delicadeza. Tanto deves sofrer nas suas mãos, tu que cultivas a beleza, a sensibilidade e a subtileza como se plantas fossem.

Que infelizes, minha amiga, ambas amarradas por leis tão desumanas que tornam a mulher pertença sempre de alguém, domínio, terra onde se pernoita e semeia. — Vingança é tua esterilidade, desforra; por ela te negas a ser utilizada: mãe te tornando de homem ou mulher gerados por marido que odeias. Fêmea para dar crias: filho varão que siga a casta, em montada e nome do pai... a isso te recusas pelo útero, em tua revolta, Joana, e abençoada sejas!

Ajoelhada na capela, cabeça entre as mãos, passo muitas horas das longas tardes dos meus tristes dias... cuidam as freiras que rezo... como se enganam! Não me atrevo a lhes confessar que choro, que me revolto, que de Deus me esqueceria de bom grado pelo mundo, que a Deus não me dirijo, antes dele fujo, me distancio, me refugio em secretas ânsias.

Mais desgraçado futuro haverá, que aquele onde a morte é único objectivo? Dizes pressentires maiores males prontos ainda a desabarem sobre nossas cabeças... tenho a minha bem vergada, Joana, mas tu... galantes me afirmas serem os franceses e com um pareces já ter comércio de amizade e confidências. Pensa sempre como os homens são ignóbeis, e esse cavaleiro de Chamilly, que tão impressionado diz ter ficado com minha história, pode apenas querer-se esquecer de saudades deixadas em seu país; esquecê-las contigo, Joana!

Ontem, juntamente com outras freiras, estive no balcão a ver esses franceses de que me falas: debaixo de nossas janelas faziam-se valer perante nossos olhos, montados em seus cavalos. Um havia que parecia procurar entre nós, alguém em especial... Não te ris se te disser que por momentos pensei poder ser ele o teu cavaleiro de Chamilly? Se assim foi, diz-lhe que estou morta, emparedada neste convento, castigada por mal que desconheço. Perdi a vida quando ouvi as portas deste túmulo se fecharem nas minhas costas: as tranças então desmanchei, o fato despi a trocá-lo por este hábito que me magoa o corpo com a sua aspereza.

Que rigor e raiva precisei ter mantido até hoje, a fim de conseguir sobreviver! Mas sobreviver para quê, afinal, ou para quem?

Adeus, minha Joana.

                Tua desgraçada

                        Mariana

                            30/04/71

Relatório médico-psiquiátrico sobre o estado mental de Mariana A.

O Conselho Médico-Psiquiátrico do hospital de [...] foi incumbido de examinar o estado mental de Mariana A., que deu entrada na tarde de 16 de Agosto do ano de [...], neste hospital onde ficou internada.

Mariana A., de 25 anos de idade, casada, nasceu em Beja e vive em Lisboa há cerca de 3 anos. Sabe-se que o pai se suicidou e a mãe, senhora muito religiosa e austera, tem hoje 50 anos. Deste casamento nasceram três filhos: duas raparigas e um rapaz, vivendo a rapariga mais velha e ainda solteira com a mãe. A doente, até há três anos, mais precisamente até 20 de Maio de [...], data do seu casamento com António C., hoje em serviço de soberania no Ultramar, vivera também na casa materna. Segundo suas próprias informações, dava-se ela muito mal com a progenitora, preferindo esta claramente os outros dois filhos, em especial a filha mais velha, com quem se entende muito bem desde sempre.

Estes dados tal como os que se seguem são importantes, na medida em que podem vir a esclarecer o estado mental da doente, ou as causas que a levaram ao acto que praticou, acrescentando-se desde já, nunca Mariana A. ter dado, segundo a família e atestados médicos, sintomas de alienação, ou tendência para aberrações sexuais. Tendo desde criança uma cuidada e rígida educação católica, fez seus estudos em colégios de freiras, cumprindo sempre com a rígida moral lá estabelecida. No entanto, a meio da tarde do dia 16 do mês de Abril do corrente ano, Mariana A. deu entrada de urgência neste hospital, acopulada com um cão. A doente que se encontrava em estado de histeria, era acompanhada pelos sogros que prestaram as seguintes declarações:

"Estávamos a repousar depois do almoço, quando ouvimos gritos e choros vindos do quarto da nossa nora. Quando conseguimos abrir a porta, não entendemos logo o que se passava, imaginando primeiro que Mariana estivesse a ser atacada pelo animal e corremos para a ajudar, então... bem, não quisemos acreditar, percebe, ela era tão sossegadinha, tão ajuizada, sempre fechada em casa a escrever ao marido! Nós até lhe dizíamos que devia sair connosco para apanhar um pouco de ar... Claro que nunca a deixaríamos sair sozinha ou mesmo com alguma amiga, aliás ela não chegou a fazer amigas em Lisboa, o nosso filho era muito metido consigo, gostava só de se dar com pessoas que conhecesse bem, em tudo que dizia respeito à mulher, então, era bastante esquisito, mas ela até parecia gostar disso. Muito ensimesmada desde que o nosso António foi para África, não dormia de noite, nem se alimentava o suficiente, estávamos até para a levar ao médico."

Mariana A., durante os primeiros dias recusou-se a fazer quaisquer declarações, chorando, gritando quando não estava sob o efeito de hipnóticos. Em seguida caiu num mutismo que parecia não ceder aos tratamentos a que era sujeita. Hoje já presta declarações, recusando-se no entanto a falar do que a levou a cometer o acto que a fez ser internada, não querendo igualmente referir-se ao marido, nem ao seu casamento. Caso se insista, parece deixar de ouvir, os olhos fitos num ponto fixo, assim podendo ficar horas. Comunicando-nos as enfermeiras que Mariana A. monologava bastantes vezes alto quando se julgava sozinha no quarto, recorreu-se a gravações. Transcrevemos adiante uma das que nos pareceu de maior interesse:

"Tu nunca percebeste nunca. A minha mãe dizia é pecado a carne é luxúria e mesmo contigo o era. Foste sempre uma prisão alguma vez pensaste em me ouvir? E agora longe estes anos todos. Anos e anos e eu que fazia? Que fazia desses dias de todo esse tempo em que a única luz seriam as tuas cartas onde tudo me explicavas em pormenor te gabavas de coragem feitos de armas risco e das lutas que para ti são já divertimentos um jogo ou como se em caçadas se tornassem elas. Daí a fotografia que me enviaste onde apareces sorrindo e os teus pais mandaram encaixilhar e está na sala em cima do piano. É luxúria dizia minha mãe é pecado a carne e mesmo contigo eu sentia que o era quando gozava e só eu sei como me tentava retrair. E depois todos estes anos a pesarem-me no ventre todos estes pensamentos estes desejos estas ideias a tua mãe a vigiar-me o teu pai a ler o que eu te escrevia e o que tu me mandavas dizer. E tu como uma prisão sempre como uma prisão e eu a criar-te horror a criar-te todo este asco todo este enorme medo."

Resumo:
1º — Mariana A. não é alienada.
2º — Não apresenta qualquer indício de tara sexual.
3º — O acto que aqui a trouxe pode ser atribuído apenas a um grave desequilíbrio de ordem nervosa, cujas causas devem ser aprofundadas a fim de se poder tentar curar a doente.

Hospital de [...], 30 de Dezembro de [...].

01/05/71

Carta de D. Joana de Vasconcelos para o cavaleiro de Chamilly, na véspera da partida deste para França

Meu Amigo

Venho-vos implorar que não deixeis de ir ver Mariana antes de partirdes para França...

Porque vos mereço eu atitude diferente desta vossa fuga ou indiferença ou ainda desprezo em relação a ela? Não vos toca já o coração seu destino cruel, nem vos indigna já sua história como vos indignou quando vo-la contei? — Muito depressa vos esqueceis dos factos, sentimentos, causas, e como defendê-las ou perdê-las por vossas próprias mãos tão afoitas como indiferentes. Joguete foi Mariana nelas, e vosso joguete me recusei eu ser por instinto, orgulho e talvez acima de tudo por cobardia: preferi não arriscar convosco o amor e a dignidade, únicos bens que me restam intactos, meus desde nascença e dos quais só eu disponho.

Vossa fui por abandono e prazer, quem sabe se por vingança, se por cansaço, se por desafio, nunca porém vos exigindo palavras, atos de entrega, promessas de futuro que entendia não as poderdes e quererdes manter.

A que risco me expus vos pertencendo?

A que risco maior não se expôs Mariana sendo vossa amante... Amante ela que vos amou, pois eu jamais vos amei de amor, utilizando-vos mesmo em minha loucura de esquecer, de me evadir, de me recusar a tudo a que me obrigam.

Que doces me pareceram assim vossos lábios em veneno de perda, que vidro espesso vosso odor, vosso hálito, vosso peito e o ventre árido que percorri com os dedos e meus beijos... Mulher convosco me tornei, sem sofrimento de amor e rituais de ternura; nossos transportes eram os dos corpos satisfeitos e seiva neles a alimentá-los de vida.

Precisão, pois, houve em sacrificar Mariana, tão sacrificada já por outros?

A que loucuras a levastes e que lhe prometestes; a que invenções de egoísmo, a que mentiras recorrestes a fim de que ela fosse vossa? Bem fraca resistência afinal deve oferecer mulher à força posta em convento a homem galante e inteligente que se apresenta tímido, amoroso e indignado por seu destino e os braços lhe abra em jeito de refúgio...

Por uma tivestes a outra, "ambas fracas" — pensastes — enganando-vos todavia a meu respeito e isso vos intimidou... Como vos conheço bem! E se ao princípio me iludi, foi apenas pela diferença de vosso trato em relação aos homens grosseiros que conhecia, de boa nascença e cepa portuguesa, donos de suas mulheres, terras e filhos e cavalos.

De França trouxestes a luz, a suavidade, o espírito, a galanteria, mas de vosso carácter: a cobardia, a frieza, a astúcia, o narcisismo.

Pobre Mariana que vos amou. Que digo eu? que vos ama e desespera desde que a abandonastes sem notícias nem explicações, nem uma sequer palavra de conforto e esperança. Valeria mais que a matasses dizendo-lhe a verdade e menos cobarde seria que esta vossa fuga.

A quantas humilhações e dores se sujeitou e sujeita por vosso amor! Dela tive notícias ontem: dizem-me que morre aos poucos e a razão perde durante horas, falando de vós já sem qualquer cuidado ou pudor, gemendo alto, beijando vossas cartas, invocando vosso corpo e gritando vosso nome.

Tudo farei para que nada lhe aconteça e se abafe tal escândalo que lhe pode custar a vida se sua família achar que ela assim suja a honra e apelido que usa.

Ide para França, sim, nada mais tendes a fazer aqui, de mais já o fizestes até, porém não partais sem vos despedirdes de Mariana! Quando ontem viestes despedir-vos de mim, nada vos consegui dizer, meu marido escutava-nos, atento, agora que nada tem já a escutar... Resolvi-me, então, a escrever, esperando que me oiçais atentando no que vos peço...

Deixai a Mariana a dignidade por ela própria que assim lha tirais, fugindo. Em mim fica vossa recordação em paz, nem sequer toldada: nada vos pedi que não me pudesses dar, nada imaginei de vós que vós não fôsseis.

Jamais tremeu minha voz, ou minha mão estremeceu na vossa? Pois levai de mim essa memória de firmeza e dureza de ânimo onde me arrimo em arrogâncias de dignidade.

Não vos disseram sempre os meus silêncios muito mais do que as minhas palavras?

Joana

02/05/71

Carta de D. Joana de Vasconcelos para Mariana Alcoforado

Minha Querida Mariana:

Mandaste-me pedir de urgência e em grande cuidado notícias de teu primo José Maria, teu anjo da guarda, como o nomeias em segredo de coração, que o coração dizes recusar mas se nega ele a te obedecer e em susto te põe por quem jamais esquecerás, e tu queres a José Maria, bem o sei, como se a teu filho fosse, e te tivesse saído das entranhas.

Que dor te senti nos olhos ao dele te despedires, Mariana, e em que raiva enlouquecida o vi, o corpo em estremecimentos de soluços fundos, secos, onde as lágrimas se recusavam, quando desapareceste, pálida e muda, na carruagem que te levava para longe de todos nós, desterrada da vida. Tentei, nessa altura, em vão deter teu primo, mas fugindo se despegou de meus braços e montando seu cavalo desapareceu em sentido contrário ao que seguiras, numa corrida que consta ter durado todo o dia, voltando já noite alta com o cavalo quase morto de fadiga e ele desmaiado à sua ilharga, a cabeça a tombar para o chão onde teu tio o acabou por estender à pancada.

Desde esse dia, largos meses passaram sem o tornar a ver, nem notícias ouvir que não fossem histórias vagas ou estranhos boatos em que não acreditei, mas perante tua carta e tuas aflições me fiz encontrada com ele, ontem, em casa de Mónica, onde muito vai ultimamente e hoje (meu marido está em Lisboa e por isso eu livre) aqui te estou a dar notícias que infelizmente não são boas: alheio a todos e a tudo, silencioso e calmo, de uma calma triste ou de uma calma cheia de sabedoria e lucidez a que não vejo melhor termo que princípio, desconheci-o assim, como se nunca o vira antes, embora sempre o tivesse sabido estranho e diferente. Os olhos não tirei, todo o serão, de José Maria, por estranheza me causar, já homem-feito e muito belo, mas tão de desprezo posto ali como se ali não estivera. Fiz por ficar a sós com ele e agarrando-lhe as mãos, disse-lhe baixo: "Mariana mandou perguntar por si"; então teu primo tornou-se muito branco, mas sem parecer ter-me ouvido, levantou-se e saiu da sala. Segui-o e vi-o ainda saltar o muro do jardim, como um salteador, ágil, silencioso, a perder-se no negro da noite...

Em que lhe posso valer, Mariana? Eu que a mim própria não me valho, nem a ti minha amiga, minha irmã, minha companheira de sempre.

Bem te quereria tranquilizar, mas em demasiado sobressalto me deixou José Maria, para que fingir sequer possa não me sentir preocupada. Prometo-te, no entanto, procurá-lo novamente, embora me diga a razão que não o devesse fazer...

A que perigo me exponho, tentando deter teu primo de si mesmo? Ao agarrar-lhe as mãos que logo arrancou das minhas, já não era em ti que eu pensava, Mariana, mas apenas nele. Ou em mim?

Beijo-te muito

  tua

    Joana

      04/05/71

Carta de soror Mariana Alcoforado,
freira em Beja, a seu primo menor,
D. José Maria Pereira Alcoforado

Meu José Maria e Meu Anjo da Guarda Bem Amado,

Esta vos leva escondida de meu mando o Alfredo, que veio trazer-me novas e sempre severas recomendações de meu irmão e vosso primo e padrinho José Francisco. Mau grado os seis anos que vos separam de mim em idade, mas que em bom juízo em vós sobram, não sei, em meu fraco entender e nesta hora de aflição que passo, a quem de meu sangue pedir acolhimento senão a vós, meu companheiro de jogos e segredos. Deveis saber já, pelo clamor de escândalo que sempre foi de uso nas horas de rigor em nossas casas, de que afinal vosso pai é varão mor e amo, o que se passa na vida da vossa Marianita. Ontem me foi dito que vos negaram ver-me ao parlatório, devido a vossa pouca idade e à hora a que haveis passado, pouco depois das matinas. Vos tenho pois em mente olhando as grades de minha cela com esse rostinho grave com que sempre haveis espiado meus desatinos para logo vos lançardes a outros que bem mais graves foram, ou para me humildares nas forças ou por brotar vossa chama mais de rompante sempre e a mais lonjura. Meu pequeno José, único de meu sangue que, tal como a esta tua desditosa prima, todos disseram de sempre desentender — vossos dotes de finura nos escritos e no desenho, vossas cavalgadas pela noite aos catorze anos, quando toda a casa se aquietava, vosso bom convívio com servos e deserdados, vossos galantes modos de corpo e ditos de espírito mordaz. Vossa madrinha me consentiram em ser e me deixaram por primeira vez trazer-vos de embalo quando menino de cueiro, até que meus braços foram escassos para vossas forças nunca possantes, mas breve de muita presteza e brusquidão. Só vós e minha boa Joana, tão mal casada, haveis chorado minha partida, o estrondo do portão da casa a fechar-se quebrando-me o ânimo, Joana apertando as mãos nas vossas, não por grande estima, que nem ela vos pôde entender jamais os silêncios em que vos púnheis e as ausências escarninhas que fazíeis a todas as horas festivas das nossas casas. Como um pequeno anjo de morte me haveis dito quantas vezes, "Foge, minha Nita, não posso ainda proteger-vos, olha que tudo me negam anda de poderes, mas foge, que senão Deus, ao menos o Demo vos há-de ser de auxílio". Como eu vos temia os olhos de grande cinza sem pecado, a face de ossos finos, as lágrimas que não vos viam jamais e que nessa hora vos luziam pela cara até que vos perdi de vista, Joana acenando, vós não. Nada podíeis por mim e vosso pai o há deixado bem claro, pois por Joana soube que vos fechou depois em vossos quartos e convosco usou da vergasta pois que, em seu entender, havíeis cometido o desmando de alimentar em vossa prima a desobediência e a impiedade. E mais me contou ela que o pessoal da casa e vossa pobre mãe, tão apagada e distinta da que por má sina me coube, ouviam seus golpes e rijas injúrias de tão irado, sem que qualquer outro rumor desse sinal de vosso sofrer, quer choro, quer dizeres. Pois tudo agora se consuma, meu menino de prata, e bem vedes neste escrito como hei perdido o pejo nos carinhos que vos dava de menino e que vossa gravidade me negava agora que vos despontava já a barba. Assim me quiseram árida e estéril e só em vós encontrei lugar para os afagos que creio toda a mulher trazer preparados em seu coração e entranhas para os filhos que há-de ter. Só que pai não vos reconheci, nem vós, que vos vi medrar na desconfiança do vosso e de quem lhe pudera fazer as vezes, meu irmão, vosso primo e padrinho. Diz-me vossa Mãe que aqui vem de mando de todos os outros, e sempre de seu assustado modo de andar servindo vontades alheias, que de mais não sabe ou pode, me diz ela, esquecidos os recados de forçar-me à mansidão, que muitos cuidados tem passado com vossa saúde e modo de malviver — que vosso confessor se queixa de vossa ausência a ofícios e sacramentos, que nem já vosso pai, após a dureza de sevícias que não pareceram trazer mudança a vosso estado, se escusa de ver-vos ou de dar parecer sobre o modo desalinhado com que tomais lugar à mesa e desatentais dos estudos. Eis pois que cuidando eu de vir dar-vos novas do que me dá cuidado, estes graves amores de que por certo já haveis tido notícia, e que mais me pesam por saber já quanto vos sempre há desprazido o comércio com estrangeiros outro que não o das fartas leituras de vossas vigílias, eis que mais pareço tomar a meu cargo e interrogar-vos do que vos traz em tão acérrima guerra contra tudo e todos, eu que vos tive a confiança e os belos cabelos negros repousados em meus joelhos. Que eu morra de males, que nunca soube guardar-me de nada do que me era imposto mais que por gritos e choros, bem no entendo. E justo é que deles me acolha à afeição de irmã maior que sempre vos quis ser — mas vós, meu José Maria, que dor é esta que vos tomou e de que me vêm truncadas novas, a mais acender sobre esta chaga chagas antigas que são de nossos começos? Que nem já do Senhor D. Sebastião teceis razões e fantasias de retorno como tanto era de vosso gosto, que nem já de galantear com malícia vossas primas e seus toucados, que nem já de leituras de cavalaria e escritos dos senhores nossos reis e maiores, que só de madrugar e cavalgar e vaguear a montada pelas noites e lugares ermos, de recusar alimento e o cuidado de todos. Que mal vos toca, irmãozinho, que daqui donde estou posta, este rude lugar e vãos amores findos, de nada posso valer-vos senão de vos trazer na alma, tal como à minha boa Joana e a esse estrangeiro que me revolveu carnes e sentido. Bem sei ou de nada sei já ao certo do que antes por tal tinha, que não devera falar-vos assim a vossa tenra idade, porém vosso entendimento de tudo e todos sempre o soube menos tenro que o meu e o ânimo mais firme.

Que vos fizeram, meu anjo, que vos fizeram? Vinde em breve a tentar ver-me a hora mais cordata que para tal pedirei a meu irmão que vo-lo consinta e a mim. Que não sei que mais me falta, se o poder amar em vós os de meu sangue ainda, se o poder relembrar-me vossas falas de que não devera, oh não devera eu nunca ter nascido mulher ou de que tudo é enganos e injustas diferenças feito ainda, meu tão certo e puríssimo secretário.

Santamente vos afaga vossa prima e irmã

Mariana

05/05/71

Bilhete em envelope lacrado com o sinete dos Alcoforado e dirigido a sua prima Mariana por D. José Maria Pereira Alcoforado na madrugada em que seu corpo foi achado enforcado na maior figueira da cerca da casa de seus pais

nem estrangeiro
nem menino
nem varões a assinalar
com o corpo de vosso primo
fazei Mariana um sino
que a Pátria possa dobrar

06/05/71

Poema de D. José Maria Pereira Alcoforado, datado da madrugada de seu suicídio

Anjo da desgraça,
Minha irmã Mariana...
Cavalgando a morte
Com sua honra e espada

Trespassando o peito
Com aquela lâmina,
Desguarneço o mal...
Minha irmã Mariana

06/05/71

Carta de Maio Amor e Carta Mor

> *Joy and woe are woven fine*
> W. Blake

> *et pourtant ça existe*
> Léo Ferré

Que trazia eu pendido ao peito antes de mal chegares
mais que a fenda que de incerto saber-te era sinal?

Nem os olhos trazidos em vera luz e espera na verdura

(ou translúcida pele mansa dos amados leve, eu
quase fêmea
indo por indícios)
ou bem saber da comoção os ditos
me eram paz ou valia

e com vagar
por ti perdida não te achando já por nossas ruas
de preparar-te o nome só cuidava
de em pena te aguardar.

As formas estavam todas imperfeitas
só que em foco por vezes ao meio-dia húmido   ›

ou certas madrugadas por suspenso o susto de todo o não da
                                                                                             noite,
um ovo branco de galinha
um copo de água
desta calcária firme água da cidade
davam sinal de um fim e eu pousava de mal
e de outra paz erguida contra tudo (e porém nisso)
sabia preparada alguma vinda.

Agora somos?
Este doce alagar do contrassenso de antes à pousada que damos,
                                                                      tu de teu estar em
mim, eu entre dedos   basta?

Sem casa embora, escuto teus passos a refazer-me um trilho
que até ti contradisse e não escolhi

Passar era seguir-te e ter crispado para o não o dorso
e a pressa despedida do sorriso do não (peço muitas desculpas),
era deixar-te vir (Seria a ti?)
à tua mão direita

fechada no teu punho à tua esquerda a chave do meu esboço
e sem quaisquer limites

Pois meu amor que me repetes como o longuíssimo ensaio de
                                                           alguma tua fêmea que
veio sendo minha forma de não permanecer
que os povos modos e lugares e línguas indagaste cantos
para dizer-me sim tão facilmente que eu soubesse
que nada foi em vão do que indagar eu pude
                        mas só isso.

                                                          07/05/71

Monólogo de uma mulher chamada Maria com a sua patroa

Muito obrigada isto passa, não é preciso chamar o médico, minha senhora, isto passa, até já estou habituada, são uns ataques que me dão, fico assim sem conhecimento, sem alentos e depois torno a mim como boa, pode estar certa, não se aflija e desculpe, não quis assustá-la minha senhora, ora logo o raio do ataque me havia de dar aqui em casa... estou-lhe muito agradecida mas isto não se trata com remédios nem farmácias que é coisa de nervos e os nervos aparecem por via da vida que a gente leva e das amarguras que tem e desgostos, sabe, eu nem falo da minha vida, nem dos tratos que ela me tem dado, sem sorte em coisa nenhuma: nem com o filho que Deus me deu, tão doente, coitadinho, nem no casamento. Mas eu adivinhava lá! A minha mãe bem dizia: "Maria tem cuidado, isso de casamentos nunca se sabe, às vezes mais vale a gente ficar solteira..." mas como é que eu podia saber que o meu António havia de vir assim das Áfricas, ele que era uma pessoa, não desfazendo, de tão bom coração e desde que veio das guerras anda transtornado da cabeça e me mete medo grita noite e dia, bate-me até se fartar e eu ficar estendida. Foi assim que me começaram a dar estes ataques, um dia vinha ele bêbado e eu chamei-lhe porco, "seu porco", com a licença da senhora, "qué do dinheiro prá gente comer?". E ele respondeu: "cala a boca grande estupor que te mato", então desatei a gritar, ele aí perdeu o tino e pôs-se-me a bater com quanta força tinha, por onde calhava, até que me deu a esgana e deitei cuspo pela boca, toda torcida no chão e ele sempre a bater, a bater, só não dando cabo de mim porque o menino coitadinho, se foi botar agarrado ao meu corpo e ele então de vê-lo tão fraquinho e assustado, teve vergonha e abalou, deixando-me assim sem conhecimento, sozinha com a criança e voltou um mês depois, para me pedir desculpa com tão bons modos que o desculpei, o que quer a senhora, são fraquezas que a gente tem e ao princípio tudo correu como dantes mas depois deu outra vez em beber, ter mulheres, não trabalhar e eu tive de continuar a andar a dias, pois graças a Deus não me falta onde trabalhar, o pior é o menino que não o aceitam na creche por estar sempre doente, e não arranjo onde o deixar, nem todas são como a senhora, tão boa, a dizer-me para o trazer comigo, que ele empatar não empata nada, quietinho a seguir-me com os olhos, coitadinho... a doutora ainda falou a última vez que o levei à consulta: "esta criança precisa de outra alimentação", mas como quer a senhora que eu faça, se às vezes nem tenho uma bucha para enganar a barriga... pensar eu que a minha madrinha a senhora dona Joaninha que tantas festas me fazia quando ia vê-la me deu conselhos de ficar com ela: "não te cases Maria, vem viver antes cá para casa, olha que não há nada como mulher livre de homem" e hoje dou-lhe razão mas já é tarde. Foi sina ser infeliz, não vale a pena lutar contra o destino, minha senhora, não vale a pena, o homem pode-se revoltar sempre que quer mas a mulher está presa a eles, a um filho e depois? Que o meu António no fundo até não é mau, não senhora, e é o pai do meu Antoninho, pobrezinho, tão fraquinho me saiu do corpo... e agora com a sua licença vou-me ao trabalho minha senhora, desculpe-me a ralação que lhe preguei. Logo isto me havia de dar aqui na casa da senhora! Estou-lhe muito agradecida pelos cuidados, sinto-me até a modos que envergonhada sabe nunca ninguém se importou tanto com as minhas saúdes... pois então cá vou à vida, que me faltam as louças, ajuntamente com as roupas e não posso ter mais folgas se quero acabar hoje. Pois então com a sua licença, minha senhora, com a sua licença...

08/05/71

De como pode a morte ser mais fácil do que o amor. Ou lamento de Mónica e Maria

"Deixa-me que fuja"

Ainda terei tempo? Ninguém melhor do que tu conhece o caminho, os atalhos, as pedras, as árvores, as marcações dos anos nos sítios destes campos, dos lugares destas esquinas na cidade; ninguém melhor do que tu pode saber as horas que conservo à minha frente.

"*Plus faim ni soif depuis dix jours avec la seule envie de toi, à crier.* […]"*[1]

Como o sol queima na boca.
　　Sufoco, bem vês, sufoco. Esta espécie de sono que me mata, me imobiliza aqui deitada a teu lado, estas paredes por onde passo as mãos até as ferir na cal quebradiça, mordida pelos séculos e os ratos que nela construíram os seus ninhos.
　　As tuas costas. As tuas costas meigas de lisura: Tal como o mar corta a pele na fuga. E saber eu seres só tu a me poder ajudar. Repara: tens a chave. A chave que todos os dias rodas com um ruído seco na fechadura oleada, e então a porta desliza nos gonzos, silenciosa…

---

* "Nem mais fome nem sede há dez dias com o único desejo de você, até gritar."

"J'ai rêvé. j'avais calé ta porte avec mon corps, pour te crier je t'aime parmi tes potes, cependant que tu étais retourné à d'autres décors [...]"*

Ó esta janela pregada com os enormes pregos que foste comprar, e à minha frente enterraste na madeira das portadas finas onde quebro as unhas e rasgo os dedos na esperança de conseguir gritar ao ver o céu, ao menos o céu; a claridade ao menos.

Não consigo mais, não posso: este vento a arrastar esta areia que hora a hora sobe, me vai cobrindo e ateada se acende, se me introduz nos olhos, nas narinas, nas ideias.

Como elas morrem as ideias...

"Ah, reviens, et tu verras avec quelle joie je vais piétiner tout, la résignée, l'indifférente, la putain, la crâneuse [...]"**

Porque não me deixas partir se ainda é tempo?

Fala-me das horas, das noites; fala-me do teu corpo tão a coberto das vagas, da morte; fala-me da cidade aberta nas suas luzes onde pernoita suave, caprichosa, volátil; fala-me da crispação do calor na orla dos montes, da crispação do calor sobre as casas do sul: meu sedento país, minha terra vermelha, minhas longas, longas praias, minha voragem acerada pelo nada a absorver a neblina abrasada que o calor forma à roda do mar, sobre e sob as minhas ancas já tomadas pela areia.

Ó secura-segurança-segredo e saciedade: meu íntimo emprego de saudade e madrugada.

---

* "Eu sonhei. Havia detido sua porta com meu corpo, para gritar te amo entre seus amigos, entretanto você estava voltado para outros cenários."
** "Ah, volte, e verá com que alegria calcarei tudo, a resignada, a indiferente, a puta, a pretensiosa."

Fala-me, fala-me, fala-me até que eu adormeça e te esqueça, te odeie e te deixe, te largue ou endoideça.

"*Oh! Mon amour! J'ai le fil, je suis désabusée! Impossible t'expliquer encore, t'éveiller seulement...*"*

Carcereiro e ainda carcereiro durante quanto tempo?
Estendes-me os braços e com eles me prendes, animal eu a se domar em sua casa, pequena casa com pão e mesa e cama e filho também e também uma porta. Deixa-me; deixa-me que parta e te recuse e te obrigue e me abrigue a ti. Deixa-me; deixa-me que te queira e te chame e te repila. Deixa-me; deixa-me que te acuse e te segure e te empurre e me desprenda e me viaje em ti.

"*Ami, qui m'as fait mal et bonheur chaque fois un peu plus, je ne pleure pas. Même pas [...]*"**

Que apelo melhor te posso lançar ou enlaçar com ele?
Descubro os seios e as coxas, acaricio-te o sexo. Como endurece e cresce o teu pénis na minha mão. Passo nele a língua, devagar, num movimento leve e pouco a pouco ele vai procurando o quente do meu espasmo enquanto eu bebo o teu no seu gosto acidulado e áspero. Depois desces, desces e vais entrar em mim, ardente e grande e sempre erecto. Mas logo eu me venho, te acrescento em ti em ti me sendo.

"*Ce soir, j'ai aimé en ton nom tous les hommes*"***

---

* "Ah! Meu amor! Sou ladina, estou desiludida! Impossível explicar-lhe novamente, despertá-lo apenas..."   ** "Amigo que me provoca mágoa e felicidade um pouco mais a cada vez, eu não choro. Nem isso."   *** "Esta noite, amei em seu nome todos os homens."

Deixa-me que fuja, te esqueça.

Permaneça. De que te pode aproveitar minha morte, minha loucura, desassossego, dor, se do amor troças e me transformas, de escravatura em escravatura, cada vez mais baixa, cada dia mais utilizável, inútil.

Tua não, presa me tens e por tua me tomas em engano da verdade, bem o tentas e bem o sentes e prisioneira sou da tua liberdade.

Que tempo me restará ainda?

Apenas tu o pressentes, mas impassível esqueces e adormeces deitado a meu lado, em hábito tranquilo, meus cabelos afagando com cuidado.

*"Peut-être demain nous serons-nous rendus, peut-être jamais, peut-être la route, nous deux, n'importe? Il n'y a pas de terre pour notre voyage"**

Não, não me desmintas; encosto a cabeça ao teu peito, e assim me tens passiva, gemendo tão baixo que ninguém ouvirá o queixume colhido de imediato por ti com ternura, avidez: e te debruças: sobre mim te debruças. Me observas. Me encaminhas. Me dominas. Me encarceras.

*"La mort même ne ferait pas ouvrir les doigts."***

Abro devagar as pernas, sentindo pingar o esperma nos lençóis amachucados, amarfanhados, soltos. Os teus lábios poisados mansamente na humidade acesa das minhas coxas.

Ainda terei tempo?

---

* "Quem sabe amanhã tenhamos nos rendido, quem sabe nunca, quem sabe a estrada, nós dois, importa? Não há chão para nossa viagem." ** "A própria morte não faria descerrar os dedos."

Diz-me: terei tempo, ainda?

Meu amor: e eis que fujo, me apodero de mim. A arma apontada ao teu peito nem sequer parece ameaçadora, mas apenas fria, indiferente, vigilante.

Meu amor:

Poder-me-ás algum dia perdoar esta morte?

Mónica

Maria tem o revólver apontado, seguro na mão firme; inexorável para o seu alvo macio, terno, vulnerável. Só ela vê o buraco aberto de onde parte a dor, o sangue, todo o mundo ali posto, resvalante, adocicado. A bala que atravessa a carne na sua densa, ofuscante trajectória morna, perde-se algures no corpo onde se aninha, onde se enraíza.

Lentamente, tomba, dobra-se, tomba, os cabelos sobre o rosto, nos ombros, novamente no rosto, no chão agora. Os dedos que se firmam, se relaxam, se enclavinham e cicatrizam já a imobilidade que se aproxima, discreta.

No entanto, a arma ali está na sua mão (onde o poder se forma), ainda em expectativa.

"Que fácil...", pensa Maria quando atira.

15/05/71

---

[1] Todos os textos em francês são de Albertine Sarrazin.

O cárcere

Andava entre as quatro paredes, que tinham bolhas de salitre e grandes manchas acastanhadas, arrastando os pés nas lajes. Percorria aquele chão ao longo do dia, sempre e sempre, e também com as mãos e com os joelhos, e o não levantar os pés era cansaço, mas mais ainda esforço desnecessário num chão todo conhecido.

Num canto estava o pequeno fogareiro e a marmita amolgada, bens com muito esforço conseguidos. Na outra parede ficava o catre, com o enxergão duro e cheio de nós, tapado pelo único cobertor, esburacado, puído de tantas lavagens e relavagens, agora outra vez cheio de nódoas, com pastadas de terra seca e bosta agarradas, das suas botas, pois ele quando vinha muitas vezes se sentava ali, refastelado, juntando aos restantes insultos o esfregar acintoso das botas sujas nos buracos do cobertor.

Pouco mais havia naquele espaço estreito, e dentro dele o seu cuidar e ocupar-se com tudo e com nada, vai e vem de dia lento que chegava até ao pátio, estreito também, com a bacia de água suja e tufos de ervas daninhas.

Quando ele entrou percebeu-lhe o olhar mau dos dias em que choviam novas acusações, novas suspeitas, renovadas injúrias. Refastelou-se no catre e deixou no cobertor uma pastada nova, esta de alcatrão mole, que teria de ser raspada com algum pau seco apanhado no pátio, e depois esfregado, com quê, talvez com terra seca para lhe tirar a gordura peganhenta.

— Tens isto que é um nojo, nem sequer lavaste o chão — assim começou ele, e depois exigiu-lhe a marmita, "ah, cozeste batatas?", e comeu as batatas todas, com as mãos, limpando-as da água da cozedura e dos restos de batata às bordas do cobertor, outra vez, e depois — mas porquê contar pormenores e suas sequências, tudo foi provocação, táctica de extrair o pretexto do seu silêncio, difícil de romper, intacto ainda quando olhou a marmita vazia, apenas chocalhando a água turva no fundo, e ele dizendo "despeja isso depressa que não admito porcarias aqui", e o seu estômago vazio, com um ardor ácido, o seu silêncio intacto ainda, e ele repetindo "depressa, ouviste, o que são esses modos, a arrastar os pés, quero respeito", espiando o seu silêncio e os seus gestos, buscando o mínimo pretexto que lhe permitisse passar ao ataque, à brutalidade, e o que foi seu gesto ou sua resposta não interessa, talvez lhe tenha efectivamente chamado polícia ou bruto, ou polícia bruto ou coisa parecida, mas se não fosse isso o pretexto seria outro, viriam os interrogatórios sobre a sua vida toda, os seus passos, as suas conversas, até os seus olhares, em tudo era posta suspeita de conspirações e crimes, e ele saltou do catre com as suas botas pesadas, e começou a dar-lhe pontapés meticulosamente, primeiro nas canelas, depois nas coxas, depois no sexo, as botas subindo sempre, à medida que o seu corpo se dobrava, se curvava, se enrodilhava, subindo também aquele ardor, aquele abrir da carne a medusas ácidas que se instalavam estendendo uma rede de queimaduras que alastravam como tentáculos, e do meio dessa ferida na carne subindo um raio fino que vinha espetar-se na cabeça, na nuca, atrás dos olhos, o seu corpo todo feito numa massa mole, desconhecida, só a si ligada pela dor, e os pontapés subindo sempre pela barriga, pelo peito, pelas costas, pela cabeça, quando esta roçou o chão já exausta, julgando-se no limite daquela decomposição interior, mas tudo foi ainda novo choque súbito, novo existir só por aquele partir e esmagar por dentro, com pontapés nos olhos, na boca, no nariz, até que deixou de ver, tudo foi escuro, e ali ficou no chão, inchando e sangrando.

Quando voltou a si, julgou ainda ouvi-lo repetir "é isso que pensas, que te atreves a dizer, é isso?", som monótono que encantara a sua descida ao abismo. Mexeu a boca devagar, junto ao chão, e pelo silvo soube que tinha dois dentes partidos, e lembrou-se de tudo, sim, porque dissera aquilo, lembrou-se de quando o José fora preso e sovado, sovado na prisão, e como todos eles tinham protestado então, com alarido e com ódio aos polícias, e viera mesmo um senhor com um papel para se assinar o nome a protestar, e o José ainda tinha feito qualquer coisa, rixa, ou propaganda contra a polícia ou assim, mas por mim, senhores, não há papéis nem zangas, e porque me trata ele assim, a mim, que lhe cozo as batatas, que lhe trato da roupa e que pari os seis filhos que ele me fez?

17/05/71

Carta de Mariana Alcoforado para seu cunhado o Conde de C.

Senhor Conde

Que estranha, ao princípio, me pareceu vossa visita…

Ao fim de tantos anos pertencerdes à família, apenas agora procurastes cumprimentar-me e inquirirdes de minha saúde?

Tratando-me por irmã, coisa que não entendo pois nem de minha própria irmã o sou, me tomastes a mão e me procurastes os olhos em maneira de súplica, calando no entanto vossa boca palavras que graves deviam ser, não vos atrevendo a me dizerdes o que pretendíeis; com subterfúgios que mal ficam a quem os usa, ou com a vergonha que assalta de súbito quem por mal tem e sabe seus actos, fugistes ao verdadeiro motivo de vossa visita, encobrindo à pressa e pobremente o que me trazíeis de recado ou objectivo, porém nunca de recato por certo, pois em recato não pusestes vossos olhos, senhor, enquanto me segurastes a mão na vossa que tremia ao me aflorar o pulso…

Quanta ousadia criastes durante estes anos! Não vos conhecia afoito, perfeito em galanterias e madrigais. Muito me parece vos ter ensinado minha irmã a quem também ignorava tais artes…

Perante minha tranquilidade tentastes recuar, mas já tarde… Que afronta, senhor Conde! O que vos autorizou a assim me insultardes sem respeito guardardes sequer pela casa de Deus? Meus desgraçados amores, por certo, dos quais tanto se deve ter falado, pelo menos em família, passando logo eu a ser considerada a última das mulheres em vez da mais desgraçada, uma fêmea de troca em vez de uma infeliz, até à morte ao mando de quem a pode sacrificar, levando-a mesmo, se preciso, à maior e cruel abjecção.

Por amor me entreguei, senhor Conde, por dádiva, não comprando marido nem me vendendo como se mercadoria fora. Por amor só, e isso vos deve realmente parecer bem estranho.

De nada do que fiz me envergonho ou arrependo, podeis dizê-lo a quem pensais que interessado esteja em sabê-lo. Jamais criei segredo de meus sentimentos e pensamentos, ao contrário de Maria e de minha mãe, hábeis ambas no jogo de mascarar e no de disfarce. Certamente que já destes conta disso...

Meteis-me dó ao mesmo tempo que me revolto e me enojam vossos maneios de cortesão em boa montada e intenções de macho arranjado à pressa. — Que esperáveis obter com vossa visita? Em vez de todo o meu desdém e desprezo, meus favores e sobressaltos? — Bem fraca opinião tendes de mulher-amante, senhor, e de pouca valia vos deve merecer a lealdade, assim como pouco respeito vos deve merecer a dor. Pois não vos disse minha palidez e magreza do tormento em que vivo?

Deixai que em paz me enterre, me sepulte, já que emparedada me puseram aqui como que a cumprir pena e castigo por pecado que não cometi nem lhe sei o gosto. Exige-me minha mãe que cale o coração e dilacere a revolta, talvez pelo medo de seu ódio; minha irmã por seu lado, juntamente com meu irmão, ordenam-me que cumpra em rigor o aniquilamento de mim própria, tendo como lema o voto de castidade que me impuseram. Também meu tio me ameaça, desembainhando sua espada...

O prender-me neste convento não chega a minha família? A que humilhações mais estarei sujeita?

Não vos empenheis no entanto em me magoardes, em me perseguirdes; a missão desta carta é a de comunicar que inútil será me procurardes de novo, tendo já ordens Joana de esclarecer o assunto junto de meu tio se tal se tornar a repetir e ao parlatório me chamardes utilizando autoridade de família.

Vingado estais da troça e da ironia com que vos tratei em belos tempos de minha liberdade, pois as palavras que calastes bem expressas foram por vossos olhos e vossas intenções por vossas mãos.

Mariana Alcoforado

17/05/71

O corpo

Ali estava o seu corpo adormecido, aninhado no seu descanso, tão quieto, tão presente na luz amarelada, definindo-se por seu peso e por aquele estar quieto, todo tomado de luz, sem contorno que separasse corpo e luz, os músculos lisos debaixo da pele, tão escorridos na presença quieta, quase diluídos, ninho de seu próprio descanso, prolongando os lençóis desfeitos e suas curvas frouxas de fadiga, e a cova morna do colchão, e a luz quieta e densa como pele amarela sobre a outra, enchendo o quarto até ao tecto e às paredes, absorvendo em si, como corpos amáveis naquele sono, o candeeiro e a mesa baixa e os livros e as roupas, todo o quarto feito camadas sucessivas de luz e substância variada rodeando o centro, núcleo de respirar muito brando, e a tudo se propagando esse único e muito brando movimento, a pele doirada estendendo-se um pouco, no peito alto, de curva possante e com os seus mamilos quase rosados, e as costas movendo-se também com a mesma unida e certa ondulação da água mansa, as costas bem talhadas, estreitando-se do largo dos ombros até à anca com a rectidão da pedra talhada, mas de braço a braço a curva bombeada, alta e suave, que a meio se cava bruscamente como o leito dum rio, e movendo-se ainda o osso da anca, delicado, anguloso, saliente agora de sua habitual discrição no corpo que repousa de lado e se debruça, leve, cavando um pouco a cintura, escondendo o ventre e a densa doçura dos pelos mornos, e um pouco o sexo, alteando o redondo — no entanto severo, cinzelado — das duas nádegas estreitas, aparecendo depois o sexo entre as duas pernas que se abrem, uma estendida sobre a cama e a outra levemente flectida, esvaindo-se a coxa da anca alteada até à cama, onde o joelho pousa, e aí segue a perna tão abandonada no lençol que quase o fere com seu peso, e entre as coxas, renascendo da sombra do ventre escondido, e que se estende como savana cálida, que em si retém o amarelo da luz, na curva nascente das nádegas, nas coxas, nas pernas, entre as coxas o seu sexo, os dois pequenos pomos cuja firmeza se desenha na pele branda e a corola recolhida de seu pénis adormecido.

18/05/71

Carta de um homem chamado José Maria para António, seu amigo de infância

António:

Espero que esta carta te vá encontrar de boa saúde em companhia de tua mãe minha madrinha e na da tua irmã Joana, que eu por enquanto cá me tenho safado sem mal pior graças a Deus.
    Como te tinha prometido aqui estou a mandar-te umas linhas por via de te dizer disto para veres com o que contas se vieres calhar a estes sítios que podiam ser melhores pois do calor nos vêm febres e nas missões chegamos a ter lama até às partes e mal podemos andar também com o peso das armas e o medo das emboscadas. Outro dia houve um que ficou sem os tomates e o Francisco da tia Maria da Abelha, lembras-te? nem se lhe conhecia a cara. Pensar que era até para se ter ido embora pois quando cheguei já estava no fim do tempo e logo no último dia em que foi ao mato lhe rebentou aquela mina!
    Há quem diga que a gente tem de se conformar com a vida mas eu não me conformo em ficar aqui ainda estes anos todos e muitas vezes dou comigo a magicar coisas que nem sabes e de noite então é pior. Ao princípio pensava ser por causa do calor que não dormia mas afinal não é só do calor não senhora então digo com os meus botões "tens de te distrair homem" mas onde vai um homem arranjar distracções nestas terras de diabo? que mulheres não faltam porém não sou dado a isto o que queres tenho mesmo medo de se me pegar alguma doença pois todos se vão a elas. Algumas são por sinal muito boas as gajas com

as mamas direitas assim nuas e às vezes a gente fica tão doido que não se interessa do cheiro ou da cor delas… que somos todos iguais… bem sei… mas faz-me impressão e fico cá a remoer depois de me pôr nelas estes pensamentos… Então os tiros a modos que dão comigo em maluco e só tenho ganas de fugir e assim cada vez me agacho mais e se te estou a desabafar dos meus fundos é porque não posso deixar de te escrever estas linhas e não só pelas nossas combinações mas também por mor da tua irmã Joana.

A rapariga põe-me o juízo a arder tem cabelo na venta o raio. Moída de orgulhos e teimosa como quê meteu-se-lhe na cabeça que não casa "é melhor acabar com tudo" e mais isto e mais aquilo a fazer-se senhora lá porque tem estudos e agora já não lhe sirvo que eu na altura disse à tua mãe minha madrinha "ponha-a é na costura se tem saúdes fracas e nasceu fina de mais para o campo. Isso de estudos não me agrada". Mas ela teimou e a fidalga a D. Mariana toda finuras e falinhas doces a puxá-la lá para casa a pôr-lhe laços e vestidos a dar-lhe livros… a estragá-la a estragá-la que nunca mais foi a mesma. E bem sabes que a gente éramos conversados desde pequenos e agora se me pôs a tua irmã a mandar cartas dessas de acabar.

Peço-te da minha parte que trates com ela mas pelo jeito do bem que pelo mal já sabes que não se leva a melhor com a Joana.

António segue esta carta pelas mãos do Manuel das Vinhas que aproveita combinar contigo a venda de uma propriedadezita de que se quer desfazer. Agora que acabou com as guerras diz ele querer acabar também com o amanho da terra.

Por hoje não te chateio mais dá recomendações à tua mãe minha madrinha e tu recebe um aperto de mão deste que se despede e assina.

José Maria

18/05/71

DE PAREDES E FLORES

de palavras se adiam (palpam) dores
e de paredes se rodeiam flores

de flores se munem as palavras
que içam fogos
e de muros se alteiam
os lugares de amores

de dores se agasalham
palavras como flores
que não soltas vão
porque paredes ouvem

qual de nós de seiva (em sangue)
emparedadas flores.

20/05/71

Carta enviada a Mariana Alcoforado por sua ama Maria

Menina Marianinha

Minha menina que assim vos lembro e por vós peço todas as noites nas minhas rezas e saudades vossas não me largam desde o dia em que saístes de casa, coitadinha, tão mirradinha de desgosto, mas a consolar-me sempre, como se fora eu que assim desterravam, que me perdoe o senhor vosso tio e a senhora vossa mãe que me ralham quando vos choro.

Menina Marianinha, é por via da senhora sua Mãe que hoje vos mando estas linhas. Saiba a menina que a senhora tem andado muito ensimesmada de uns tempos a esta parte e deu consigo a magicar em partir para a quinta, sozinha comigo, enquanto a menina Maria estava em Lisboa com o marido, que aqui para a gente não é boa rês — elas cá se fazem cá se pagam... e a vossa irmã... mas é melhor eu calar esta boca senão ainda sai alguma verdade que melhor é estar calada já que nada remedeia dizê-la.

Mas estava eu a contar que a senhora D. Maria das Dores tem andado muito ensimesmada, quase sem comer nem dormir, a passear todo o dia à torreira do sol. Vai daí, a semana passada, sem mais nem menos, já noite alta, saiu da cama, desceu as escadas e deu-lhe um ataque na sala pequena onde caiu desamparada. Foi a modos que de repente, a deitar espuma pela boca e a dizer palavras de pouco entendimento. Quando a vi desse modo, primeiro pus-me a gritar mas depois como ninguém me acudia, calei-me e deitei a pobre no chão com a cabeça levantada numa almofada.

Foi quando ouvi, em jeito de disfarce, a porta grande a fechar-se e barulho de passos no jardim. Estranhei o caso e daí fui-me a espreitar, eu não sou nada dada a sustos, a menina bem sabe e mais a mais quem quer que fosse já estava na rua. Como ia dizendo, espreitei e vi um vulto de homem todo embuçado numa capa, menina Marianinha, que corria no escuro como se conhecesse bem os sítios onde punha os pés. Deu-me uns pressentimentos e corri ao quarto da senhora e a todos os outros da casa, mas estava tudo na mesma, sem faltar nada que se soubesse à vista.

Por mor da senhora nunca falei do que aconteceu, pois vossa mãezinha ao voltar a si, agarrou-me nas mãos, e com uns ares desmaiados e brandos que não lhe conhecia, sempre tão orgulhosa e áspera, disse-me — "não contes nada disto, Maria, não contes a ninguém, por amor de Deus" —, mas eu parecia que rebentava se não desabafasse com alguém e sei que só a menina Marianinha pode entender e calar o que aqui lhe conto e ao mesmo tempo me aconselhar o que deva fazer, pois passo as noites a pensar que oiço passos e a correr para junto da senhora, não vá ela se me pôr a arremelgar os olhos e ir-se desta para melhor, que para falar a verdade eu não percebi ainda nada disto, nem o que estava a fazer aquele homem portas a dentro se não era ladrão, nem porque àquelas horas da noite a senhora sua mãe desceu as escadas em camisa, com o frio que estava, para se ir estatelar no chão da sala, com um estrondo que me acordou e não querendo depois que chamasse o doutor ou escrevesse à menina Maria a pedir-lhe que voltasse. Deus me defenda se ela viesse a saber desta carta, menina Marianinha, mas eu conheço o bom coração da menina a quem dei meus leites e não podendo mais me ter calada, a vós venho pedir conselho sobre o enredo que de tal modo traz vossa mãe mortificada e assim a modos que tomada de medos e suores, bem lhe enxergo os esgares e os cabelos pegados à testa que ando sempre a enxugar com um lenço.

Não dura ela muito, menina, se continuar com estas febres e ânsias. Já não se consegue levantar da cama, e a cabeça do travesseiro.

Só agora sinto pena dela, Deus me perdoe, mas às vezes dou comigo a pensar que é castigo pelo que fez à menina, com aquele duro coração.

Com aquele duro coração que nem assim amolenta, ontem ao falar-lhe eu de vós, mandou-me calar de imediato, na sua voz antiga, uma voz de pedra: uma voz de gelo e de pedra igual à que tinha nos olhos quando então me fitou, branca como a cal, os dentes cerrados... Deus me valha, que até pareciam de raiva aqueles modos...

Que devo eu fazer, Marianinha, em quem posso confiar que me dê ajuda?

Desculpai-me a menina se com estas linhas vos fui desinquietar mais do que desinquietada deveis andar.

Recomendo-me às vossas orações e peço-vos que vos deixeis beijar como dantes, menina Marianinha, por esta vossa criada que se assina

Maria

23/05/71

Carta encontrada num envelope lacrado entre os papéis de D. Maria das Dores Alcoforado

Senhora

Não chameis chantagem a minhas exigências de vosso corpo a fim de que me cale de vos conhecer fingindo-vos ignorar, eu que desde há tanto vos tenho, por vos haver possuído uma vez em disputa de rancores e velhos ódios, vingança, mas de vós senhora ter guardado vício e urgência de vos conservar, apesar de secreta, porém muito mais minha do que se minha mulher realmente fôsseis, preferindo-vos ainda hoje, passados todos estes anos, a qualquer outra, não sabendo bem o que alimenta este desejo, se somente vosso corpo ou ainda o imenso prazer de atraiçoar quem ardilosamente me enredou e levou a desprezar o que até então acreditava.

    Tudo isto vos contei já e logo em seguida a vos ter havido minha, pensáveis então que por amor meu e vosso. De pronto esses enganos desfiz, dizendo, senhora, o que me levara a vos cortejar e inventar amores onde só poderia existir ódio, vós joguete inocente, mas pertença de meu inimigo a quem jamais perdoaria (perdoarei) e vós por ele nas malhas, presa do jogo, desejável tanto por vós própria como por com ele haverdes casado. Ao vos conquistar aniquilaria nesse homem o orgulho destruindo-lhe a honra que muito mais que a vida sempre prezou e mesmo muito mais do que a vós, senhora, pois creio vosso marido menos apaixonado por sua mulher, que eu, que pretendia apenas aniquilá-lo, e, afinal, sabei-lo bem, ao mesmo tempo me aniquilei, pois sem passar de vós não posso, somente no entanto vos conseguindo minha, desde esse dia, em que nos amámos, vós enganada, eu entorpecido de vingança, por promessa de silenciar vos ter possuído.

E quando?

Que ironia, senhora, se em falsos amores vos conquistei e convosco me liguei, o que então era falso é hoje verdadeiro, e de vós apenas tenho ódio e desprezo, recebidos ao mesmo tempo que o calor de vosso corpo onde passeio meus dedos com o mesmo estonteamento de quando éreis quase menina e ignorante do mundo e dos males dele.

Amarga e dura vos tornastes para todos, a ponto de uma de vossas filhas vos amaldiçoar, ignorante, a pobre, do porquê de vossa raiva lançada contra ela. Pois se nem eu, senhora, vos arranquei o segredo que ocultais sedenta de raiva contra mim, quanto a Mariana que pressinto de meu sangue... mas se o negais, dais, no entanto, provas do contrário, pelo mal que lhe tendes feito, como se em vosso ventre não houvesse ela sido gerada tal como seus irmãos mais velhos...

Não chameis chantagem a minhas exigências de vosso corpo, mas antes vício e urgência, Senhora, que chantagem sois vós hoje que exerceis sobre mim, ao manter-me preso do receio de vos perder, condenando-me para sempre à dor do vosso ódio, e a silenciar o amor a minha filha para conservar sua mãe... se jamais me foi permitido, sequer, falar a Mariana...

Senhora, que crueza!

Se assim me castigais até ao sangue por vos haver humilhado um dia, deixai em paz nossa filha, que culpa não se lhe conhece senão a de se permitir ser infeliz por vossas mãos!

Qual de nós dois será, afinal, mais monstruoso, mais implacável na vingança?

Pois bem, Senhora, deponho meu jogo e abandono tudo. Tal como ontem vos disse:

               perco-vos.

Deixo-vos enfim livre da humilhação de me verdes, de me pertencerdes, de me esperardes pela calada da noite... Mas eis minha última condição, Senhora, aqui o deixo confirmado com minha letra: em troco de vos perder, exijo a felicidade de Mariana.

Levai-a de volta para casa, arrancai-a às grades por detrás das quais cumpre uma pena que não lhe pertence.

Aguardo vossa resposta, já que ontem não ma pudestes dar, tomada de súbito por mal que não consigo entender, ao ouvirdes minha proposta que vos deveria antes encher de alegria.

Ou seria a felicidade que assim vos fez desfalecer, pálida de morte, os olhos fitos no meu rosto?

Como se me amásseis diria, caso não vos conhecesse o rancor, o carácter, o gelo da alma maior que o do corpo...

Bem vingada estais, Senhora, ao fim de todos estes anos: ou será que ainda não vos basta?

24/05/71

Primeira carta VII

Penso em vós ambas e vos distingo e não distingo do todo que formamos. Não sei porém dizer-vos o lugar disto, deste trabalho e deste encontro, na convulsão que este tempo último tem sido para mim. Sinto que, apesar de respeitar as regras do encontro, almoço, serão, tenho estado calada e não sei se ausente disto ou se isto é um dos túneis abertos por onde pude emergir; nem sei para que vida e o cansaço me diz que morte.

Que mãe me fomos? Isso foi? Vos pus de par a cavaleiro em cela e me pari e boio vaga perante vós (nós), à mercê, e não entendo o que se passa convosco (nosco), não sei ler escritos e indícios. Ou saberei e temo? É meu o mal, *"j'accepte le meurtre"*,* ou me tomo por lugar da disrupção que nos sinto também aqui? Mas haverá? Vejamos, vejamos:

Tu, a última coisa que deste a isto de escrita foi um cárcere onde não devia saber-se à primeira leitura quem prende quem. *Et j'ai découvert ta fragilité et ta tendresse*** de grande pequena irmã, na distância (o episódio da visita do "técnico" francês com o qual fiz parelha de *"bonne"* a *"reine portugaise"*), na proximidade quotidiana dum lugar de trabalho comum, na testemunha que foste de perto desta viração de vida, neste modo de medo, nesta iminência de tragédia que sempre ameaça as

---

* "eu aceito o assassinato."   ** "E descobri tua fragilidade e teu carinho."

horas de alteração brutal de tudo. Assististe-me. Assisto-te. Digo-te, mas calo.

Quanto a ti, e pesa-me ou assusta-me dizer-to, dói-me.

Ou é a tua dor perante isto que me dói? És quem mais tem dado de escrita a isto, a multiplicidade de figuras, o sangue, o sexo, os gritos, e agora, há pouco, essa Joana desenvolta, libertina, tu que mais Mariana sabias. Vejo-te, no dia/noite do teu livro, de vestido vermelho, ora irada com outros, ora distraída, ora ávida, e sinto-te hostil — a quê? À morte em mim, nisto um dia desde sempre iniciado e a acabar, a esta espécie de apatia ou outra forma de avidez atenta que me toma ao ver--te a energia com que domas tudo e tudo humedeces de algo que sei vaginal, quente e se derrama sobre o palo seco, as estreitas ancas que cantas porque não corróis. Porque me escolheste para rejeitar-te de ti/nós? Porque digo estas coisas? *Tu ressembles à ma mère et tu n'aimes que l'autre, voilà ma plainte devant toi.** Mas a outra, tu sereníssima face, habita connosco. Como me seria plácido e quente dizer num tu o ambas de vós e após ter escrito/ dito isto, parece-me que posso. Me fizestes lugar de Maina e onde vir por mal defendido o cavaleiro e olhem onde me conduzo perante vós — a Mariana selada em si mesma, artífice de caixão de luxo para sua própria espécie, sem crença, sem crença como tu, que a tens de nada, sem ânimo como tu, que o tens de tudo, sem teu corpo magnífico ou teu magnífico rosto — eu afinal "sinal posto brando e alto", mais fumo que falos — será, amigas e irmãs que me fantasmo a/nosso mando?

24/05/71

---

* "Tu pareces minha mãe e só ama o outro, esta é minha queixa em relação a ti."

Carta de uma universitária de Lisboa de nome Mariana a seu noivo (?) António em parte incerta

Quantos milhares de anos somam estes três meses? E no entanto, quando zarpaste, eu não estava (e alguma vez estarei?) segura de nada. É assim a ausência a mãe da falta, deste vazio fundo em que me vadio por aí com tudo e com todos? Ou é antes no contraste de ti com isto, o que resta, o silêncio do resto, estas noitadas por aí à balda, as cadeiras serem cadeiritas, a contestação da malta uma merda que se vende em discos e cartazes, mas o que é que eu ando a fazer no meio desta gaita toda, eu que nem sequer tenho de que desertar e antes pelo contrário, enfio, enfileiro, e entregar-me, uma ova.

Até que fundo fomos? Lemos umas coisitas, andámos a pé a ter pena de tudo, divertimo-nos como putos que somos, deste-me o orgasmo e essa coisa toda, e queres saber o que me lembra, só o que me lembra? A última noite, os dois últimos dias, eu com a cabeça por lavar e a querer lá saber, tu com a cara escalavrada a dizer "porra, tem que ser", e a malta a olhar-se como se visse, só então visse de ver e não sabia dizer nada que não fosse dos livros, de algum livro, da merda dos livros, e com a nossa primeira hora de carne e osso à vela, porque tudo o mais até aí era como os mais, tudo contestado como deve ser, o teu pai a "dialogar" contigo o Marcus e a minha mãe a pagar-me as botas, as mini e, quão discreta e civilizadamente, a pílula. A *minha* mãe, pois. Acabou-se-me *a* mãe, o artigo definido com que a malta os/as define/designa, pois que eles são para uso comum

O pai e A mãe, como o eram no século passado nos colégios de padres e freiras da malta de famílias conhecidas (umas das outras, os podres e as massas, alianças), o artigo definido a defini--los como parte do magma original onde a gente se cristalizava (cristaliza) a este ou a esta, filho/a de e isso bastava (basta). Mas eu não entendo nada, nem a que dizer não, porque hoje até o *não* lhes cai em caixa. E olho-os e aos manos (porque irmãos é coisa que se esconde) e me parece que o que tenho a ver com eles, com seus ritos e preceitos até de inteligência, tudo está esboroado, face a quê, a quê? À tua ausência, tu que eras um tipo porreiro, mas que mais?, ou ao buraco desta coisa da tua decisão de desertar, provavelmente só porque apanhaste porrada na Cantina naquela sexta-feira e disseste à malta que ias, provavelmente por causa de quem afinal és, e no meio desta casa, cousas, de comédia, só se pode saber quem se é safando--se — tu para fora da terra e eu para dentro da tua falta.

Esboroo-me, fendem-se-me as lides do ciclo formação — informação — divertimento com nível de encontro a isto, esta pata no pescoço de te saber viciado como eu nos mesmos vícios e porém, talvez por um simples erro acaso na agulha dos níveis e excesso de dotes que "eles" pudessem praticar, tu deixaste isto, deixando-me. E, ay eu coytada, me vejo, nesta que algures em Paris, acaso na Joie de Lire, te há-de dar em mão alguém a férias sujas/chiques, me vejo a retomar o pranto herdado das galeguinhas-durienses e, porque com estudos, a achar que também "não é para mim este país" (lembras-te da malta a consumir o Alexandre O'Neil?).

O Listopad encenou o "Fim" do António Patrício (1909) na Casa da Comédia. Fui ver com a malta. Aquilo começou a entrar-me pelos olhos e a bater-me na cabeça e depois, toda aquela traparia e o texto, que de bem composto passou a magicamente *justo* a isto, tenebrosamente aqui, entraram-me na barriga e cá ficaram — "só nos restou o avesso, só nos resta o avesso". Há malta que não entende a escolha, diz que aquilo não tem nada a ver com a hora que corre — os estrangeiros indefinidos a entrarem pela barra adentro, o povo de Lisboa a pegar em armas ridículas e a deixar-se massacrar "pela raça", e a rainha, ah a rainha, era preciso que visses, mas tem-la dentro, todos nós a temos dentro e é isso que torna a interpretação daquela tipa perfeita, perfeita, entendes, a alminha penada estrangeira e esfarrapada, a memória frágil da grandeza de antes inscrita num corpito só para estar exposto e aguentar até ao fim o fim, a gaja assim como eu, pequena e lingrinhas, tipo fino, a dizer com um grande sossego "tenho fome".

António, eu quero ir-me embora e quero tanto que voltes. Que mal fizemos para nos criarem para reizinhos de tronos à venda, que mal fizemos para termos assim ainda as Áfricas entre nós e nós? *Je t'aime, je t'aime*, como é que se pode dizer em português tal coisa, *je t'aime*

Mariana

29/05/71

Texto sobre a solidão

"És bela", disse o homem descendo-lhe as mãos pelo corpo despido e exposto na cama, uma das pernas recuada, a outra estendida ao longo dos lençóis.

"És bela", tornou o homem a contornar-lhe os seios com os dedos, reparando nos lábios crispados debaixo dos seus e o nojo profundo e ácido reflectido nos olhos dela.

"Gosto dos teus cabelos, do teu ventre côncavo, das tuas ancas magras, dos teus braços, das tuas coxas, do teu cheiro, da tua língua. Gosto que tenhas nojo mas que venhas comigo para a cama."

Debruçou-se então, a percorrê-la com a boca como se a tentasse respirar, deixando-lhe na pele a cicatriz molhada da saliva; voraz, o corpo amolecido tentando ganhar forma, dureza, no da mulher que se debatia, todavia imóvel, hirta. Que se debatia.

> Mónica pensou: "eu enlouqueço".
> Mónica pensou: "eu enlouqueço".

O homem queria o terreno macio da sua carne e com os beijos espessos devorava-lhe a frescura, bebia-lhe a fragilidade estática do pescoço e do gesto breve, a fim de o deter. Num movimento brusco prendeu-lhe os pulsos estreitos sobre os lençóis.

Petrificada, Mónica sentiu que ele começava a entrar nela, devagar primeiro, o sexo ainda mole, indeciso na sua meia impotência, depois mais grosso e quente, impaciente, inábil. Um pénis pequeno, atrofiado, dentro da sua vagina funda, macia, de fêmea larga pelo amor e lutas e profundos espasmos.

Ele via-lhe os olhos fixos, duros, ácidos como pedras transparentes, de um azul translúcido, raro, de água ou de mar, mas principalmente: ásperos, inflexíveis.

Mónica via os olhos do homem, congestionados, pequenos, de um castanho raiado de amarelo sujo, perdidos nos seus.

Mónica ouvia os gemidos do homem cada vez que ia e vinha dentro de si.

Sentia o suor peganhento do homem e a flacidez da barriga que espasmodicamente se espalmava nas suas ancas e no seu ventre.

Então o nojo soltou-se, como uma mola; trepou avassalador, escaldante: uma altíssima vaga a coser-se-lhe na garganta, concentrando-se aí num vómito que engoliu, entontecida, nauseada.

O homem esforçava-se por acabar, exausto, o sexo perdido dentro daquela vagina seca, hostil, inóspita. Esforçava-se, naquela carne esponjosa, raivosamente, as mãos espalmadas na cama. Depressa, depressa, num movimento pendular ia e vinha, rápido, a apressar o orgasmo preso nos testículos vazios, sem esperma.

Mónica pensou: "eu enlouqueço".
Mónica pensou: "eu enlouqueço".

Desde o princípio a pensar no marido e no amor e no desejo dele e na paixão por ele que não se calava e não se calava nunca, num enorme grito.

Mónica gritou:

devagar, intermitentemente. Um monstruoso grito como uma monstruosa e lancinante dor.

Perdido naquele grito, o homem excitou-se, fincou-se na mulher, obrigou-a a virar-se de costas e de joelhos firmes, os dedos cravados nos seios pendentes, forçou-lhe o ânus onde entrou rasgando-a, em gozo, vindo-se logo, enchendo-a com o seu leite aguado e morno. E aí se excitou e se veio de novo a vingar-se dela; lambuzando-lhe com o sexo, em seguida, a boca cerrada a dar-lhe a conhecer o gosto da sua vitória.

Mónica esperou que ele adormecesse. Escutou-lhe o respirar, atenta, depois, lentamente, cuidando cada movimento, agarrou uma almofada, tapou-lhe a cara e com toda a sua força desesperada apoiou-se nela defendendo-se dos convulsivos braços do homem; deitando-se-lhe sobre o corpo, as suas pernas detiveram as pernas que a tentavam derrubar e assim estiveram unidos até deixar de o sentir mover e mesmo depois, desse modo, horas estirada no corpo já frio, a dormir, descansando a cabeça na almofada em cima da cara dele.

29/05/71

Carta escrita por Mónica M. na manhã do seu suicídio, a D. Joana de Vasconcelos

Minha querida Joana

Tão tranquila me punha em minha casa, que em sobressalto acordei de meus silêncios, lacerada por dor maior que se por espada fora feita ou por punhal, aberta até seu gume.

"Mónica, tu dormes, tu dormes", me dizias, enterrando tuas unhas nos meus braços e eu sorria, inconsciente, não te entendendo, crédito dando a quem me falava de teus excessos.
    Casada eu em paixão, me aquecia e esquecia nela, os longos cabelos soltando sobre a almofada, aguardando que meu marido me tomasse e isso me bastava, não reparando sequer se ele me tomava de amor ou somente uso de mim fazia, sem mais nada.

Alguma vez indaguei se ele me amava?

Alguma vez indaguei quanto fora meu dote e qual o contrato de casamento? Se meu pai me comprara marido, me dando a homem para quem não fosse mulher a seu contento? — Tão entontecida de amor andava, que sempre seus silêncios tomava por caprichos e arremessos tomava por ciúmes tendo mesmo a frieza julgado como sendo coisa nenhuma junto de meu lume.
    Que acesa vivia, cega, Joana, nunca imaginando que alguém me enganasse.

"Mónica, tu dormes, tu dormes", me dizias e hoje vejo, sei que perto então estiveste de me contares aquilo que eu não via.

Por isso te escrevo, só a ti deixando meu queixume, mulher crescida à beira deste som, jamais dele usando no entanto, infeliz sendo sem gemido, de si fazendo arma, combate. Meu espanto. É tua ainda a coragem com a qual hoje de mim construo pessoa a teu exemplo.

De nós falámos quantas vezes e eu me ria de tuas afirmações, nunca te levando a sério, recusando tomar o lugar de Mariana em seguir-te fielmente e tuas doutrinas tomá-las como minhas.

Que cega andava, perdida em meus encantos e doçura; e com que espanto pouco a pouco a verdade fez mudar tudo em secura...

Não me chores, Joana, que assim tomo eu dignidade. Não aguentando mais que ele me trate de maneira abjecta, perversa, de que inventa todos os dias novas artes desde que sabe conhecer-lhe eu o carácter, e não vendo outra maneira da mulher se libertar (que outra maneira há, Joana?), que caminho seguir senão este, em gesto tranquilo feito e planeado, tão sem gosto como agora a vida...

Trocada fui por outra e jamais amada mesmo quando possuída: isso me enraivece, me humilha: entregar-me, sem do meu gozo esconder nada, tão nua minha alma e meu corpo visto com seus espasmos, seus desfalecimentos, suas torturas íntimas.

"Usa-o", dizias-me tu, ontem, "usa-o se isso te apraz tanto, se esse homem te dá tanto gozo."

Não te contara, Joana, meus tormentos; seus desprezos, suas recusas, seu corpo frio e inerte.

Como me acuso de não te dar ouvidos, dormindo enquanto combatias, irmã. Mas o futuro não será nosso ainda, nem de minha filha, nem das filhas dela tão-pouco.

A ti te entrego Mónica, certamente o pai a enjeitará com prazer. Toma-a para ti, melhor que eu a saberás guiar.

Beijo-te para todo o sempre e lembra-te, Joana, não me chores, peço-te.

Mónica

Antes de fazer tombar a cadeira, Mónica passou devagar as mãos pelo corpo nu que assim iria ficar exposto defronte da janela aberta, à claridade da manhã.

Lá fora, reparou ainda, os ramos das árvores moviam-se inquietos, sob um vento carregado de chuva.

30/05/70

Terceira carta V

Minhas irmãs:

Mas o que pode a literatura? Ou antes: o que podem as palavras?

01/06/71

Extractos do diário de Ana Maria, descendente directa da sobrinha de D. Maria Ana, e nascida em 1940

Antepassada Maria Ana, a filósofa, em que ficamos: se a mulher nada tem, se existe só através do homem, se mesmo seu prazer por aí é pouco e viciado, o que arrisca ou que perde em revoltar-se? A revolução é um jogo arriscado, e o burguês jogando na revolução francesa arriscava tudo, embora fossem limitados os objectivos do seu ataque; mas o que arrisca ou que perde a mulher, se nada lhe é gratificante? De que te queixavas? Bem sei que o problema não se põe assim; estou de má-fé, e não é menor a importância disto.

Bem sei que a revolta da mulher é a que leva à convulsão em todos os extractos sociais; nada fica de pé, nem relações de classe, nem de grupo, nem individuais, toda a repressão terá de ser desenraizada, e a primeira repressão, aquela em que veio assentar toda a história do género humano, criando o modelo e os mitos das outras repressões, é a do homem contra a mulher. Nenhum equilíbrio anterior nos será possível, portanto, a partir daí, nem sequer o de manipularmos nossos filhos. Tudo terá de ser novo, e todos temos medo. E o problema da mulher, no meio disto, não é o de perder ou ganhar, é o da sua identidade. Que nesta sociedade, muitas coisas lhe são gratificantes, sem dúvida; mas que a mulher (e o homem) não tem consciência de como é manipulada e condicionada, ainda oferece menor dúvida. A repressão perfeita é a que não é sentida por quem a sofre, a que é assumida, ao longo duma sábia educação, por tal forma que os mecanismos da repressão passam a estar no próprio indivíduo, e que este retira daí as suas próprias satisfações. E se acaso a mulher percebe a sua servidão, e a rejeita, como, a quem, identificar-se? Onde reaprender a ser, onde reinventar o modelo, o papel, a imagem, o gesto e a palavra quotidianos, a aceitação e o amor dos outros, e os sinais de aceitação e amor? Bem sei, antepassada Maria Ana, de que te queixavas, do que eras incapaz: de inventares sozinha a mãe, a heroína, a ideologia, o mito, a matriz, que te pusesse espessura e significado perante os outros, que até aos outros abrisse caminho, se não de comunicação, pelo menos de inquietação.

E que inventaste, nessa tentativa de redesenhares tua presença, na tua hora e no teu local? Recusaste marido, recusaste homem, e o que este gesto nos significa é seres tu solteirona, frustrada e maníaca como todas as mulheres sem homem, escrevendo textos pretensiosos, da mesma forma que, se vivesses hoje, terias um caniche ou entrarias na beneficência organizada. E com esta cor também eu te tomo, pelo menos em parte, ou em profundidade, apesar de te entender, apesar de reconhecer que assim te temo também. Onde reinventar o gesto e a palavra? Tudo está invadido pelos significados antigos, e nós próprios, e nós mulheres que pretendemos revolucionar, até aos ossos, até à medula. Olhando para ti, Maria Ana, vejo, sem querer e como todos, facetas várias e que mutuamente se tingem, embora, ou talvez porque, algumas sejam antagónicas: a mulher que se recusou ao afrontamento com outro, que receou a dor e a experiência comuns, mulher rejeitada, ninguém te quis, talvez pela tua recusa, ou não, de qualquer maneira mulher rejeitada é figura socialmente escarnecida e detestada, e nesse escárnio está a sanção a que procuramos escapar oferecendo-nos, sem alternativa, visto que esse escárnio é medida ampla que nos leva a sapar o carácter inicial ou voluntário da recusa da mulher que fica só, logo tingimos qualquer recusa de suspeita de feitio azedo, de puritanismo ou frigidez, e muito nos apoiamos nas consequências dessa recusa — solidão, aridez, frustração — para com elas retecermos o início do ciclo, a culpa da mulher que fica só, e se não tens homem logo és puritana ou frígida e logo ficaste frustrada — e porque te suponho virgem? — e homem que rejeita mulher tem uma certa aura de superioridade imbecil mas desdenhosa, aceitamos que rejeita o conhecido, o exercício do seu sexo sobre outro, seu sexo sempre conhecido — e ninguém o suporá virgem ainda que o seja — sempre visível e acabado, mas a mulher que rejeita homem parece-nos sempre inferior e ignorante, furtando-se ao conhecimento de seu sexo, que lhe seria desvendado, moldado e ensinado pelo homem, fugindo ao poder do macho como um adversário previamente vencido, esquivando-se à derrota inevitável que, no fundo, todos consideramos natural. Antepassada Maria Ana, assim te vemos, assim te sou eu hostil apesar de irmã, nesta época que muitos dizem de igualdade, e onde o trabalho da mulher já vale dinheiro (pouco) e a palavra da mulher já é ouvida (e mal entendida). Chegará o dia, Maria Ana?

*
* *

13 de Abril de 1971, dia não escolhido deliberadamente — leitura de jornal diário, vespertino e "progressista", leitura recolhida e instrutiva:

O jogo da moda — qual vai ser o comprimento das saias no próximo Verão? Vão limitar-se a tapar os joelhos; entram no jogo — e nas apostas — os compradores do mundo inteiro; o que está em causa é a indústria que corresponde a uma das necessidades fundamentais da humanidade — alimento, vestuário e habitação; a indústria têxtil e de vestuário rende anualmente à Itália mil milhões de dólares; o medo de comprar; um problema que veio complicar o quadro da moda estival é o dos "hot pants"; se não se fizer uma surtida audaciosa no campo da moda esses minúsculos inimigos poderão aproveitar o ensejo para se afirmar.

Uma "novidade" da série especial "cinema-verdade" — uma história que sucedeu ontem, sucede hoje, e sucederá amanhã, enquanto existir o "mercado" de compra e venda de horas felizes; o "ofício" dela era amar sem nunca se prender a um homem; mas houve um para quem ela foi diferente...

A crítica da televisão — (era a história da pianista); mas basta de pôr "pianista" onde poderia pôr "médico", ou "jornalista", ou "actor", ou "industrial", ou "operário"; alienado, transformado em objecto consumível; Catarina entrevê a possibilidade de refazer a sua vida, de se negar a ser tão cruamente objecto, abandonará os concertos, fará apenas gravações, e voltará pelo Natal para o seu jornalista-catalizador; não voltará porque o avião explodiu; a conversa (sobre a história da pianista) remeteu num doloroso ouvir de banalidades (disse o Ramos se uma *mulher destemida* podia aspirar ao amor, disse a Horta que só se lhe chamava história de amor por ser a história *duma* pianista e não a história *dum* pianista, mas o crítico tinha dito que não, que onde estava "pianista (a)", podia estar "médico" ou "operário", que o problema é o da sociedade mercantilista), a conversa remeteu assim num "doloroso ouvir de *banalidades de senhoras a comer o seu bolinho e a beber o seu chazinho*" (basta de pôr "senhoras" onde poderia estar "médicos", "jornalistas", "industriais", "operários"); tem razão, D. Maria, isto é uma deseducação, isto é uma coisa, imaginem, vai mais um bolinho?

Modelo é quase sinónimo de candidata a estrela de cinema. E é precisamente o caso da jovem (retrato acima, em biquíni) que conseguiu um papel; contudo, desempenhará um papel mudo; não precisa de articular palavras; mas tornar-se-á actriz.

Miss Moçambique chegou a Lisboa vestindo "capulana" (retrato da dita com um grande grupo de sorridentes encapulanadas espalhadas por uma escadaria).

Ministério das Finanças, Direcção-Geral da Contabilidade Pública — Admissão de Pessoal... "está aberto concurso para terceiros-oficiais, desta Direcção-Geral, entre *indivíduos do sexo masculino...*".

Cozinha automática, invenção dum homem atormentado — tinha a mulher no hospital, e ali estava ele, com quatro filhos para cuidar. Markus Beck (engenheiro mecânico) bem se esforçava por dar conta do recado, mas a montanha de pratos sujos ia crescendo, cada vez mais, na sua cozinha; afundado em tormentos e trabalhos (e porque porão "engenheiro mecânico com mulher no hospital" onde podia estar "mulher empregada"?) inventou a cozinha mecânica.

Resumo:

Jogo da moda tapar ou não tapar a indústria
eis a questão dos joelhos e das necessidades fundamentais
alimento habitação vestuário de
a humanidade rende anualmente milhões de dólares
entram no jogo os compradores do mundo
inteiro temem os figurinistas o minúsculo inimigo "hot"
pantonificada a compra da moda com saias compridas
novidade da série verdade especial
sucede hoje amanhã
enquanto existir cinema mercado compra
e venda de horas felizes o ofício dela um homem
e o piano e o mercado e o jornalista enquanto
um para quem ela foi diferente e o amor
basta ao crítico de pôr pianista onde não estava jornalista
médico operário e pôr D. Maria

onde estava pianista e onde a revolta
pôr uma coisa imaginem pôr bolinho
crítico é uma deseducação
modelo quase sinónimo de papel
nem precisará de articular palavra tornar-se-á
misse capulana na contabilidade pública
terceiros-oficiais do sexo
masculino o qual será apenas acompanhado do certificado
de habilitações engenheiro atormentado inventou
quatro filhos e a cozinha
automática a mulher no hospital.

*
* *

Monta-se uma indústria de electrónica. Recrutam-se mulheres, com os dedos afinados por trabalhos miúdos de costura, renda, e outras artes domésticas ou regionais, com os dedos óptimos para o trabalho miúdo da montagem na electrónica. Paga-se-lhes uma miséria, pois com certeza, são mão-de-obra inqualificada, não têm formação profissional específica para a sua actual função de operárias; é simples explorá-las, elas não sabem que a indústria vai aproveitar de graça uma transferência do seu custo trabalho de dedos, elas não sabem sequer que treinaram seus dedos, é já uma sorte nos seus destinos que alguém lhes aproveite seus dotes minuciosos de mulher, seres sem força, até aí de pouco préstimo que o parir não conta. A indústria abre-se ao trabalho feminino; é bonito, é progressivo. A trabalho igual, salário igual; mas o trabalho não é igual, vejamos, como comparar, os homens fazem outras coisas e só as mulheres são aproveitadas para este penoso trabalho na indústria da electrónica. Novinhas, solteiras de preferência, para não haver os tais problemas familiares. Depois é simples, porque quando chegam à idade de casar e dos filhos ou de qualquer forma passados aí uns cinco anos, vão-se embora; reduzidos os problemas de absentismos, promoções, pedidos de aumento. Rotação do pessoal nem é problema, pelo contrário, entra a mão-de-obra já formada, e sai quando já está inútil, quer dizer, extenuada, com os olhos gastos e o sistema nervoso estoirado.

*
* *

Entretanto, na construção das estradas, varrendo as ruas da cidade, aparecem mulheres — e negros. Até aqui estes trabalhos eram impróprios de mulheres. Agora, que os homens — brancos — já não os querem, porque são penosos e mal pagos, passam a ser trabalho de mulher.

Um exemplo apenas, nem sequer generalizável? Pelo contrário, isto resume a história da dita promoção feminina pelo acesso ao trabalho. O exemplo dos escriturários do sexo masculino; o regulamento dos concursos para o preenchimento de vagas em quase todos os organismos do Estado, em que se dá preferência aos homens, excepto para os lugares que estes já não querem; os vários anúncios no jornal "empregadas precisa empresa…". Quando se lê ou se ouve: "a mulher hoje em dia já trabalha nos mais variados sectores de actividade, ao lado do homem…", traduzindo para a situação real, isto quer dizer: a mulher hoje em dia vai sendo utilizada nos sectores de actividade, nas profissões, nas funções que os homens já rejeitam por más condições de trabalho e de remuneração.

*
* *

Em que mudou a situação da mulher? Agora, LIVRE DOS PROBLEMAS DA LAVAGEM COM A MÁQUINA DE LAVAR. E organizam-se concursos de beleza feminina, com as belezas em fato de banho — e o já quase biquíni — virando-se de frente, de rabo, de lado e do outro lado. Entre os críticos de televisão, alguns tão progressistas, nem um protesto. Não é isso que interessa, sabem, nem há nenhum problema da mulher, o problema é outro, e só esse, vejamos. A grande maioria dos burgueses, nos dias de hoje já não é proprietária, nem detém poderes sensíveis; a grande maioria vive do seu trabalho intelectual, da sua profissão livre ou não livre, diluída numa sociedade massificada; quem tem medo do ataque à propriedade privada dos meios de produção, do ataque aos grupos de poder ou de pressão? Os poucos atingidos. No entanto, mulher todos "têm"; POR ISSO, não há problema da mulher, olha que disparate, não é isso que está em causa. Dos críticos de televisão, quanto à mostra de fêmeas humanas, nem um protesto. É mesmo um progresso, diz um: a beleza deixou de ser pecado, e a fealdade virtude, presta-se homenagem pública à beleza feminina. A mulher compra máquinas de lavar e pode ir ao concurso de beleza mostrar o rabo e as pernas. Em que mudou a situação da mulher? De objecto produtor, de filhos e de trabalho dito doméstico, isto é, não remunerado, passou também a objecto consumidor e de consumo; era dantes como uma propriedade rural, para ser fecunda, e agora está comercializada, para ser distribuída.

*
* *

E o erotismo, senhores, e o erotismo? Em quase todos os livros chamados eróticos que por hoje abundam, *il n'y a pas de femmes libres, il y a des femmes livrées aux hommes.** É essa a libertação que os homens nos oferecem, de repouso do guerreiro

---

* "não há mulheres livres, há mulheres relegadas aos homens."

passamos a despojo de guerra. E morreu, por fazer um aborto com um pé de salsa, morreu de septicemia, a mulher-a-dias que limpava o escritório onde trabalho, e soube depois, pela sua colega, que era o seu vigésimo terceiro aborto. E contou-me, há anos, uma amiga minha, médica, que no banco do hospital eram tratadas com desprezo as mulheres que entravam com os seus úteros furados, rotos, escangalhados por tentativas de abortos caseiros, com agulhas de tricot, paus, talos de couves, tudo o que de penetrante e contundente estivesse à mão, e que lhes eram feitas raspagens do útero a frio, sem anestesia, e com gosto sádico, "para elas aprenderem". Aprenderem o quê, com um raio?! Aprenderem que sobre elas cai, mascarada de fatalidade do destino, a contradição que a sociedade criou entre a fecundidade-exigida-do ventre da mulher e o lugar-negado-para as crianças? Depois que foram bifurcados, irremediavelmente, o destino do homem e da mulher — mas quando, mas quando? — sobre a mulher veio cair, além de todas as angústias vivenciais e de todas as repressões sociais que são comuns ao homem e à mulher, sobre a mulher veio cair a angústia do seu destino biológico, feito drama seu e não mais experiência dramática da espécie, e veio cair a repressão de que esse seu destino biológico feito drama individual é instrumento. E passam os pares de namorados e sabemo-los irremediavelmente distantes, não há amor a dois que lhes valha, no amor a mulher está no extremo do angustiante, repressivo e solitário destino que a sociedade lhe inventou. O que puderam Romeu e Julieta?

01/06/71

Mónica

Mónica acorda.

Acorda como se tivesse sido arrancada ao sono por um ruído súbito, inesperado: um grito, por exemplo, uma cadeira que tomba no soalho nu, sem tapete: uma cadeira que caia de chofre no chão encerado, escorregadio, uma cadeira empurrada no seguimento de um gesto inábil, ou então expressamente derrubada, com secura, ou desespero, ou perplexidade.

Mónica não sabe. Abre os olhos, senta-se na cama: o coração bate-lhe desordenado, as mãos seguram o lençol que puxa para o peito.

Escuta:

O silêncio cobre a casa com o seu véu de espessura. Escuta ainda como se não acreditasse naquela acalmia que sente querer enganá-la, ganhá-la para o seu fundo, para o seu ventre negro e áspero. Tenta distinguir o quarto, mas o azeite da lamparina já não alimenta o pavio e a luz bruxuleante que normalmente a desassossega de noite, projectando nas paredes sombras ameaçadoras, fantasmas fugidios, roçagantes, não a deixa entender os móveis, os objectos familiares que vê nos seus sítios pelo hábito de os saber lá, de os haver decorado na sua louça, no seu metal, na sua madeira envelhecida, quebradiça, ou nova com um cheiro ácido que a obceca.

Tacteia à roda: sente nos dedos o tecido leve do dossel que afasta, pousa devagar os pés no chão e anda como uma cega apalpando o ar enquanto caminha na direcção da janela em cujas frinchas julga perceber a claridade esgarçada, suja, de uma madrugada ainda diluída no negrume da noite. Primeiro aflora o parapeito alto, tenta depois, em bicos dos pés, alcançar o fecho de ferro corrido firmemente. Trepa à saliência pequena do rodapé e ferindo-se consegue fazer deslizar a lingueta que chia ao mesmo tempo que lhe rasga a pele.

Mónica, lambe, chupa o sangue acre até sentir a ferida seca; em seguida, a custo, desloca as portadas maciças da janela: o dia começa na realidade a nascer, indeciso e brusco ao mesmo tempo. Corre as mãos pelas vidraças embaciadas, sulcadas de pequenas gotas enfermiças, presas não se sabe porquê no vidro liso e que aderem molemente à pele dos punhos de Mónica que traçam enormes círculos naquele bafo frio, naquele vapor selado só de humidade: espécie de saliva e muco.

A manhã rasga-se nos sítios por onde atravessa as árvores e pelos muros da casa onde se encosta, mais intensa, aí reflectida, imóvel, aí miserável e torpe.

Mónica olha as nuvens que correm rápidas, carregadas de chuva, segue-as com os olhos como se tentasse retê-las na memória, para sempre. Move lentamente a cabeça num movimento contido. De súbito para, petrificada. Escuta de novo o vácuo que se abre na casa, a entranhar-se nas suas salas, a percorrê-las a fim de arrastar as pessoas para o seu ventre enganoso.

Mónica sabe agora que alguma coisa se move, na verdade, se move na casa, ameaçadoramente: um ranger imperceptível chega até ela, um ranger como que puxado pesadamente do seu interior. Um ranger que só ela ouve, arrepiada, transida de medo. Encolhe-se movida por uma espécie de defesa, cala a vontade insuportável que tem de gritar, de se esconder na cama e gritar, gritar até que alguém lhe acuda.

Mónica finca as unhas nas palmas das mãos e avança antes em direcção à porta que escancara de repente e logo o ranger se torna mais nítido, mais preciso, rente. Anda devagar a tropeçar na sua comprida camisa de noite; o corredor é enorme, ladeado de portas todas elas fechadas àquela hora. Mónica para: o quarto da mãe está aberto, escancarado, vazio, Mónica vacila, vai gritar, olha a cama desfeita, vai gritar. Mas de súbito corre, sobe a escada, escorrega, cai, levanta-se e corre de novo. Sabe o perigo, segue o ruído pesado, o ranger pendular que parece dominar, devorar toda a casa.

    A cadeira está caída para trás no meio da pequena sala, Mónica não entende: a mãe tem os cabelos caídos e a corda que a suspende do gancho preso ao tecto, parece igualmente feita dos seus cabelos. Agarra-se então àquele corpo nu que balança devagar defronte da janela. O corpo branco ainda morno onde esconde a cara, onde encosta a cabeça. O corpo que aperta nos braços, sem desespero nem dor. A boca colada àquela pele macia, íntima, como que para lhe beber ou lhe conservar, lhe respirar, lhe insuflar o seu próprio calor.

                                           05/06/71

Bilhete que Mónica M. deixou a D. José Maria Pereira Alcoforado

José Maria

Como vos contar porque morro e não vos amo...

Que desespero maior me faz abandonar a vida, eu que a tenho vindo a desenhar no corpo com as minhas próprias mãos e avidez...

Recusei-me a vos ceder a boca, os seios, o ventre, sem que primeiro não vos tivesse dito que em outro teria então o pensamento e o desejo. Mas jamais vos confessei que impossível me seria vir algum dia a vos amar, a não vos empurrar de súbito pálida e rasgada de nojo por essa entrega a outro que não a ele: minha fixação de sempre e meu desprezo mas ainda amor, sendo o vosso papel, José Maria, somente o da vingança ou esquecimento, entorpecimento e raiva...

Não o merecíeis, sei, e me arrependo: por vós, não por mim, que fraca sempre me soube e fadada para a desgraça e a angústia.

Esquecei-me, peço-vos!

Esquecei-me, mesmo que para tal me tenhais de odiar; mas esquecei-me, imploro-vos!

Que diferença, afinal, vos pode fazer minha ausência, se somente foi a ausência de mim que vos dei, mesmo quando em vossos braços adormecia...

Mónica

08/06/71

Papel encontrado entres as páginas de um livro pertencente a D. José Maria Pereira Alcoforado

Como poderei, meu amor, explicar a meu coração e meu corpo, tua morte, tua ausência, tua falta de ti, tua violência exercida em tua própria carne?

Secaste o sangue, tornaste-o estéril, cativo, para assim demodares as veias em moradas onde nada respira e tudo está perdido...

Que culpa teria sido a minha, que culpa terei tido, arrastando-te em minhas loucas divagações que tão atenta escutavas, vagos os olhos e longínquos, a recordarem o que sofrias.

E se nunca me amaste, embora... estendeste-me os braços e foste meu abrigo e meu cuidado, meu único arrumo nesta vida.

Mas que adianta pensar-te e pensar-se ainda, o gosto da tua boca na minha a dissolver-se já, o contorno suave do teu corpo a obcecar-me os sentidos... O contorno suave do teu corpo, meu amor, que jamais conheci, mesmo sabendo-o ou tendo-o debaixo do meu, frágil e quase fluído, pálido e flexível no desejo que se antevia contido ou esboçado a custo, quando nos meus braços, tão distante, te entregavas.

Sim, que adianta pensar-te, se debaixo da terra apodreces, Mónica, e saltando o muro do teu jardim, a altas horas, em tua vez encontro o terrível segredo do desespero, a profunda caverna do silêncio onde tudo se perde sem remédio...

À minha roda encontro apenas o ódio e a hipocrisia com suas falsas rosas.

A solidão.

A nada me apego nem a ninguém, que só a ti quis e me entreguei em fogo, sem jogos nem galanteios, nem finas falas de salão a sua dama, com flores.

Carinhos tive somente de minha prima-irmã hoje fechada e "morta" num convento; afagou-me ela os cabelos, deitada minha cabeça em seu regaço, tal como no teu, ainda há tão poucos dias. Bem diferentes, porém, sentia eu teus dedos e o abrasado calor das tuas pernas e teu perfume.

Meu lume de amor e perdidas horas em desvario e dor

... perdidas meu amor, que injúria! Perdidas são hoje as horas sem esperança de te ver...

A noite percorro, montado em meu cavalo, procurando a inconsciência da loucura, o aniquilamento do cansaço; porém, vem o dia encontrar-me ainda vivo e lúcido, quem sabe se a esquecer-te já os traços, os contornos, a imaginar-te já mais do que a viver-te.

Do que a guardar-te...

Anjo da desgraça, minha irmã Mariana...

09/06/71

A filha

Mãe:

Veio pedir-me o António que te vá ver e te perdoe... Pedir-me-ás tu, também, que te perdoe? Esperarás tu que me incline sobre essa cama onde já começaste a apodrecer e te beije a testa a fim de morreres tranquila?
 Mas que direito tens tu de morreres tranquila, de fechares os olhos em paz e a tua vida acabar sem a faca do remorso a revolver-se-te no peito! Não basta ser-se mãe: não basta ter-se trazido um filho na barriga para que ele nos venha a amar, porém para que nos venha a odiar quanto mal não se lhe terá feito...
 Desconheces, por certo, o peso do meu ódio, não porque to tenha ocultado, mas porque jamais te pude ferir com o seu gume, impotente para isso; tens, no entanto, consciência do crime que fizeste: hoje nega-me meu filho, que me olha como a uma louca de quem se tem pena. Imagino o que lhe terias dito, como deturpaste o que se passou. Juntamente com o António criaste-o à tua maneira, alegremente rindo do meu desgosto e ânsia de apertar nos braços esse filho que me tiravam, coniventes, ambos carrascos e juízes, unidos a fim de me fazerem sofrer e sob o vosso poder me internarem aqui, onde agora me vieram procurar para perdoar-te o "castigo" que me destes...
 Castigo? Mas que castigo merecia eu?

Acaso será a mulher obrigada a suportar a um homem todas as humilhações só porque ele é marido: dono, senhor? Acaso o se nascer mulher significa ser-se infeliz e aguentar uma carga que ultrapassa a sua capacidade de carrego?

Enganaram-se, de minha boca nunca ouvirás uma palavra que em alguma coisa se possa aproximar do perdão. Pelo contrário: até à morte e mesmo depois dela, seguir-te-á o meu ódio: pois não me condenaste para todo o sempre a esta prisão onde me puseram por louca?

E pode-se, mãe, pedir a lucidez de um verdadeiro perdão, a uma demente?

Perdão de quê e porquê, afinal? Não estavam vocês certos e eu louca? Não são vocês normais e eu demente? Nada terei, então, a perdoar-te, podes morrer com o meu ódio sem que isso te impressione sequer, como aliás tem sido teu hábito, não será assim?

Sabe, no entanto, que se para me libertar me prendi entre estas grades, não me arrependo... somente que imprudência a minha não contar com as vossas garras e o peso das leis! Recusei-me a usar a astúcia, única arma que se permite à mulher, usei antes da lealdade numa luta onde só se apunhala pelas costas.

E mais uma vez falho, mãe, na guerra de nós duas, sei bem que jamais esta carta te chegará às mãos...

Mas que estranha carta para ser escrita por uma louca, António... não quererás tu igualmente um dia o meu perdão? Nessa altura dar-te-ei todo o ódio, intacto e cheio, repleto de mais ódio, tal como agora o dou a minha mãe a quem nunca lerás estas linhas mal traçadas pela minha mão desacostumada ao hábito de segurar uma caneta.

Nada te impede de me levares (eu sei) à força, como me trouxeste, até junto da cama dessa mulher para que ela me veja e na sua meia-morte, entenda a minha presença como de perdão. Então, podes estar certo, António, que ao lhe cuspir na cara estarei a agradecer sinceramente a oportunidade que me deste de o poder fazer.

Mariana

10/06/71

De manhã Mariano; de tarde, não

NO MÊS DE MARÇO, Mariano fez a descoberta de descobrir que era medíocre. Não foi uma crise de má disposição, não se aborreceu com a mulher, não tinha pedido aumento a coberto dos colegas recentemente, não tinha sido rejeitado pelos amigos do café, nem pelas amigas. Nenhuma pega lhe tinha dito que não na rua, nenhum polícia lhe tinha autuado o Fiat, não tinha cortado o cabelo, não tinha desistido dos estudos, não tinha empenhado o relógio que lhe tinha deixado a tia, não era no fim do mês, era a meio de Março, não chovia, ninguém lho tinha dito — mas era medíocre. Acordou de manhã com essa palavra na língua, viu-se ao espelho e o dito continuou-lhe. Quando esfregou os dentes "medíocre" era muito depressa, ao ritmo, até ficar "míocre", e depois "micre micre micre". Como fazia a barba com máquina tomou a forma de "miiiioooocrrreeee" durante. E assim por diante. Pegou no jornal enquanto a mulher lidava o *tlaque-flaque* dos pratos e o *patau-patim* dos talheres e leu "medíocre" em letra de forma — era uma quinta-feira e ele comprava o *Diário de Notícias*. Havia um texto crítico sobre uma nova edição de Camões e ele, o que fosse sobre Camões, lia. E lá estava ela, a palavra, ou ele, o caso — medíocre. São as correspondências. Fez tudo o que tinha a fazer durante o dia, só que falou pouco, o que ninguém particularmente lho disse, porque ele sempre falava não muito, a não ser quando estavam todos aqueles com quem estava agitado, e nesse dia não. "Medíocre" passou a desritmar-se morsicamente por causa do teclado da dactilógrafa — me me me di dididi ó óo crrrree cré didi ó.

Quando passou na sapataria pensou que no fim do mês comprava aqueles. Eram originais sem ser de mais. Estava a ler uma tabuleta que dizia "médicodecrianças", quando o autocarro lhe avançou pelo peito dentro. Antes das coisas passarem de um verde manhoso a um vermelho muito grosso, ainda ouviu esta assim "todos os homens são medíocres, mariano é homem, logo", e a voz da mulher a dizer que ainda bem que já tinha pagas as propinas do sétimo. Céu. Fez um morto invulgar.

17/06/71

Carta de um homem de nome António, emigrado no Canadá há doze anos na cidade de Kitimat, na Costa Oriental, frente às Ilhas da Rainha Carlota e perto da fronteira do Alasca, a sua mulher de nome Maria Ana, da aldeia do Carvalhal, pertencente à freguesia de Oliveira de Fráguas, do concelho de Albergaria-a-Velha, distrito de Aveiro

Minha Boa e sempre lembrada Mulher Maria Ana, cá recebi a tua carta que muito agradeço, bem como a encomenda da camisola, que também te agradeço bastante, embora não tenha dela necessidade de maior porque aqui as lãs bem como os outros bens de precisão para uma boa vida são de boa qualidade e não sai muito encarecida por comparação com aí. Eu estou bem de saúde, remerciando a Deus como diz cá a nossa gente e estou em pôr as vistas em abalar da serração e estabelecer-me com um comércio de mercearias em Montreal, que é uma grande cidade que a gente cá tem que eu não sei se te dela falei quando da minha estada aí. Conheço lá gente de bem da nossa raça, um que fez a tropa comigo o Fernandes que vive lá estabelecido com a mulher e a cunhada, que é de nome Maria Adélia muito bons para mim e que me tem tratado como da família.

Quanto ao que me mandas dizer dos rapazes e da cachopa, está-me em parecer que inzageras na ralação como te está no feitio e que não hão-de estar mal com o que tenho mandado, que eu no meu tempo bem com menos me amanhava que eles e a tropa nunca fez mal a ninguém e na França também ele se ganha e os custos da passagem sempre são outros. Com esta da mercearia poderá ser que o mesmo não possa ir por estes meses mais chegados e depois se há-de ver que já hás-de ir num bom pé-de-meia. Isto é uma terra grande e quem se afeita a isto não se afeita a outra coisa, como o reles que por aí vi mesmo de quem vem cheio das Franças e das Alemanhas, essas casas todas grises e sem arejo e as mulheres na mesma embiocadas e pecas. Adeus, Maria Ana, muitas recomendações a todos e segue pelo correio um vale para ires comprando mais uns ouros e abraça-te com amizade o

António

18/06/71

Carta de um soldado chamado António para uma rapariga chamada Maria a servir em Lisboa

Menina Maria:

É de todo o coração que ao escrever esta minha carta lhe desejo que esteja de saúde. Eu no momento actual estou bem, graças a Deus junto de todos os meus camaradas menos do Júlio da Tia Maria Ana, por quem eu soube a morada da menina Maria que ele está no hospital sem uma perna e não sei o que vai ser dele quando regressar ao Carvalhal pois para o amanho da terra uma perna faz falta e ele não sabe fazer outra coisa e não tem ofício de nada e tão apegado está ao desespero por isso que chora todo o dia e toda a noite sem tino e quando fala é só para lembrar o que se passou.

Mas não foi para falar do Júlio coitado que eu estou a escrever à menina a quem desde já peço desculpa pelo incómodo que estou a dar e pelo meu atrevimento mas sinto-me tão só que gostava de encontrar uma pessoa que me escrevesse duas linhas para me ajudar a esquecer esta maldita vida que é triste e negra até meter medo digo-o sem vergonha. Menina Maria o destino desta carta é pois pedir um favor à menina se a menina queria ser minha madrinha de guerra.

Dá-se o caso de ver aqui todos os rapazes a receberem correio e eu nada então o Júlio da Tia Maria Ana lembrou-se da menina Maria e disse-me se fosse a ti escrevia-lhe mais a mais é da nossa Terra não te vai dizer que não e assim eu tirei a morada e se só agora estou a escrever-lhe foi por acanhamento de escrever logo.

Então se tiver tempo e me mandasse a sua resposta era para mim grande alegria. Sabe as saudades são muitas e as noites compridas sem um retrato ou uma fala a dizer-nos de fora e de outras coisas a fim de esquecermos esta guerra e do que ela nos fez desgraçados e aos nossos. O pai do Júlio já lhe escreveu do Canadá onde está emigrado a contar-lhe que por lá não há vida para aleijados que se arranje ao pé da mãe de qualquer maneira e o pobre nem acabou de ler a carta e a rasgou à minha frente quando o fui visitar ao Hospital a fim de dar alma ao coitado para ali esquecido a contas com o desgosto.

A verdade menina Maria é este medo que a gente apanha quando para cá vem e não nos larga mais sempre a gastar o peito da gente. A coragem é pouca e fácil para quem está longe e não ouve os tiros à roda do corpo à porfia de matar a vida de um homem.

Muitos já eu vi vomitarem agachados e deitarem-se no chão tão brancos como papel e temos de os arrastar à força para os tirar dali.

É por tudo isto e pela tristeza que isto faz que preciso de umas cartas de ânimo e assim pensei que a menina Maria não se importasse de me escrever e podíamos contar das nossas vidas que a da menina a servir também não deve ser muito alegre.

A bem dizer eu nunca fui alegre mesmo quando era pequeno. A minha mãe que Deus tenha a sua alma em descanso dizia-me até muitas vezes que com tanta cisma eu nunca havia de vencer na vida.

E acho que ela tinha razão.

Sem querer dar-lhe o incómodo de me ler mais despede--se este que se assina

António Mourinhas

19/06/71

Segunda carta VIII

Irmãs:

Uma de nós perguntou:

"*Mas o que pode a literatura? Ou antes: o que podem as palavras?*"

E eu hoje respondo (nos) com esta frase de Reynaldo Arenas:

"*Nesse tempo sentia-me só e refugiava-me na literatura.*"

Que tempo? O nosso tempo. E que arma, que arma utilizamos ou desprezamos nós? Em que refúgio nos abrigamos ou que luta é a nossa enquanto apenas no domínio das palavras?
   O que podemos com elas em nosso favor e de mulher em mulher nos dizermos e contarmos do domínio que ainda somos, despojo hoje de guerreiros que se fingem companheiros em ajudada luta, mas que apenas pretendem montar-nos e serem cavaleiros de Marianas de outros cativeiros presas e monjas de diferentes conventos, sem disso se darem conta?
   Eis-nos em Portugal em plena era da libertação da mulher:

a mulher vota, é universitária, emprega-se; a mulher bebe, a mulher fuma, a mulher concorre a concursos de beleza, a mulher usa mini-maxi-saia, "hot-pants", Tampax, diz "estou menstruada" à frente de homens; a mulher toma a pílula, rapa os pelos das pernas e de debaixo dos braços, põe biquíni; a mulher sai à noite sozinha, vai para a cama com o namorado; a mulher dorme nua, a mulher entende, já sabe o que querem dizer certas palavras, tais como: orgasmo, pénis, vagina, esperma, testículos, erecção, frigidez, clitóris, masturbação, vulva. As mulheres entre elas, na intimidade das retretes das repartições públicas onde estão empregadas, nos recreios dos liceus, nas universidades, nos quartos, nas salas, à porta fechada, até já contam anedotas obscenas, certos pormenores íntimos de cama e em segredo tomam certas liberdades de linguagem, e assim se modernizam, se libertam, se promovem...

Eis-nos, pois, irmãs, em plena era da libertação da mulher portuguesa... e o homem exulta e afirma: "*Somos pela promoção feminina, promovamos a mulher, desalgememos a mulher, descravisemos a mulher*".

E o homem exulta, irmãs, e ajuda a mulher nesta farsa, neste engodo de, nesta falsa e vergonhosa "libertação" onde cada vez mais presa (e agora de si própria), a mulher é apanhada nas malhas de uma sociedade que a usa, a domina, a escraviza, a conduz, a utiliza, a manuseia, a consome. Uma sociedade onde surgem textos como este, intitulado "A mulher e o trabalho":

"[...] e porque se diz por laracha que 'a mulher é a última colónia do homem', talvez valha a pena correr o risco. Se bem que aquela fórmula entre aspas seja excessiva e de mau gosto, exprime, no entanto, o facto de a condição profissional das mulheres estar ainda submetida a numerosas desigualdades."

Repare-se, num certo tom tão nosso conhecido: "se diz por laracha" (por laracha, irmãs?) e mais adiante "se bem que aquela fórmula ('colónia do homem') entre aspas seja excessiva (excessiva, irmãs?) e de mau gosto" (claro, de mau gosto, irmãs...).

Colónia do homem, a mulher? Que ideia! Que exagero!...
Que pode a literatura, irmãs, as palavras, contra tudo isto? Havendo ainda por cima a contar sempre com que: "a mulher não tem uma cultura própria. Ela existe numa cultura onde o poder pertence aos homens, logo ela está, nessa cultura, alienada"...

20/06/71

Sonnets from the Portuguese, Elizabeth Barrett Browning, 1856

VI. Vai-te. Porém que outra morada posso que não a tua sombra?
Nem nunca mais ao estreitíssimo umbral de minha porta, eu minha, usando de meu ânimo, serenamente a mão pousada em ar levantarei ao sol sem que nela persista teu tomá-la. Nem a distância terá por separada a batida em meu peito do que é teu e ficou.
Como no vinho a polpa e baga permanecem, assim meus factos e artifícios de ti dizem — E se posso ainda ao alto a agonia ter por expressa e oferta, a minha, se ouvida for só nossa, meu choro de teus olhos.

XLIII. Como de amar-te pois contar os modos, os mansos acres anos que vão sendo à tua face, da minha o seu desenho e escrita, o sereno das horas que nem o nome lembro e o direito de sob tua lei sem jugo ser mantida e não louvar-me de fiel sequer, porque assim sendo, perene em ti e solta.
Como contar de habituada embora o passamento tão contíguo ao grito — de ti sofro como menina ainda o mal de não estar pronta e a perdida crença de que um dia.
E ainda como as mais acesas horas, os sorrisos, os desatados choros contra o feito, os modos que não contam como tanto.
E queira esse outro que morta sendo assim, a morte seja pouco e então perfeita forma.

20/06/71

Redacção de uma rapariga de nome Maria Adélia nascida no Carvalhal e educada num asilo religioso em Beja

As tarefas

Há muitas espécies de tarefas e cada pessoa tem que cumprir a sua tarefa. As tarefas dividem-se em duas espécies: as tarefas do homem e as tarefas da mulher. As tarefas do homem são aquelas da coragem, da força e do mando. Quer dizer: serem presidentes, generais, serem padres, soldados, caçadores, serem toureiros, serem futebolistas e juízes etc. etc. Ao homem deu Deus nosso Senhor a tarefa de velar e mandar, que até Jesus Cristo foi homem e Deus escolheu ter filho e não filha para morrer neste mundo em desconto dos nossos pecados que são muitos e na hora da morte disse "Pai perdoa-lhes que eles não sabem o que fazem". Deste modo são os homens que organizam as guerras para tirarem o mundo da perdição e do pecado (por exemplo: as Cruzadas), combatendo para salvar a Pátria e defender assim as mulheres, as crianças e os velhos.

Depois há as tarefas das mulheres, que acima de todas está a de ter filhos, guardá-los e tratá-los nas doenças, dar-lhes a educação em casa e o carinho; é também tarefa da mulher ser professora e mais coisas, tal como costureira, cabeleireira, criada, enfermeira. Há também mulheres médicas, engenheiras, advogadas etc. mas o meu pai diz que é melhor a gente não se fiar nelas que as mulheres foram feitas para a vida da casa, que é uma tarefa muito bonita e dá muito gosto ter tudo limpo e arrumado para quando chegar o nosso marido ele poder descansar do trabalho do dia que foi tanto, a fim de arranjar dinheiro para nos sustentar e aos filhos.

Como a vida está muito cara e ninguém pode com ela, diz a minha mãe que a mulher tem de trabalhar para ajudar o marido, mas eu cá não gostava nada de ter de ajudar o meu marido e só hei-de casar com um homem rico que me possa dar vestidos e automóvel, ir ao cinema, ter duas criadas e a minha mãe diz-me, filha fazes tu muito bem pensar assim, não cases com um pelintra como o teu pai, que o ordenado que ele ganha não dá para as faltas: desterrou-se a gente para estas terras porque ele é mesmo apalermado, mas é teu pai tens que lhe guardar respeito. Desterrou-se a gente e aqui só se comermos as pedras que o chão dá e eu estou neste asilo. Na terra da minha mãe sempre havia o meu avô que ajudava e lá a terra bota mais coisas das suas entranhas para matar a fome. Mas o meu pai resolveu-se a vir para estas bandas, de pedreiro, e como uma das tarefas da mulher é obedecer ao homem, assim fez minha mãe, que o que nos vale é ela ir a dias a casa da fidalga, parente de outra fidalga que teve uma filha aqui no convento, que uma das tarefas das mulheres, dantes, era ir para o convento e ainda hoje será, mas agora nem sempre vai obrigada. Diz o senhor prior que é uma vocação mas eu não sei o que isso quer dizer e ponho tarefa que é mais bonito. Ainda outro dia a fidalga me perguntou se eu não queria ir para freira (na família dela têm a mania de irem para freiras) e eu respondi muito obrigada e fiquei calada a olhar para o chão como a minha mãe me ensinou, ela disse que engraçadinha e fez-me uma festa na cabeça e eu vi os anéis que ela trazia nos dedos, a brilharem. Anéis com pedras lindas e pensei que fidalga deveria ser uma tarefa para as mulheres: então eu queria ser fidalga e beijei a mão da fidalga assim de repente, só para sentir na boca os anéis e ela julgou que fosse por mor dela e disse coitadinha e deu-me cinco escudos, mas quando eu queria ir à tenda comprar rebuçados a minha mãe tirou-me o dinheiro enquanto gritava não sejas gastadeira rapariga, que isso sempre dá para trazer um pouco de arroz e batatas, e eu lhos dei porque os filhos igualmente têm as suas tarefas e uma delas é obedecer aos pais, mas pensei que nunca mais lhe contava nada da minha vida nem lhe mostrava nada que me dessem: cada um governa-se e a gente nesta vida tem de ter a tarefa de ser esperta, e uma das tarefas da mulher é disfarçar, que bem vejo a minha mãe com o meu pai. Uma vez até me disse: filha, olha que a mulher tem de usar muita manha para conseguir o que quer, pois como somos mais fracas, o homem faz da gente gato-sapato e esse é o que é dado. Mas a gente tem de se defender. Outra das tarefas da mulher, então, será ter manha.

É preciso não se cair em tentação, diz o Senhor Prior, eu cá não percebo nada dessas coisas e só sei que quando for grande nunca hei-de ser uma desgraçada tal a minha mãe, sempre a limpar as porcarias que o meu pai e a fidalga fazem. Pelo menos a fidalga sempre nos vai dando uns fatozitos velhos e uns restos de comida em vez de os deitar no caixote. Que também há as tarefas dos pobres e as tarefas dos ricos. Uma das tarefas dos ricos será serem caridosos e a dos pobres pedir e aceitar o que lhes dão mostrando-se muito agradecidos.

O mundo sempre foi assim, prega o Senhor Prior, uns com tudo outros sem nada, é essa a vontade de Deus; concerteza porque ele nunca teve fome como nós, mas o Senhor Prior respondeu que para se ir para o céu depois de morto é preciso ser-se pobre e os ricos não vão para o céu, e contou uma história de um camelo que entrava pelo fundo de uma agulha e eu por achar graça, deitei a rir de tal maneira que ele me pôs logo de castigo. Que uma das tarefas das crianças é estarem de castigo, tal como uma das tarefas das pessoas grandes é castigarem as crianças por via de que elas aprendam a gostar de castigar pessoas; que castigar é uma tarefa bastante usada e precisa para a vida.

Ainda a semana passada o patrão do meu pai o castigou por ele estar a dizer aos que trabalhavam com ele, que deviam pedir mais dinheiro que aquele não era nenhum para demanda da comida e a casa que se tem de pagar. E o patrão do meu pai deixou o meu pai sem trabalho uma semana em que só eu comi, por assim dizer, por via de estar no asilo que só lá não durmo.

E a minha mãe fartou-se de moer o meu pai com palavras e choros, homem não te metas nestas coisas, olha o resultado que dá, a gente aqui a morrer de fome e os outros de barriga cheia, que o patrão não os castigou mas só a ti que eras o das ideias.

Que uma das tarefas dos patrões é a de castigar os empregados, e a tarefa dos empregados é a de trabalhar para os patrões a fim de estes ficarem mais ricos e mais patrões. Talvez eu um dia case com um patrão.

A verdade é que isso não quer dizer nada, pois quando o meu pai vem bêbedo e bate na minha mãe, grita: aqui eu é que sou o patrão. E ela cala-se e põe-se a chorar baixinho.

E pronto, vou acabar, pois não podia dizer todas as tarefas que há no mundo, senão estava a vida inteira a escrever. Só gostava de falar de mais uma tarefa que é a da mulher de má vida. E eu ainda não percebi o que seja isso da má vida, pois má vida tem a minha mãe e todas as mulheres como ela.

Prega o Senhor Prior ser tal coisa grande pecado e qualquer mulher que tenha essa tarefa vai para o inferno...

Diz o Senhor Prior que uma das tarefas da mulher é ser virtuosa, e eu embora também não perceba o que seja ser virtuosa, imagino que não deve dar nenhum arranjo.

Gosto muito das tarefas.

Maria Adélia

20/06/71

Redacção de uma menina de Lisboa, de nome Mariana, aluna da quarta classe de um estabelecimento de ensino dirigido por religiosas

AS PALAVRAS

Há palavras boas e palavras más, palavras bonitas e palavras feias. A palavra Portugal é muito bonita, mas a palavra Trancos não é. Há palavras que não dão com as coisas para que servem, Lua, por exemplo, dá, não podia ser outro nome porque não era essa coisa, mas caderno não dá. Lembra inverno e inferno e os cadernos dependem, nem todos são horríveis, só o de matemática para mim. Folha também dá para coisas de mais, tem de ser folha disto e daquilo, do livro, a árvore, e de flandres, senão não se sabe, não se pode ser folha sozinho.

As palavras também servem para dizer e consolar ou sofrer. Essas não são uma a uma, como as que eu escrevi antes, são em frases, isto é, todas de seguida.

Boa, por exemplo, é uma palavra boa, parece macia, mas se a pessoa nos diz "a menina não é boa", a abanar a cabeça, isso pode afligir muito. Há palavras que postas assim saem ao contrário — por exemplo, fresca. Se for fruta é bom, se for para pessoas não. A palavra triste, por exemplo, é uma palavra azul, porque quase todas as palavras têm cores, e parece que está a pedir que se calem e a palavra riso é amarela, só por si não dá para a gente se rir. A palavra mãe é grosso de mais para o que é e a palavra pai é muito clara e leve de mais.

E agora vou inventar a palavra desinteligente que é o que eu acho que sou por causa da confusão que me fazem as palavras e de estar sempre calada. A escrever as palavras são feitas de letras e só se ouvem na cabeça. Fim.

Mariana

22/06/71

A luta

Maria larga o braço dele e corre.

O homem ainda tentou agarrá-la, puxá-la para si, chamá-la, mas ficou apenas a vê-la afastar-se por entre as pessoas que àquela hora se aglomeravam nos passeios, junto das montras das lojas, ou se empurravam à espera de poderem atravessar as ruas.

"Maria:

Fiquei a ver-te afastar, mudo de espanto, julgando que tivesses enlouquecido, preso de um medo monstruoso que me impediu de te tentar deter; medo de te perder ou de que te perdesses levada por essa imaginação que, bem sabes, sempre me desgostou. Tens o espírito fraco, mas nunca te pensei leviana.
    Teu marido.

António."

Maria corre por entre as pessoas que àquela hora se aglomeram nos passeios, corre sem ver para onde, sem saber se ele a persegue a fim de a tentar levar para casa. A fim de lhe pedir que regresse como em outras alturas. Desta vez Maria sente que não cederá mais.
    Nunca mais lhe cederá:
    Quer às súplicas, quer às ameaças; quer à ternura ou tortura física. Está disposta a lutar e corre: foge levando o vazio que tem sido a sua vida, como bagagem de regresso.

"Maria:

Vejo-te ainda a correr em maneira de fuga: a tua saia era uma mancha vermelha que segui com os olhos: durante minutos, poucos segundos, ou séculos de secura?
    Em vão tentei esquecer-te e mesmo quando cheguei a odiar-te eis-te intacta na minha memória. A tua presença frágil aqui em casa onde é o teu lugar.
    Tudo hei-de fazer para que voltes.
    Teu marido

                                                  António."

Maria corre. As pessoas aglomeradas nos passeios impedem-lhe a passagem que ela conquista com a velocidade das suas pernas que se vão tornando mais pesadas à medida que avança.
    Leva as mãos ao peito, procura um lugar para descansar. Mas não estarão precisamente à espera de que ela queira descansar?

"Maria:

Não penses que me vingo. Sabes que te amo. Quando minha mãe me escreve a dizer: 'como podes continuar a pensar nessa maluca que te deixou?'... eu calo-me e vejo-te ainda. Continuo a seguir a tua corrida, passo a passo, em fuga de mim.
    Que queres que faça?
    Não penses que me vingo. Sabes que te amo. Somente agora os gestos são diferentes e outros os processos de to demonstrar.
Teu marido

                                                  António."

Maria apercebe-se que deixou de correr, o corpo verga-se-lhe de cansaço tomado de uma fadiga que tentacularmente se vai estendendo, multiplicando, estrangulando-a com os seus inúmeros dedos.

Os passeios estão agora vazios, é noite cerrada e o frio desguarnece as ruas do ruído das vozes: as pessoas seguem caladas, cosidas com as paredes, depressa, em direcção às suas casas.

Maria cobre os braços nus com as mãos a tentar guardar algum calor para o seu corpo. Treme e vacila enquanto caminha em frente, prestes a cair.

"Maria:

Nunca te dei provas de desamor durante os anos em que fomos casados, porque te negas a voltar? Alguma vez te obriguei a mim ou a alguma coisa mais do que seria normal exigir um homem de uma mulher?

Não entendo como podes resistir ao fim de tanto tempo. De quem tomas ajuda? Quando me fugiste confesso que jamais imaginei tamanha loucura, mas só um capricho.

Nada há que entretanto não tenha feito em teu favor, empregando mesmo os direitos (que me são devidos) sobre minha mulher. Defendo-te de ti apenas.

Teu marido

António."

Maria tenta manter-se em pé: os joelhos dobram-se-lhe de fraqueza, as costas vergam-se e o peito abre-se à dor que acerada o lacera e rasga, tirando-lhe a respiração. Às apalpadelas encontra uma parede onde se apoia a tentar ganhar forças. O silêncio fecha-se à sua roda como uma armadilha, nele não há quem a ajude. Sente-se cercada e ignora mesmo qual seria a sua possível arma de defesa.

"Maria:

Terei eu de enfrentar ainda a terrível prova de te ver morrer?
    Irá a tua crueldade e o teu orgulho ao ponto de preferires a morte a confessares o erro e a leviandade de abandonares a tua casa e o teu marido?
    De voltares ainda estás a tempo, sempre te esperei ao longo destes anos e hoje continuo a aguardar o momento de te abrir a porta e te receber com o meu perdão.
    Não tens outro caminho a seguir, outra saída possível.
    Se ao princípio cheguei a temer o teu regresso pelo susto de tanto te amar, agora anseio poder tomar-te para mim de novo.
    Espero-te. Teu marido

                                            António."

Maria está encolhida a um canto, imóvel, os olhos fixos num ponto vago à sua frente. O calor do seu sangue arrefece e deixa sem misericórdia de aquecer o que nela resta ainda vivo. Imagina que avança novamente, que corre, que foge, que consegue por fim o seu lugar no mundo. Mas que lugar lhe cabe neste latifúndio?

"Senhor Director:

Tendo conhecimento que minha mulher, de nome Maria M., 29 anos de idade, se encontra hospitalizada no hospital de [...] de que V. Ex.a é director, e tendo também conhecimento ser o seu estado desesperado, venho declarar a V. Ex.a que pretendo levar para casa minha mulher, estando pronto a assinar todo e qualquer termo necessário de responsabilidade.
    Atenciosamente

                                            António M."

Maria pensa sentir que a agarram, esbraceja, tenta fugir ainda, correr, mas o corpo recusa a erguer-se, os olhos recusam-se a ver, a boca recusa-se a gritar. E não foi preciso ver para que Maria se apercebesse, tivesse a certeza da presença dele, da casa dele. E o pânico que a toma então sufoca-a, aniquila nela a pouca vida que lhe resta.

"Querida Mãe

Venho comunicar-te a morte de Maria: morreu horas depois de a ter trazido cá para casa a ocupar o lugar que lhe era devido. Bem sabes que apesar das tuas censuras há muito lhe havia perdoado e que durante todos estes anos tudo fiz a fim de a forçar a regressar. Não me pesa, pois, a consciência, só me restando agora chorá-la... Perdoa-lhe tu também e pede por ela nas tuas orações, a pobre foi bem castigada: teve uma morte terrível depois de uma agonia lenta e pavorosa de ver.
    Que vou fazer agora da minha vida se a consagrei até hoje a perseguir a dela com a finalidade única de a trazer ao bom caminho e ao dever? E afinal, qual a sua morte... ou eu com o meu poder?
    Teu desgraçado filho

António."

22/06/71

I JOGO

(Sobre as palavras de Maria e Ana)

MARIA NÃO SE RIA
ANA ASSIM NÃO
MAR E AR SAÚDAM ANA
MAS ANA NÃO
SE RI
DE MAR E ANA ASSIM
DESPIDA DE AFEIÇÃO
ANA MÃE DE MARIA
VOS ROGO QUE
MARIA E ANA VIRGEM
ASSIM NÃO.

II JOGO

```
    M A R I A                     A
     N   N M                     N
    M A R I A N A               A
           R                   I
         I       M   R
          M A R I A N A
         A             M   R
        R           A         I
       I         L             A
      A                       N
     N                         A
    A
```

III JOGO

ANA IA MAR
ANÃ AI NANA
MANA MAR E ANA
(À IDA VOLTAR)
INA RANA MAINA
NÓINA
NARINA MARINHA
AMAINADA RI

IV JOGO

MARIANA   MÃEANA   MEANA   MINHA   MEIA   MIA

V JOGO

```
M A R I A N A
E M A S N E L
N A L O T O T
I S A L I A U           M A R I A N A
N I D D G D R           E N E R M E N
A A A A A A A           U O U A A M O


M A R I A N A                 A
A R E N R A N                 S D
L T L T T D T           M A R I A N A
E I I E E O E           E N O L L E R
F F C R F M P           L A S U T I T
I I A V A O O           E A A S A R E
C C R A C R S           C T P T A
I I I L T T T           A R A R
O O O O O O O           S E R A
                        T L V D
                        A A A A
```

23/06/71

Ditos de mulher e homem

— Que fizeste de meu choro?

    Sequei-o na guerra
    Secou-me no leite

— Que fizeste da minha chaga?

    Sarei-a no soldo dado
    Sarei-a no pão cozido

— Que fizeste dos meus olhos?

    Ceguei-os na tua carne
    Ceguei-os no teu bastão

— Que fizeste dos meus filhos?

    Dei-lhes a morte nas saias
    Dei-lhes a morte nas armas

— Que fizeste às minhas mãos?

    Cortei-as na minha fome
    Cortei-as na tua fome

— Que me fizeste às entranhas?

    Tirei-te os filhos de mim
    Tirei-te os filhos de nós

— Que fizeste dos meus ossos?

    Esmaguei-os de peso morto
    Parti-os para que os meus fossem

— Que fizeste da minha alma?

    Dei-a de caçar aos outros
    Dei-a de comer aos nossos

— Que fizeste do meu amor?

    Enfeite que levo à roda
    Cama de mal e vergonha

— Que fazes?

    Espero morrer sabedora
    Espero morrer sem ser morto.

27/06/71

MAGNIFICAT

Carta de uma mulher recém-casada, de nome
Mariana, a sua irmã, solteira, Joana

Ah os gloriosos e finos passos da alegria, Joana. Podes dizer-me que muitas secretas portas abandonei para que em meu corpo deixasse palpitar assim esta prenhe montanha de vida que me vem dele. Pela manhã deixo o sol pousar-me nos braços, dou-lhe a nuca e aqueço-me da cor do chão azul dos lírios bravos, os pontos-riso das papoilas e as mãos, as minhas mãos a perder-me de mim e eu arredondando à luz, minha carne perfeitamente clareada das colinas em frente, o acordada sem peso, redonda até à linha poeirosa do horizonte mansamente em fogo, na minha boca de sorriso posto o sol, isto é, os olhos dele ontem, a sua boca nova, a morna noite, a mão na quebra da cintura em sono, a confiança. Tenho a certeza, Joana, que se não fora mulher, não seria assim indistinta ou tão vaga (de mar) a alegria que te conto. Pacificada e inerte, como eu olho bem as coisas. Tu me dirás, "é isso amor, Mariana?", e eu te direi que mais o mundo se compõe em meu torno de uma redonda justeza. Do que recebo e me é dado por ele, que em nada pacífico me parece e antes uma paciente surpresa de que eu assim esteja, do que recebo, só recebê-lo dou. Aquieto-me de tudo, olho o que era e em tudo encontro paz, no haver pássaros e cobras rasteiras, nos volumes dos sobreirais e cheiro das palhas dos porcos, no chio dos carros e queda dos cachos, uma maciez e um acerto. Se amor não é Joana, ao olhar-me ele e por sua mão e poder esta luz das coisas que nos faz luzir e ganhar meu corpo maior volume, que consentimento me não há-de achar? Tu hás-de dizer-me pesarosa, "mas não lhe dizes nada desse saber que tinhas do mal estar em todos os lugares, não lutas, Mariana?", e eu digo-te que nada digo ou pouco mais que um sim espesso que de carne não seja. Aliso os cabelos com as mãos livres se ele não está, aliso o ventre que se arredonda e assim estou posta aguardando na lisura de tudo, sorrindo sem razão porque voam baixo e liso já as andorinhas. Perdi pois a razão, Joana, e bem sei que temor isso pode causar a todos os que ma tomavam por alerta e ácida. Eu era um espinho no caminho dos meus e eis que estou vivendo estes dias com um deixar de fruto, uma madureza de suco e polpa crescendo queda. Me dirás que não é isto poder dele mas do estado em que me acho. Vai dizer-lho, Joana, quando chegar à tarde e eu lhe souber os braços à minha volta, o sorrir escondido de mim, a face contra a face, o sorriso de quem me tem assim e aqui posta de bom grado, o sorriso de quem pôde, a embalar-me e a sorrir de paciência para o meio sono e a cabeça tombada em que eu já o recebo, sem nada ter feito, sem nada a contar do dia-corpo meu, porém, cheio, vai dizer-lhe que este é tão só o júbilo da espécie a continuar-se, que eu sou o passageiro lugar da espécie. Porque ainda que assim seja, Joana, ainda que este ovo de silêncio se desfaça para mal e eu venha a parir um nado-morto, ainda que o volume acrescentado mais se esteja no redondo dos gostos de recebê-lo e deixá-lo sorrir assim de mim a mim sem responder-lhe cólera, também te digo que ele o sabe, mas que não há-de sequer ouvir-te, pois que através desta grave e grossa coisa do mudo abraço fecundo entre nós, esta gravidez nossa, que em minha carne tem lugar mas não menos em seus braços e no lugar de paz e corpo contentado que me fez, estamos vivendo o acerto do mundo, apesar dos rumos tão amargos a que sobrevivemos ambos, ou talvez por eles merecendo pouso e sentido, eu quietude, ele a paz comandada por medida própria, perder orgulho e crispação e dar-se, nossos olhos cegos na noite, o movimento das entranhas, dar-se à cadeia do tempo, à geração, poder dormir de mim e um dia a morte.

 Eu regressarei, Joana, e quanta agonia nos há-de esperar ainda a ambos, a todos, quando a cidade nos tiver e certamente, por um mais um desentendidos a exigi-la justa e a nela querer-se intacto e significante, com nome e com serviço aprazados, com história e avidez pessoal e de todos. Regressaremos com um outro onde inscrever, e terão de resolver-se unas, as contraditórias palavras e gestos de má guerra de nós ambos, de todos. Mas este tempo, Joana, esta espera sem pressa que fazemos, ele oculto da aspereza dos dias aí no muito ocultados que estamos ambos até de nossas diferenças nesta, eu calada de minhas razões de mulher sabida por meus sentidos de mim o estarem sendo mais, este tempo, nem a memória de tua serena fidelidade, tua beleza de vidro ou tua inteireza de pedra, tu virgem, no-la podem ou devem perturbar. Isto é outro passo minha irmã, e se me acompanhaste escaladas e fugas e riscos e choros de ainda não, só isto, este, me deu lugar de achar o espaço, o vasto céu à tarde, à minha semelhança conformado, gestando-se, pequena e frágil a matriz onde nos estamos todos, protegida. É pouco, minha menina brava e arredia, mas porém nisso tanto tudo.

     Um muito bom abraço

            Mariana

            02/07/71

Carta de uma mulher de nome Maria para sua filha Maria Ana a servir em Lisboa

Maria Ana

Minha filha, e isso sempre o serás, que saíste do meu corpo e nele foste gerada, mesmo que agora te renegue e maldiga a hora em que me saíste da barriga e estou por dizer que algum mau olhado me deitaram quando andava prenha de ti. O teu pai bem disse logo que soube que eras rapariga: "em má hora nasce, que não nos serve para nada, uma mulher só vem dar trabalho à gente". Eu respondi, "está calado homem que até podes trazer azar", mas quem tinha razão era ele afinal pois jamais nos servistes senão a fim de dar ralações, desgostos, sem que nunca para nós olhasses, deitando-nos ao desprezo, dando-me isso dor no coração que já não aguentará muito e ainda bem que até era um grande alívio e agradecia a Deus que me levasse deste mundo onde só vim sofrer sem tirar nunca uma alegria. E por isso e por mor da tua felicidade, fiz força com teu pai a fim de te deixar ir servir para Lisboa quando o quiseste e a fidalga nos perguntou se te podia levar para trabalhares em casa da filha que se casara e eram pessoas de respeito.

Tu é que não soubeste ter juízo e uma mulher nascida sempre para ser desgraçada se não põe tento no que faz só pode ter mau fim.

Ainda ontem a tua tia Ana me fez dizeres maus de ti e eu pus os olhos no chão envergonhada sem ter coragem de te defender e ela então me disse: "a culpada é vocemecê que a empurrou a sair daqui, pois o meu irmão por vontade dele ainda a rapariga andava no amanho das terras que são vossas e se não tinha luxos, tinha honra. Uma mulher sem honra põe nódoa na família em que nasceu e a gente nem anda de cabeça levantada como dantes".

E eu não lhe disse (também tenho orgulhos) que se me partir o coração de te ouvir chorar toda a noite e de manhã ver-te curvada a caminho do campo sem olhares as coisas nem as pessoas, tal como eu, mas tu tão novinha, com a vida toda à tua frente. Para morte já chegava a minha nesta casa de desgraça.

Bem sabes que o teu pai me deitou ao desprezo depois do médico lhe dar a explicação de eu não poder ter mais filhos, a ele que daria a vista dos olhos e a própria carne por um filho e me passou a tratar como a coisa sem préstimo e me atirava humilhações até na rua, e larguei de sair e aqui me enterrei viva neste túmulo, a cozinhar para ele, a lavar-lhe a roupa e tu sem me mandares uma linha, tu a quem dei o leite do meu peito, o sangue do meu corpo. Tu minha filha, renegando a mãe que Deus te deu e a quem deves respeitar, tu sem quereres saber do desgosto, da morte que me trazias em te pores nessa vida que agora levas e dela me chegam notícias todos os dias, que as más novas caminham depressa. Tu a quem sempre dei bons exemplos, te levei à igreja e se não foste à escola foi por teima do teu pai que é de opinião dele as raparigas não terem precisão de saber ler — e é o teu pai quem manda —, pois o destino das mulheres é este, minha filha, e temos de levar a nossa cruz e se pelo menos sabes ler algumas coisinhas e fazer o teu nome fui eu que to ensinei às escondidas...

Quando te vi partir, pensei comigo: há-de ter mais sorte que eu, Deus a ajude e assim seja a sua vontade, mas tu escolheste ser desgraçada, Ana, e contra um mau passo que a gente queira dar, nada pode a vontade divina.

Ainda ontem o disse o senhor padre José que muito me ralhou por te ter largado ao desamparo nessa terra que ele prega ser terra do diabo e das tentações.

Pois então ainda serei eu a culpada da tua má sorte?

Ainda me cairão sobre as costas os teus actos, filha, tu de quem jamais conheci senão o azedume e a aspereza, que carinhos e risos guardavas para casa da fidalga, segundo me constou?

Maria Ana, minha filha, se hoje te escrevo não é porque pense que me ouves, entendes estes desabafos feitos assim em modos de gritos... tem esta carta o motivo de te prevenir contra teu pai que te mata se te apanha e por isso te peço, não venhas mais cá que ele perde a cabeça e acontece alguma desgraça e as que há já chegam.

Mas peço-te também para me escreveres, Ana, pelo menos umas linhas a dizer da tua saúde. Pensa que fico nesta ralação e dor por ti, pois ora te renego ora te ponho no peito e minha filha és e serás e te hei-de querer sempre até à morte.

Tem cuidado contigo filha, bem sabes que estás sempre a tempo de voltares ao que eras.

Tudo se havia de esmorecer do pensamento das pessoas.

Beija-te a tua mãe que não te pode esquecer e muito chora por ti.

Maria

07/07/71

Texto de honra ou de interrogar, escrito por uma mulher de nome Joana

Digo:
A mulher adúltera é ainda apedrejada de morte no Afeganistão e na Arábia Saudita.

(Pergunto:
Também o homem adúltero será apedrejado no Afeganistão e na Arábia Saudita?)

Digo:
Indirectamente, na América, como em tantos outros países, a lei protege uma estranha espécie de "pena de morte" aplicável às mulheres, ao lhe negarem o "controle" dos seus próprios corpos, conduzindo-as assim aos abortos ilegais: "calcula-se que morrem todos os anos por este motivo entre duas a cinco mil mulheres" na América.

(Pergunto:
Que fazem os cinco mil ou dois mil homens que engravidaram essas duas mil ou cinco mil mulheres mortas na América todos os anos?)

Digo:
Em Portugal a maior parte das mulheres não só e apenas são "escravas" do homem, como desempenham "alegremente", convictamente, o seu papel de mulher-objecto e não é necessário

ser-se adúltera para se ser "apedrejada", aniquilada... basta que ela *surja* e fale como "um homem". E visto que também em Portugal o aborto é ilegal (não lutando contra isso a mulher, aqui sempre passiva) e o conhecimento do aborto escamoteado da informação das pessoas que fingem entretanto ignorar o que ignorar já não se pode... Visto que então tudo parece estar certo e a mulher gostar deste seu papel subalterno e secundário onde se limita a ser mãe e mesmo quando formada escolhe o casamento como se profissão fora não remunerada ou remunerada através da cedência do seu próprio corpo e então iremos ter à prostituição pura e simples... Visto, pois, que tudo se passa deste modo "inofensivo" e benfazejo a contento de todos, que nos resta senão entrar em luta?

(Pergunto:
Irmãs, que Anas ou Marianas terão ainda de ser ressuscitadas ou quando vivas postas à prova, idiotizadas, fracas, frágeis por lei, conveniência, crença e religião?)

Digo:
Recusemos o engodo da ajuda masculina, não precisamos dela; ou, mais precisamente, não queremos aceitar essa "oferta" de Natal com lindo invólucro a disfarçarem a bomba que, certamente, mais uma vez, nos iria rebentar nas mãos, como sempre. Se somos nós a querer, seremos apenas nós a exigir.
Terminemos com mistificações e falsos pudores, quebremos até ao fundo toda a água onde nos afundamos e afundamos sem respirarmos nunca.

(Pergunto:
Não teria chegado a altura de contarmos, por exemplo, o que sabemos acerca da verdade do nosso prazer na cama, denunciando claramente o jogo do homem ao tornar mito o orgasmo

vaginal, acusando de frígidas as mulheres que se queixam de não irem até ao espasmo através do simples coito? Infelizmente caindo na armadilha da frigidez, torna-se a mulher mais uma vez e novamente aí, sua presa, sua inferior.

Permaneceremos caladas?)

Digo:
E virá quem, apesar de tudo, acuse de reaccionária a luta que se irá travar no longo caminho, extenuante, que terá a mulher portuguesa de percorrer sozinha com suas parcas armas. E virá quem agrida e de todos os lados surgirão gumes e farpas e nas nossas costas cairão nomes como pedras; mas putas ou lésbicas, tanto se nos faz que nos nomeiem, desde que se lute e não se perca.

(Pergunto:
Se outra alternativa não nos derem que a guerra aberta contra todo um sistema social que recusamos de base em que tenhamos de destruir tudo, inclusive se necessário as nossas próprias casas, recuaremos?)

Digo:
Ti-Grace Atkinson, teórica feminista de 29 anos, afirma:
"O amor é a armadilha, a vedação de arame farpado, o eixo de opressão das mulheres num universo gozador. Que é o amor senão a necessidade ou o medo?"

(Pergunto:
Terá a mulher alguma razão para acreditar ainda no amor? Para acreditar ainda no homem? Para crer ainda na sua libertação enquanto for aceitando o que se lhe tem proposto até hoje: companheira, colaboradora... ou seja: sempre o papel subalterno e doméstico no mundo à mistura com a obrigação de parir

e lavar as fraldas dos filhos assim como aceitar o homem que a goza, quer na cama, quer socialmente, utilizando-a nas tarefas mais mal pagas e menos sedutoras que ele se recusa a fazer?)

Digo:
Chega.
É tempo de se gritar: chega. E formarmos um bloco com os nossos corpos.

Joana

07/07/71

Adultério: infidelidade conjugal

(Dicionário da Língua Portuguesa)

Que estreita faixa nos separa da Mariana, irmãs... pois honra de homem-marido se situa ainda em seu pénis e nossa vagina à qual eles têm direito de dono e sobre mulher direitos de morte a fim de vingar macho-enganado por adultério que, se possível, se lapida, se assassina, se elimina em plena justiça, com a concordância, a aprovação de toda uma sociedade conivente:

Código penal português

Artigo 372º

(*o adultério e a corrupção de menores como provocação*)

"O homem casado que achar sua mulher em adultério, cuja acusação lhe não seja vedada nos termos do artigo 404º, § 2º, e nesse acto matar ou a ela ou ao adúltero, ou a ambos, ou lhes fizer alguma das ofensas corporais declarada nos artigos 360º, nºs 3º a 5º, 361º e 366º, será desterrado para fora da comarca por seis meses.
"§ 1º Se as ofensas forem menos, não sofrerá pena alguma."

Que à mulher só é dada a vingança por direito e justiça, apenas se enganada for, formos, em nossa própria casa, por concubina "teúda e manteúda" nela... em nome da defesa de uma moral estabelecida, pois, e não por nosso nome ou raiva ou ciúme, ou honra, somente consentida ao homem:

"§ 2º As mesmas disposições se aplicarão à mulher casada, que no acto declarado neste artigo matar a concubina teúda e manteúda pelo marido na casa conjugal, ou ao marido ou a ambos, ou lhe fizer as referidas ofensas corporais."

Que usadas sempre seremos como objectos, em solteiras entregues enquanto menores ao livre-arbítrio de nossos pais e depois de casadas, a nossos maridos, que inventar podem causas para nossas mortes e provas a fim de se livrarem de prisão, castigo.
 Estará a honra situada sempre em nossas vaginas, corpo, e não no pénis, corpo, de nossos irmãos, que tudo podem fazer sem a morte merecerem perante a justiça?:

"§ 3º Aplicar-se-ão também as mesmas disposições, em iguais circunstâncias, aos pais a respeito de suas filhas menores de vinte e um anos e dos corruptores delas, enquanto estas viverem debaixo do pátrio poder, salvo se os pais tiverem eles mesmo excitado, favorecido ou facilitado a corrupção [...]"

       (Transcrição do Código Penal Português)

           10/07/71

Dois poemas encontrados entre os papéis de Joana — escritos com sua letra

I

A que precipício
dor
ou a que cume ascendo

A que melhorada
dor
ou a que prazer mais denso

se penso que me sou
e logo já não penso

ou sinto que me dou
estando a negar o tempo

10/07/71

II

A que precipício
dor
ou a que cume ascendo

A que melhorada
dor
ou a que prazer mais denso

Em que piscina nado este tempo
de cristais adultos
no interior do vento?

                              10/07/71

Poema encontrado entre os papéis de Mónica M. escrito e emendado com sua letra

Ó gozo — Ó gume
ó cume mais intenso

minha ânsia banida do seu espanto
e o corpo aberto pelo ventre no mais agudo
golpe
em que me venho

semelhante por ti tomada não somente
que já te domo
e monto e te acrescento

ardentemente te sou
e liquefaço o tempo

10/07/71

Carta de uma mulher de nome Joana, para um homem de nome Noel, francês de nascimento

Meu caro Noel

Aqui te mando uns conselhos da autoria de Paul Chanson, conselhos impressos num livro que ontem me chegou às mãos e o qual li deliciada.

Amantes nós durante tantos meses, gozando na cama até à raiva e mordendo o prazer até à sagacidade; amantes nós mesmo hoje depois de nos separarmos, e sempre que isso nos apetece; amantes nós pela liberdade do que sabemos desfrutar quando juntos; amantes nós pela alegria de o sermos na alegria do corpo um do outro; amantes nós por cada orgasmo que construímos noutros, neles nos vindo em longas horas onde nada conta e tudo acontece... Amantes fomos e somos tudo experimentando, tudo demorando, prolongando quase até à dor cada experiência, cada movimento e espasmo... No entanto, pode ser que isto não conheças, tal como eu... Repara bem nos conselhos que passo a transcrever e pasma perante esta verdadeira sabedoria para tratamento de mulheres frígidas, coitadas, em coitos apressados, pois o que é preciso é insistir...:

1º Nunca se enervar ou perder a cabeça. Conservar o seu sangue-frio como se de nada se tratasse;
2º Descontrair o mais possível todos os músculos do corpo; sem esquecer os do rosto e das mãos;

3º Fazer respiração ritmada. Inspirar rapidamente tão fundo quanto possível;
4º Parar a respiração com pulmões cheios de ar por alguns segundos;
5º Esvaziar lentamente os pulmões;
6º Fazer uma pausa maior;
7º Recomeçar a respiração na maior calma. Repetir o mesmo exercício, com a convicção absoluta de que assim vencerá a dificuldade; assim o pede o seu amor-próprio, o seu orgulho.

Já alguma vez experimentaste?

Joana

P. S.

Ginástica muito própria esta, para um homem fazer na cama, enquanto a mulher, por certo, se masturba apanhando-o assim distraído...

14/07/71

Carta de um escriturário, em África, para sua mulher de nome Mariana a viver em Lisboa

Minha querida Mariana

Que felicidade me deste e que orgulhoso fiquei com a notícia que me mandaste! Finalmente temos um filho! Pena é que não seja varão, pois bem sabes que ter um rapaz era o meu grande desejo, mas assim foi vontade do Céu que viesse uma menina e cá se há-de criar também no meio do amor da nossa casa e no calor das nossas esperanças.

Uma filha, Mariana, uma filha que será, decerto, um anjo de doçura e linda como tu, calada e meiga como tu és e sempre foste e por tal te amo.

Que seja um dia uma mulher virtuosa e boa, isso temos de lhe ensinar antes do mais e de mais nada. E oxalá seja bonita, claro, oxalá o seja que para uma mulher é importante a beleza; conheces quão importante é a delicadeza das feições a reflectir claramente a delicadeza da alma daquela a quem nós, os homens, queremos anjos do lar e guardadoras fiéis de nossos anseios morais.

Saiba ela, Mariana, seguir-te o exemplo, oferecendo um dia ao seu companheiro não só um corpo intacto mas toda a virtude do espírito, toda a tranquilidade e simplicidade de quem nada tem a esconder a seu marido. E acima de tudo que saiba perdoar! Uma mulher que saiba perdoar as faltas a seu marido, compreensiva, terna e generosa é um modelo a apontar mais tarde a suas filhas.

Teu modelo quero que seja nossa filha, igualmente pela doçura, pela discrição, pelo sorriso reconfortante nas horas mais difíceis na vida de sua casa; ainda aqui ela como tu, laboriosa abelha a cuidar da sua colmeia.

Como me envaideço de ti quando te vejo de avental a lavar a loiça, a passar as minhas camisas, ou a preparar-me os petiscos que sabes eu apreciar!

Desejo para a nossa menina todas as riquezas e mil virtudes que em ti reconheci, diferente das outras, no meio deste mundo depravado onde hoje a mulher esquece os seus deveres morais e o seu papel, importante papel de guia de seus filhos. Pois sobre tudo e todas as coisas uma mulher é e será sempre mãe.

Se ao homem compete as grandes e graves decisões do mundo, à mulher compete o glorioso papel de criar os homens que edificarão esse mundo.

Não, não ambiciono para nossa filha grandes e enganosas realizações, nem a brilhante inteligência de uma celebridade, queria-la antes: austera e subtil, anjo da guarda de sua casa a sofrer no corpo as dores dos seus.

Assim nos ajude Deus a criá-la, Mariana, sob a sua protecção e infinita misericórdia.

Ansiosamente fico à espera de poder apertar-te nos braços e nesse abraço estará também a nossa menina que antevejo rosada, no seu berço, qual um querubim no meio das nuvens, repousando...

Teu marido que muito te ama e te espera beijar em breve.

António

14/07/7

Sexta e última carta de D. Mariana Alcoforado, freira em Beja, ao cavaleiro de Chamilly, escrita no dia de Natal do ano da graça de mil seiscentos e setenta e um

Senhor,

Não é meu fito dar-vos a ler jamais estas linhas que outro não têm que o de serem escritas. Não o sabia então, ao haver-vos enviado palavras de muito rasgo e nenhum comedimento, que, por tê-las composto de escrita, em mãos ia tomando males que por elas parecia acrescentar e os desatando de meu sentir no labor de prendê-los. Assim sou hoje sabedora de que os amores ou artes que levam a empunhar a pena e que com ela se abrandam, de muita valia são, pois que matam o que é de passagem e acrescentam os bens reais que são os que ficam por dizer.

    Escrevi-vos cartas de grandes amores e penares, Senhor, e de tanto de vós não ter comércio, pus-me de amá-las e ao gesto de as compor mais que a vossa figura ou memória. Muito mais vos tenho de escrita que nem de enviar-vos cuidei, que esse foi modo de me encantar do gesto e ouvir-lhes a toada e logo de ganhar vulto de as tão bem compor ante minhas companheiras desta casa. Como outras bordavam, jardinavam ou nos regalavam de doçarias ou finura de voz, assim meu mister aqui entre os que nos cumpriam a todas foi o de pôr de escrita todas as horas raras que esta casa afligiam ou davam de alegrar, de festas, de males que a outras que não eu agravavam, de cartas que eram de seguir de parte de Nossa Reverenda Madre ou de jovens noviças, de tudo e todos tomando gosto de o prender deste modo soltando. Dei então de muito ler, como sempre fora de meus usos, mas ora de quem afirma por bons mestres seu dilecto instrumento. E dos graves prantos por vós, Senhor, dois anos após já nem era lembrada, tão gratamente me via posta nos deveres deste novo cargo de gosto que por causa tão a contragosto havia empreendido: Assim, quando o coração é de vaidades, tudo lhe vai em proventos até de tal se dar contas, acaso muitos, só a hora da morte lhes levará o gosto que em seus bons modos fazem de serem galantes ou espirituosos ou até de seus ademanes de cordura de coração e piedosos actos.

Ora, pois, que escrevendo e lendo coisas de nossos maiores e até de muitos franceses, que a tudo me davam licenças, tão agradados minha Família e meus Superiores do tino e gentil modo em que me viam, ora pois entendi, Senhor, que nada do que hei composto não no houvera já sido em outros modos e tempos assim expostos em escritos de comover próximos e vindouros. E dei então de sorrir de meus pesares, pois que o que deveras meu neles fora isso não o dissera nunca, ou jamais por quem talmente sofra será dito, sendo que para o muito vero me parece que não há palavra, senão brados e rumor de entranhas e nunca dois penares iguais serão senão no que deles menos monta. Me ponho então em cuidar, Senhor, em se deveras vos amei, se deveras cuidei de saber quem éreis mais que vossas aparências e do que vos trazia a mim. E manda a verdade que o diga que vos achei tão somente a comoção e folguedo em meus dias de noviça jovem tão carecida e dada a ambos. Vós éreis o cometimento, a novidade arredia para que de todo o sempre eu parecera fadada. Malmente, vos amei, pois, que como a mim própria, e de ganho em memória de vós só quedam vossos silêncios e a gravidade com que me olháveis como se esperando e isso me legastes, uma espera para depois do amor que vos protestei, para depois dos escritos em que me comprazi, uma espera para depois. Como se houvera eu sido, em nossos amores, o donzel que cavalga suas artes e donaires e gosto de aventurar-se e vós a dona posta em sossegos que já de tudo descreu e a quem nada já ofende ou causa pasmo, de tão sábia e santa. Grande comércio foi pois o nosso, Senhor, que o que tudo e todos de nós era aguardado em nós se trocou — Vós vos deixastes ser tido e visitado e eu, com artes de frieza de ânimo e quentes sentidos mais não fiz que possuir-vos e ter-vos à mercê, como é de uso os homens fazerem com suas mulheres. Bastava-vos morrer ou partir e a mim mais não restava que seguir tomando poder e livramento nos mesmos lugares e modos que tão injustamente me tolhiam. Havíeis de ver quantos respeitos me prestam hoje família e clerezia, como tantos vêm a beija-mão e a conselho, pois que os deleito da boa palavra e da sabedoria fina de quem conhece muitos escritos e modos de dizer bem sofreres que devem calar-se, deveres a tomar e cumprir com discernimento.

Vos escrevo, pois, Senhor, para ante a memória de vosso penado sorriso me humilhar, sendo certo que, certo o sentimento, de novo em vaidade me acho no seu exercício. Pena real no coração hoje acaso só esta — a de não saber quem houvera podido ser se nascida não sujeita, se nascida varão. A de não saber se então, com este jeito de enredos, muito imaginar e altanarias com que sempre me tive certa, se então alguma vez olhar pudera de amor alto e desprevenido como o vosso a alguém sujeito, alguém menos, mulher e ademais freira.

Não posso louvar o Senhor dos destinos que me traçou, pois que jamais deles me conformei, louvado seja, porém, de haver-vos achado neles, pois que se assim não houvera sido, como poderia ter-me em pejo e falsidade se louvada por graças e poderes de nada? Como houvera de saber-se, mau grado enclausurada e embusteira, afinal bem amada e amável, senhora de algum bem que vós solto não possuís?

Sei que haveis contraído matrimónio com dama de poucos encantos, porém, de bom trato e cortesia que vos é dedicada e de recatada modéstia. Mais me dão novas de vossa justiça e rigor ao serviço de Deus e os piedosos zelos e leituras que ora vos ocupam. Perdoai, Senhor, que me dê graça de como medianamente se consumam as vidas daqueles a quem os grandes passamentos não matam nem desatam.

Vossa serva, pois, e irmã na graça do Senhor

Mariana

26/07/71

Primeira carta última e provavelmente muito comprida e sem nexo (I)

Podia dizer que estava muito cansada e era verdade, mas não diria como. Poderia dizer que não queria dizer mais nada e era verdade e não poderia dizer porquê. Poderia estar sabendo o que posso e não posso e traiçoeiramente guardá-lo comigo. Guardo-o comigo não o sabendo e sabendo apenas que mais não. Há um lugar de horror que é ainda o lugar do grande levantamento da escrita, que não é a partilhar e essa é a coisa ganha disto — a certeza disso e que esse é também o lugar com que se morre e ama. Vive-se e aguenta-se vida em matrizes, mas só se rebenta, jorra, deveras só.

Nada mais tenho a dizer das horas de mim que me são arrebatadas por todas as mãos e as vossas, nada mais tenho a dizer da imbecilidade de me passear em desgaste, porque entretida das pequenas monstruosidades do dia-a-dia que é feito da fricção, do atrito, e não da abjecção ou insurreição mores que não se ganham em partilhas. Não quero nada de ninguém, nem de vós, e ainda que minta, esse é o peso da verdadeira figura posta em letras que é mister suportar. Não porque chamada, vocativamente destinada a que assim seja, não por escolha de ofício, a escrita não é ofício, mas porque esse é o sinal que toma meu furor que, sendo assim desacompanhado, mágoa não lhe chamarei nunca, meu furor da irrelevância e injusteza de quase todo o esforço ou coisa querida, e também isto.

Nem amigo, nem amante, nem sexo ou comuna hão-de abrigar-me o que nem já a escrita — meus fantasmas calados à ilharga do que vos não escrevo a ninguém, todas as histórias de invenção da palavra verá emudecidas e ainda bem. Não há nada mais para expor. É o tempo do não que nem mesmo qualquer mau humor conjunto ou obra boa pode descrescer. É o lugar do avesso e me descoso de tudo nele. É a colheita do joio, ver uma a uma cortadas e trilhadas em molhe as espigas do cereal que imitei, sem nunca ter amado a metáfora, sem provavelmente ter amado nunca o que quer que fosse senão a esquiva, o esquivado de tudo, a entrelinha, a firmemente sinuosa linha, a escorreita água de aço da verdadeira vida, a por debaixo, a que ainda não, que a outra põe ao rubro, sendo a absurda metáfora só o que tão real parece e é dito, todos vivendo com o bom anjo da convicção escarranchado à ombreira do ombro, à ilharga dos gestos, à beira da fala.

Digo-vos, pois, "boas-festas", que quando me acometo assim para nada e apenas me deixo em herança o indispensável, então é cada dia, sem data que dos outros seja, o meu natal, onde me consinto existir sem esse esforço do claro que aos outros não parece matar.

E de onde me ponho tudo reconheço e muito pouco escolho, um só pacto sempre adiado com esse mesmo inexpresso não que faz morada em todas as coisas e gentes de maior peso — a postura da espera definitiva que desconversa dia-a-dia *sem resolução* com a esperança que insiste. A diferença de sexos e outra, a diferença na condição humana (*ah, les gros mots*) faz lugares de vácuo onde não se passa nada. Quanta força centrífuga tem a roda, manas. Meu lugar, não escolhido, *mind you*, é o centro — a asfixia provisória. Na saga das famílias pedimos, pois, nós os ausentes, desculpa por estas e outras interrupções — o programa é para ser alterado.

§

E deixai os mudos celebrar os seus mundos.

§

E não me venham dizer que quem cala consente, porque quem cala desmente.

27/07/71

Balada do mal real

Senhor Rei que bem se guarda
de jogar o pau-mandado
que põe o pão sobre a mesa
e a mão no corpo embalado

Senhor rei do bom sorriso
e do olhar embuçado
que traz o mundo à cintura
e se deita do meu lado

Senhor rei e de abalada
passando-me à flor da boca
a casa que tenho passa
a vida que levo é pouca

Senhor rei tomai poder
do que viste em cova funda
mouros de terra a morrer
amar sempre e ser nunca

Senhor rei para manter-vos
não basta este gume de águas
este choro este receio
de pagar-vos só com mágoas

A coroa que alevantais
de sol de riso e de arroz
o vestido que me dais
de pena e suor de vós

Senhor rei que para amar-vos
não fora ermo o lugar
seriam fracos os braços
seria velho o falar

Senhor rei de sal e cedro
voltai vossa barca aos vossos
contai vossa renascença
pelo dentro dos meus ossos.

02/08/71

Poema encontrado entre os papéis de Mónica, assinado por D. José Maria Pereira Alcoforado

Da mulher não digo manso
mas vento

mas sol
e sustento

mas vento

Da mulher não digo manso
mas tempo

mas vida
e seu espanto

mas tempo

Da mulher não digo manso
mas sempre

mas terra
e seu quente

mas sempre

Da mulher não digo manso
mas vento

mas sol
e sustento

mas vento

> 06/08/71

Poema de uma mulher chamada Mariana, morta por suicídio em 11 de agosto de 1971

Que lento corpo
de mulher sentada.
Que doce invento
o do ventre incerto.
Que areia cedo
ou que mar deserto
Que sol de perda ou que berço aberto

Que lento corpo
de mulher deitada.
Que meigos ombros que depois se apertam.
Que exactos medos
E que exactos gestos
Que meigos barcos de perdidas sebes

Que lento corpo
o da mulher cansada:
Se de parir fez sua viagem
e o grito calado tem só por morada
e o pão que come semeia na raiva

11/08/71

Poema do amor que resolve todas as diferenças

teus seios de leve e guarda
castos castelos em água
o puríssimo torso amada
são

meu amor mata-te
porque não te matas?

tuas mãos a chave alada
morena carne acendida
à rédea (dedos de corda)
a cova morna
são

meu amor mata-te
porque não te matas?

o teu púbis por deitada
ergue-se e
miúdo o ventre
no côncavo o berço de alma
são

meu amor mata-te
porque não te matas?

os teus caninos luzentes
vagam lume
pausam olhos amarelos
alto rosto
são

meu amor mata-te
porque não te matas?

tua cintura abrandada
(do dorso vagueia ao ventre)
a fronte fraca e o delicado
osso tremente sob o peso
são

meu amor, mata-te
porque não te matas?

teu nome dado
esse enorme não outro
em grito e o desvio
são

tua matriz de tua
esponja com teu cabelo crespo
fio a fio descontados
são

meu amor mata-te
porque não te matas?

04/09/71

Primeira carta última e provavelmente muito comprida e sem nexo (cont.)

Eu queria hoje louvar a solidão mas com sossego, sem vo-la deitar em cara, que só no colo. Como são belas as coisas quando ninguém se espera hoje para dizer-nos como. Como o mundo está intacto se não nos morremos da ausência de alguém. Mas quem se ri se não se sabe único, preferido, quem se basta e nisso persevera, quantos conhecem ao menos umas horas esta glória de ninguém ter ou carecer a suster-nos pela mão e no entanto andarmos, como a escrita anda, como anda o corpo que a mão sabedora sustenta, a mão própria — quantas mulheres, quantos homens se deleitaram já do que podem fazer unicamente, somente? Quantas mulheres? Porque a criação que temos é a de podengas, perdigueiras lambidas — ser por e ser para estacar quando se encontra. Mas também eles são por quem podem, sempre a ter que andar a escada até ao cume à busca do melhor naco, cheirar o rabo do rei ou sê-lo (rabo — onde a realeza de outros sempre se assenta). Nós somos para ser por quem eles nos tomam para ser. O diabo que escolha para eu o escolher, como o Gil da Barca e Mariana pecante e a Mendes, a Mofina.

Eu vos digo, manas, com quem tanto em surdo me tenho desavindo — tomais estas coisas demasiado a sério cada uma como cada qual — quem se basta, basta-se e não é sempre. Quem se não basta e isso o/a amola e não lhe cai bem matar o cônjuge ou o superior, sobretudo (de sobretudo, à sorrelfa), que se ria até bastar-se, porque o riso é a única coisa que deveras se faz nobremente e quem se mune de artes para dizer o que viu e ouviu, quem escreve e pinta ou marca de outro modo que o soez é porque ao soez apouca e dele se ri — Nem na há outra receita de liberação de nada a não ser de vinde a mim os pequeninos, que eu, porque não posso matar-me de lhes ser diferente, lhes darei tamanho e tão amantíssimo pontapé no cu que nunca mais poderão assentar-se com descanso em lombo de outrem que pareça com eles alombar-se. E estas coisas só as saberemos pelos baixos acima e nunca pela inversa.

E muitas e muitos serão chamados à liberdade e poucas e poucos serão escolhidos a esta maldição dela que é ter a palavra gostosa, o coração curioso e airado e o pé ligeiro (que às vezes lá se empala a melhor pata).

Não preguemos, pois, manas, a realização das mulheres e a sua libertação deles. A liberdade hoje, manas, é a persistência do riso de quem aguentá-lo pode sem esgar. Deixai os pequeninos matar-se uns aos outros na prisão dos ventres. Ou julgais poder contaminá-los destes talentos com que dizemos servir justiça e liberdade e sinal são de que servimos o jogo singular, o desejo da diferença. Ou julgais que o que parimos cada um com cada qual ou as três cúmplices é bem *para ser* de consumo médio? O amor da transgressão integrável, essa é a verdade desta história e artes. Se na verdade somos deveras o que parecemos, gente de artes e letras, no ano da igualdade específica da mulher e do homem pegaríamos em Mariana não por freira e mulher presa, mas por diferente. Ao que deveras buscamos, qualquer lei, mesmo natural, é escandalosa.

E sempre teremos pouco que dar em troca, senão a rareza do produto escândalo, que o que inventamos não basta a quem tem fome e sobeja a quem tem dono.

E a beleza, pois, a beleza. Mas a beleza não é aceitar, é ter suspenso.

§

Nunca se louva a solidão com sossego.

05/09/71

Carta VIII

Penso que já seria tempo de nos visitar a adolescência: meninas em casa de nossos pais, privadas do mundo, os corpos usados apenas por nossas próprias mãos: a febre a subir-nos pelas ilhargas, o espasmo em leque a espalhar-se no ventre a partir dos dedos.

No entanto, é da infância que vos falo. Como vos poderei explicar a maneira que tinham as coisas na infância de se adormentarem no seu vidro?

Silêncio — vos garanto — um enorme silêncio de granito que recordo dos jardins geométricos e buxo cortado rente, com estátuas recortadas no céu luminoso, ácido; espesso de encontro aos olhos como se tacto fora e macio no entanto aos dentes, na língua. — Meiga língua que fazia correr pelos braços, devagar, desenhando sobre a pele traços húmidos e brilhantes que depois deixava secar, alheia a tudo e a todos, pouco a pouco adormecendo já, amolecida, com um enorme bem-estar, um total esquecimento.

Da memória que tenho da infância, destacam-se, alto, os fidalgos com os seus olhares de ócio e suas maneiras lentas, seus passos sem sentido nem destino pelo interior das casas, na penumbra dourada das salas. Marialvas, pegadores de touros, montadores das mulheres a quem beijavam as mãos, subtilmente.

Da memória que tenho da infância, ressaltam as mulheres com os cabelos soltos, ondulados e ternos, nos vestidos de seda colados ao corpo magro, os dedos longos onde os gestos morriam indecisos, imprecisos, tal como nos olhos as sensações mais fortes, que mal as afloravam e a maneira lânguida como se moviam, tocavam ao de leve nos objectos de ouro ou de cristal onde a luz se irisava. Assim as mulheres se aborreciam, se inclinavam, se afundavam nos cadeirões baixos, bebendo devagar o vinho doce dos copos poisados sobre as mesas, nas bandejas de prata.

Uma por uma eram minhas enquanto as examinava, as criava, as destruía, as moldava no silêncio e na magoada linha que já nos separava:

Um fosso.

No entanto a infância era também:

A mãe:

as suas longas pernas, o corpo macio, os vestidos ondulantes e os louros cabelos pelos ombros. Os seus olhos de louça.

De longe, via, espiava-lhe os movimentos, os gestos sempre como que suspensos, ávidos.

A sua distância.

No entanto, a infância era também:

O pai:

a secretária com o seu mundo imenso de palavras, de ciência, de solidão, de ordem, ao qual me prendia fascinada. — Os livros alinhados nas enormes estantes que cobriam as paredes altas e brancas, despojadas; os "maples" cor de mel, o microscópio na sua pequena caixa de madeira envernizada, que me fazia lembrar a caixa onde todas as semanas vinha a imagem da Sagrada Família para passar um dia em nossa casa, no quarto escuro e vazio do fundo da casa. O quarto então iluminado pela pequena lâmpada de azeite no qual o pavio boiava lento, lento, a resvalar de encontro aos bordos oleosos do vidro baço da lamparina.

De joelhos, nunca rezava, sentia apenas o bater do coração no peito e tomava o medo no redondo gesto de curvar a cabeça e fechar os olhos.

No entanto, a infância era também:
A missa:
Com a enorme, imensa e terrível e ameaçadora figura do Senhor dos Passos, vestido com o seu fato roxo e o seu sangue e a sua coroa de espinhos cravada bem fundo na carne dilacerada.

Todo o meu horror, irmãs, todo o meu terror inconsciente da morte e castigo e do fim, que ainda hoje, dessa imagem, parte, me toma de súbito, a meio da noite, a caminhar no interior bem fundo do sono...

Que caminho me resta, neste permanente rasto da infância?
Penso que seria tempo de nos visitar a adolescência:
mas a isso nos recusámos e a isso fugi ainda agora falando-vos da infância. Que dizer aos outros de nós é sempre difícil e escuso e ambíguo e escasso de paixão.

E eis de novo a paixão, mesmo quando recusa dela em seu exercício.

10/09/71

Passamento

OLÁ

passar para além do teu nome e os olhos, entre de eles e meus a única corrente, pedra nossa, pai nosso, poderei? Suspensão esta que sei aponta para alguma sageza onde o rosto de ninguém tem guarida, ou iguais todos, amáveis do amor como que de um morto ou verdadeiro vivo que mais não espera que não de limpa esperança, esperança de ninguém — o amor só estado, sido, sem lugar de centro, desenleado, enxuto amor de nada, sem morte, poderei?

OLÁ

quero-te por querida de mais e preferida, tão tu de nossa. Cada minuto à tua beira é o suster dos gestos, o grito que à pele vem da pele e mesmo o respirar, o ar demais de ti a mim, de espaço a mais. Retenho a mão o pulso o braço o tronco nem de tocar-te penso, não penso — que fome era perder-me desta fome de ti se te tocasse — que nome e termos teria a rua, a terra, o meu mal dito se te tocasse como se simplesmente — já não há simplesmente depois de te tocar outrora e nunca e nunca. Sempre depois me dóis e vais fazendo como tocar-te agora e já ser antes? Tu dóis-me à flor dos dedos que me faço.

ENTÃO?

saberás que me escorre dos ossos às mãos esta frieza, água do choro de olhos que já não e um pão de horror, ázimo punho sobre a fala e digo nada, tudo foi dito quando não sabíamos — longe de mais, tempo de mais suspenso e bem modesto. Não era para sorriso isto e não sabíamos. Quem louvará os filhos que não tivemos, quem visitará a casa onde no umbral, perfeita, ficámos sempre, quem me dirá mulher de todo o teu alguém, violada por virgem de só isto, dobrada de náusea no portal do templo que não pedia nem tu, expulsos e à esmola do possível, tão pobres como os mais e a mão estendida e asperamente concedido o cheio, o golpe inteiro, ao só choro de meninos à porta do quarto de um apenas casal sereno, o de nós, que de maior de nós come as entranhas, lágrimas e o frio suor da mão tolhida, que ganho é pedir paz e só ter paz?

BEM. E TU?

que posso? Uma a uma vejo as linhas que se te afinam na cara, a madurez que te não vem, a marca ácida e ainda sempre cedo. Diante disto sempre me apouquei e sempre em torno, círculo apertado, pocilga poço aurora, cavei de unhas febra, fibra minha que alimento nos fora e nunca vi ainda com um sim achar-nos. Para lá é o lugar dificílimo e a chamada vai sendo. Como afirmar ou o grito? Com qual fala? Como tomar-te o peso e sustentar-te que, tão maior e nós, nem tu, nem eu. Olha-me as têmporas velhas e tão frescos ossos, como adiado fui à tua face e lento se tornou meu tempo e idade — o centro de mim homem tenro e tenro de mais deitado no pulsar do teu ventre-menino. Olha-me as veias dos

pulsos que nenhum sangue nem de abraço bom me sarou
do surdo latejar dos leves teus — um templo nos caiu sobre
as cabeças e não há lugar para o nosso sono na casa dos ricos nem tempo para a nossa agonia na casa dos pobres. Olha
como um rio de espera para todos nasceu da curva do teu
flanco manso onde pousei a boca e nunca mais disse nada
senão palavras de susto.

BEM. ESTÁS LÁ AINDA?

porque não grito "hoje", que seja hoje, porque não uso de
meu direito de menor, mais fraca, fêmea, e me arrasto nas
pedras a dizer que não mais, não isto quis, antes a morte
que todos os princípios e pontes ver cortados, a desatada
vida, embaciados meus olhos que se sabiam de ti luz, minha boca a cingir-se. Olha como ainda me restam os cabelos, ainda o fogo e quentes, estende a tua mão e onde me
tocares ficará uma malha de sangue do tamanho de flor e
depois o abraço e quem poderá deter-nos? Seremos o par,
o casal, o caroço do mundo e hão unir-se-nos à volta e trazer os filhos e dançar três dias e três noites o recomeço de
tudo. Diz uma só palavra alta e eu hei-de parir a alegria de
um povo.

AINDA. E TU?

vejo o grito a correr-te pelo dentro da boca, o peito, o meio
de ti. Apoias-te para não cair da força que lhe susténs. Sabes,
mas que saibas minha mão crispada à flor da tua nuca que
não toco. Como podes ser bela por retida já além da pru-
dência ou coragem, só desfeita da mesma espera que me

sustenta de ti antes que te apequenes. Como me compadeço do mais que podes que o que podes, o respirar miúdo, a língua que te ungiu os olhos presa, como te abençoo por pequena e por ti ronco. Ouve secreto nos meus malares fixos o ronco de agonia do animal legítimo que desde a infância medra e agoniza dum só gesto dos teus dedos transparentes que não sabia virem. Ouve meus ossos de homem estalarem ante ti à estação vertical.

EU TAMBÉM.

Seja assim. Maninha e de sentidos leves me queres que te seja leve. E cante e conte como não ainda e dance até que um trono, costurando a mortalha do sem morte, fervendo as águas de limpar a chaga, dando a beber do peito o vinho acre nosso, o sacro nó informe e não desfeito. Não poderei morrer, amor, de à beira-vida tanto?

17/09/71

D. Tareja final

Garotinha preferida
de donzel do outro lado
face guardada no corpo
grito temperado na fala

Faca de trazer na liga
cruzada de pai a filho
de cantiga e invenção
de todos graça e castigo
e o rosto fechado à mão

Dedos de muita finura
susto da carne real
doutras gabando por bem
os espinhos do mesmo mal

Menininha sem acerto
que do pousar o dizer
pela escrita
dá sinal de esvoaçar

que te seja leve o estar
e solto logo o sorriso

o azul dos dias dados
de bom grado
e o olhar destapado
para dar.

                                                     24/09/71

Elizabeth Regina III

Senhora de vós despeço
a tristeza
e vos fado para glória
que não de livro ou mandato
nem de fato
(vós pobreza)
mas de riso suavinho
e colo a vosso tamanho
onde acoitardes a teima
e a precisão de ninho

Senhora pra vós eu peço
fronteiro mor do real
ou rei posto
que saiba tanger de berço
que entenda pranto no sono
enxuteza no pensar
o mundo grosso por dono
de sentir e cavalgar
e vos tenha em tanto preço
neste adeus de recomeço
quanto eu.

24/09/71

Segunda carta última

Entreolhámo-nos com muita cautela. Fizemos como quem num serão de convívio amigável, na sala cheia, é convidado a fazer uma habilidade, a sua habilidade; a pessoa ajeita-se, apura a garganta, compõe o fato e o gesto, vai começar, hesita, "não é assim, não está bem", compõe o cabelo, etc. Foi assim o começo, com bilhetinhos e versos a ti e a mim. Um tonzinho setecentista para dar patine mariânica, rebola a frase para um lado, rebola a frase para outro. E esta mania de nos apodarmos de "meninas" (o certo é que o fomos, "oh menina, a mãezinha está a chamar", "se as meninas não se calam", e que o somos com a nossa menoridade jurídica). E sempre o narcisismo. Tu, mulher olhando o seu corpo como coisa distinta, como seu próprio objecto erótico, e não como seu eu (porque toda a sobrevivência da cidade assenta nessa prática, do corpo se retirou a mulher para que aquele possa ser usado e explorado sem resistência pessoal, "eu? eu não, eu adoro vestir-me, e o sexo é a mania dos homens", e quando as mulheres se casam levam seu corpo de dote, com lençóis e guardanapos, para uso diário e produção de filhos, e mulher e marido juntam as cabeças ao serão olhando o corpo que cresce emprenhado, e porque o homem procura seu útero, e porque no corpo da mulher se gera fruto dito do homem e da sociedade; as mulheres regressam da sua longa hibernação sexual mas ainda não habitam seu corpo, olham-no, falam dele como dum animal de muita estimação). Tu, comprazendo-te numa certa "aventura de espírito", não do espírito, mas com espírito, no jogo de palavras.

Ah, como vocês me foram insuportáveis, por vezes, ao longo destas páginas de começo, e eu também, com a minha retórica pedante (eu entendo, tu entendes, ele entende, todos entendemos a situação, ao princípio era o verbo, e cá ficamos à espera do poder criador e actuante da palavra). Fartar-me de mim não é novo, já estou habituada, farto-me à noite que a seguir adormeço e recomponho o amor-próprio. Fartar-me de vocês, enjoar-me, foi o grande risco desta aventura. Intimista, narcisista, ainda este contar-vos da minha amizade (comovida, generosa, pois etc. etc.) que superou a náusea das nossas apresentações? Não, isto não é evangélico, pelo contrário. O outro vomitava os hipócritas, e desde aí (já antes) ficaram todos muito crentes em verdades límpidas, bem e mal, sim e não, fronteiras, linhas maginots, sistemas totalitários e respectivas oposições unificadas; então nos sistemas totalitários, quem pensa logo é intelectual, e ainda nunca foi com a crença que se mexeram as montanhas, por isso veio o outro e disse que se não vinha a montanha a ele ia ele à montanha, daí os alpinistas mas também os arrivistas, e se grão a grão enche muita gente o papo (e mais a galinha do campo que não quer capoeira, por aí fora, toda essa sabedoria das nações), grão a grão também se pode arrasar o monte (com a eternidade ainda no princípio), tudo está no definir como ir à montanha, quem come e quem cospe, e com bem e mal, sim ou não, quem pensa logo disjunta, tu ou eu, quer quer, seja seja, fronteira aqui fronteira ali, tudo alternativas, aqui não é ali, o bom sou eu o mal é o resto, logo todos se vomitam, e se uma revolução saudável digere um "Paraíso", um "paraíso" mal-amanhado ainda digere muitos intelectuais todos vomitados. Porque o chão da revolução é: não comas o teu irmão (que já não o vomitas); por isso os nossos vómitos foram secos, e passámos o risco.

Depois o resto. A que brincou com as meninas, fez rodinhas e bolinhas de sabão, entra a sério com um extravasamento místico do cavaleiro. E também o amor chão, lavado e esfregado, simples como o sabão amarelo, da viúva branca. E nos declara tão porreiras de companhia como rapazes. E que a morte da diferença, o chão da revolução, é o bom riso à flor da mão. Não é por te rires que te caem os dentes, mas entretanto há desdentados. O chão da revolução não é a morte da diferença, nem o bom riso está à flor da mão. O chão da revolução é a morte do valor da diferença, de todas as diferenças e não só daquelas em que estás a pensar; espero mesmo que "inteligente" deixe de ser um título honorífico. O bom riso à flor da mão, era bom era, mas há muita gente que ainda tem de aprender a rir — projecto da revolução — e à mão só há graças parvas. A morte da diferença? Retire o "tão porreiras de companhia como rapazes", e não disfarce. Talvez de amor ou de morte vos fale, disse a outra. De ambas as coisas; escreveste: "ouve, minha irmã, o corpo. Que só o corpo nos leva até aos outros e às palavras", "tu és fruto, Mariana, e produto, e lento gemido de um sintoma tão perdido e reencontrado, retornado sempre ao longo de uma magra história… é medo e medo ainda, sem qualquer segredo ou habilidade… que tudo de posse é macho, Mariana, e ainda hoje… Brando queixume que te escapa, me ocupa, me emprenha, me ultrapassa e mata: minha escrita… te fingi querer até ao vício". Quem não se empanturra com a tua apresentação obsessiva, narcisista — as longas pernas, os seios, a vagina, irmã, como te explicar como te expões, objecto de ti própria, à raiva de ti própria — quem não se enjoa, irmã, entende que te respeita, foste a mais exposta e penso que ser exposta é mesmo ser verdadeira. E os meus anátemas de sobrinhas e tias grandiloquentes, rebentos extemporâneos da linhagem feminina — e o que nos resta senão sermos, todas, extemporâneas, sem o chão da revolução, que ainda se come o irmão?

(e pensei escrever a carta de amor ao homem que há-de vir a ser, lembram-se? É preciso curar o homem; dizer-lhe que nem o seu corpo é estéril, e nem só o falo é criador; dizer-lhe que nem sempre é preciso erigir para criar, e que criar primeiro para erigir depois pode deixar de ser um privilégio feminino. Muitas coisas, mas não se sabe ainda como dizê-las.)

E depois vieram as ramificações. Primeiro tu, continuando a tua "magra história". Medo e medo ainda, sempre amor e morte, melodrama, muitos e desvairados personagens chegam pela tua mão, todos uivando, sempre a mesma magra história, o pai, a prostituta, a louca, a criada. Como imaginar o amor num mundo todo torto? Mas como recusá-lo? Só com a morte. Tu, irmã, a da morte, a da carne, dizes irmã, "só o corpo" e se nada podemos com ele que seja cadáver. E tu que te ramificas no gozo da palavra escrita, ninho vinho, morte marte, ouve irmã não é verdade, duas palavras que se juntam para soarem parecido não quer dizer que se progrida, não quer dizer que o salto do amor, e da morte, para além, para o sonho (o teu) seja garantido, nem com o menino que nos trazes, "anjo da guarda", homem inocente velando pela harmonia dos sons. E eu, irmãs, quis falar do cenário, das fronteiras, certo errado, fronteira aqui fronteira ali, quis dizer que só se arrasam montanhas fazendo o cerco completo e que facilmente as grandes causas são aquelas que nos tocam, e foi pobre: o cárcere, o corpo. Ouve, irmã, o corpo; talvez esteja escrita a carta de amor ao homem que há-de vir a ser.

(e pensei escrever outro texto, sobre o par que faz amor, e depois sozinha na casa, curvada e meticulosa a mulher refaz a cama desmanchada, compõe a dobra do lençol, curvada, paramenta o ninho, ou o altar — vítima sacerdotisa? — enquanto o homem vai às suas ocupações "viris" — usufruir, apenas. Mas como ainda escrever mais sobre o que está, que é pouco, não por quantidade, mas porque lhe faltou seguirmos o traço até ao fim, o desenho todo das personagens e as suas raízes, podres ou não, e os seus tentáculos, as suas ondas que se espalham a toda a volta, nos outros, nas coisas, no passado, no futuro — o pai capaz de violar e banir a filha, sossegado, onde se talhou, até onde vai chegar? Está de certeza na guerra, na exploração, mas até onde irá, que novas guerras poderá ainda inventar? Nunca poderíamos seguir o desenho todo das personagens, das situações, até ao fim.)

Que se faça um sino que se possa tocar. Com o corpo, o cadáver, do nem homem nem menino, disseste. O que pensava em D. Sebastião, Zé Maria; Zé Maria também o que tu pões em África, escrevendo ao amigo, o da noiva perdida. Três séculos de intervalo não é nada, aí estão eles, as palavras juntam-nos, são os mesmos. Não é só juntar as palavras, bem sei, irmã; bem sei que queres seguir o desenho todo de tudo, não deve haver hiatos, o tecido deve ser unido e encorpado. Falas então da universitária, do medíocre, do emigrante objecto de amor lavado e que se estrangeira — o noivo também mas em parte incerta. Bem sei que queres seguir o desenho todo, mas daquele onde pões suor teu, ao outro, à rendinha estilizada de pilhas de palavras, não mostras a distância; e muito facilmente esqueces a fome a quem a tem, para te interrogares sobre as eventuais compensações, interstícios e motivos do esfomeado. "Reizinhos de tronos postos à venda"; a contestação torna-se uma merda que se vende em cartazes. Das palavras fazes jogos e cavalinhos. *Autant en faire, puisque c'est toujours pareil,*[*] discurso recuperado em lixo? O tecido de mim a ti, de nós aos outros, estará no silêncio, nos gestos brandos, no pulsar subterrâneo, ou na acção? O que podem as palavras perguntei; resmas de papel de meses, e o que podemos, o que fazemos? As palavras não substituem, mas ajudam.

[*] "Poderia muito bem fazer isso, já que dá tudo na mesma."

Enquadramento político ao problema da mulher, que enquanto o não tiver, dissolve-se nas sopas de pacote e no "Como deitar-se bem com o seu marido". E tu trazes mais gente à matança, mónica, "me dou e nego"; *mais qu'est-ce que je vais faire?**

(e projectei também resposta à Mariana grávida, contente, rotunda como o mundo — mas uma barriga redonda não é o mundo. A justeza das coisas, o solinho a entrar pelo corpo... pois. Isso dá quando se está cansado, e dura enquanto se está a descansar. Projectei resposta — e considero urgente desmontar a mística da gravidez — mas já estou cansada das palavras, quando se insiste passamos a pô-las no lugar do acto.)

Pois do princípio não gostei. E muito me apeteceu emendar, omitir, elaborar, retirar os preciosismos do dito e da forma. Depois contive-me. O que é a literatura? E o que é esta experiência de três? Talvez mais nada do que o espremer de um furúnculo. Talvez mais nada do que o dizermos em alta voz — coragem? necessidade? — os mal-estares, os ataques, as recusas e os medos. Quem escreve, omite e elabora, segundo as regras do tempo e do lugar, alinda o auto-retrato. Aqui e agora, por exemplo, podem aparecer certas liberdades de linguagem, mas outras não, os maneirismos aceites são uns quantos, e ser reaccionário é a desclassificação sem recurso; somos todos escritores puros e limpos, ai, e de tão bons sentimentos. Por isso não emendei, não omiti etc. Que saia a nossa dialéctica de mulheres-nascidas-e-criadas-na-burguesia-citadina-desta-sociedade-cujos-valores-bem-sabemos-e-simpatizantes-com-todas-as-classes-e-grupos-explorados-com-agudo-sentimento-de-pertença-ao-grupo-explorado-"mulheres", que esta nossa dialéctica retorcida se desenrole entre nós e os outros, e não só intra-eus ou intra-nós.

---

* "mas o que é que eu vou fazer?"

Estarei a sacudir a água do capote? O escritor que se desvenda pondo-se humilde e sinceramente ao dispor da maledicência e da crítica, vejam cidadãos, quanto é simpático. Preso por ter cão e preso por não ter, voltando, mais uma vez, à sabedoria das nações; quem se venda, finge, quem se desvenda, vende-se; e acaba-se em joguinhos de palavras, ó delícias da cultura (não é, mana?). E nesta carta, neste fim, outra vez o tropeço inicial. O melhor foi a meio, quando estivemos tão entretidas na conversa que até esquecemos eventuais espectadores. Impossível é a sobrevivência nos meandros da reflexão autoanalítica; por isso disrompo, disruptivamente, merda; estou farta.

(e ainda queria ter-vos dito das margens de areia que nos cercam, cada gesto que fazemos é como uma pedra na água, as ondas vão e chegam ou não onde não podemos saber, e chegam mansas, bravas, tortas, direitas; as margens de areia estão sempre prontas a desmoronar-se, a água empapa-se, aí chafurdamos, "foi por bem, nunca fiz mal a ninguém", dizem os cidadãos honestos irrepreensíveis, mas o bem só serve de crivo às intenções, à partida; largado o gesto de nós, para os outros, tudo é questão de oportunidade.)

04/10/71

Meu poema de amor à maneira de dedicatória

JARDIM DE MARÇO

Ninguém te diz que
fiques
mas eu digo

possíveis os teus olhos
são de verde

que seja a cor da água
do que sentes
infância e madressilva
tu comigo

Selado sobre a casa-desabrigo
ou cintilante racha na parede
aparte do que sabes
e que eu minto

te exponho só de rosas
não somente
o corpo que se canta e não pretende
por demais onde a terra não se estende

e de ti memória
em fio de zinco

Ninguém te diz que
partas
mas eu digo

Intransponíveis são
as pedras do que sinto

Atentamente estou
mas não contigo

          10/10/71

Primeira carta última e de certeza muito comprida e sem nexo (*Te Deum*)

É o adeus, minhas queridas, e há já duas cartas que o ensaio, escrevendo-vos sem de vós ter notícia, reforçando o que há no acto da escrita de malévolo e arrogante. "*La fin d'un livre? C'est un processus d'auto-défense de l'auteur. Il est fatigué.*"* Não fatigada da escrita, que a vou retomando agora no que tem de talha solitária como há muito o não fazia e talvez o devendo a isto que nos impusemos ou nos foi imposto — este exercício da paixão de escrever e da compaixão a três por vidas nossas e outras que bem desejaríamos mais soltas e de alegrias e tanto cargam de obrigações e hábitos sem muito proveito, sem muita monta, quantas vezes sentidos sem sentido. O que me resta deste tempo, nem é maismente o que lhe dei de escrita, mas o que lhe recebi e pus de infância, o peso do dia-a-dia escondido dos outros e partilhado em cochichos, em confidências, o cheiro a bibe e a pão com manteiga de uma solidariedade um pouco desatinada mas quente, legítima como a solidariedade dos miúdos que aproveitam os espaços encobertos ou largos para fugir aos adultos desentendidos. Isto e o não dito, talento e/é tormento, mana. Agora tenho que ir. Até porque meu sentimento é de que convosco, connosco, ficámos à beira de muito, e sobretudo à beira dessa coisa agreste e solitária que é o amor-
-escrita, que não é coisa que apenas dependa das circunstâncias,

---

* "O fim de um livro? É um processo de legítima defesa por parte da autora. Ela está cansada."

coisa que pode fazer-se se e quando as relações entre os homens, as relações entre homens e mulheres, as circunstâncias sócio-ético-económicas que lhe são feitas se alterarem, mas coisa de arte, coisa portanto de maneira de resposta perguntando, amor pois, prova permanente pelo absurdo que sim. Que há um sim possível já e tão de desconforto, que por vezes muito se parece com um não a todas as coisas oferecidas de bom senso ou justiça. Nós andámos pelo terreiro da separação, de Mariana e cavaleiro, de mães e filhas, de mulheres e homens, de amos e criados, de emigrados e restantes, de amigas e amigos, a separação.

"... quem espera fica e não escolhe
quem parte vai e não colhe..."

dizias tu, E tu:

"... da pressuposta amarra
em que ficamos
apartados dos outros
e tão perto..."

e ainda,

"... ninguém me peça, tente, exija, que regresse à clausura dos outros".

Il le faut, ma soeur. É preciso esperar, é preciso partir. O tempo move-se e o espaço. Pontos fixos os há, mas tão fora de tudo, tão ocultos. E dentro de nós ávidos, homens ou mulheres, os núcleos de vácuo, de falta, que nenhuma justiça poderá preencher, nenhum nivelar de diferenças, pois que no natural nós somos e diferentes, o que tem a mais e está em falta. Ainda que tudo fosse pois mudado — que os homens pudessem parir crianças e as mulheres fecundá-los, não seria chegado o tempo de paz. Porque a injustiça que é feita ao homem e mulher nas suas carnes, nas suas posses, nos seus afazeres, não apaga a injustiça que lhes é feita por se saberem. Diferentes e separados.

Como a medonha diferença entre nós antes, depois, do frágil assomo de amor que foi este livro, esta coisa. Diferença que não sarou, que algum bálsamo recebeu, mas falso, e falso porque precário, frágil. Vejam-na agora, depois desta unidade trabalhada e nunca conseguida. Como revêm neste final nossas máscaras, já então tão justas à carinha triste das três meninas desconhecendo-se que fomos à *matinée* de há trinta anos. Diferentes e separadas. Tu mascarada de serena e exacta e forte e razoável, tu mascarada até (tão certo para ti) do sofrimento que deveras tens, eu mascarada de quem sabe o sublime e o guarda para melhor hora, mascarada de grave, de ausente, de humorada bem. Mascaradas de unidas e — o que é de facto grave, estando-o, mas não sempre, não bem.

E disse medonha diferença e disse falso o bálsamo, porque jogo com as palavras para aprender e deixá-las desfazer-me. Há, pois, uma desfeita no jogo, mas oferta, houve uma oferta na gracinha sob forma de livro que já dei a esta cidade, há oferta no tão "plasticamente" estar convosco, há, minhas queridas, que ir no embrulho que vos dou de inconsistência e eu estou farta das lições de quem tem por vantagem discurso mais rectilíneo que a vida que evita.

A descosura agora:

Creio no outro e sei que sou eu que estou verde e não as uvas.
Creio na criação colectiva de todos nós e até nesta —
    alguns bagos prestam.
Não creio na razão despegada do sentir dos outros e é
    por isso que me esforço por desrazoar bem e estou

cansada de me esforçar para ser como os razoáveis,
que mesmo à beira de perder tudo, a razão não.
Creio na criação individual de quem (do que) não podem
ser de outra maneira. E sou eu que estou verde etc.

E por enquanto não me vou embora porque, além da freira chorosa, e de mais morna data, já lá escrevem o Mário assassinado a suicídio por causa daquela graça de nunca se saber qual deles era, o António Maria Lisboa na algibeira do Pacheco de todos nós, o Herberto no Notícias e é (nos) bem feito, e a Florbela numa grande fotografia que se pode pôr no corredor; tudo relíquias. Se acaso temos talento e qualidades, hão-de morrer-vos à vista, como vos morre este livro. Diferente e separado. A menos que nos tenhamos amado e odiado mais que o dito e feito, muito mais, cada uma à espera das outras, não é, manas — Não é, manos escritores e ledores?

Vos lego, pois, sempre, eu sempre Lego,[1] o passamento meu (nosso) e este jogo (como não?) final:

    Ó manas, afinal
    como é fatal
    ou então só pró Natal
    o muito amor
    em Portugal.

16/10/71

---

[1] Conjunto de peças plásticas que permitem à criança fazer outra casa e mesmo fazê-la sair pela janela.

Poema de desprezo de uma mulher de nome Ana Maria

DESENCONTRO

Diz-me do teu silêncio
a espaços recortado
em nossa casa ambas
posta a sua força

As jarras semelhantes
lado a lado
e a cama feita
sem memória e sombra

Que encontro de anos já trocámos
pelo fruto da boca que se una
ao vidro da palavra que empregámos

Desabitado é — longe na distância o corpo a que se furta
a febre da penumbra se a deixámos
vestindo a roupa lenta de ternura

23/10/71

Poema de amor de uma mulher de nome Mariana, morta em 11 de agosto de 1971

DESESPERO

Perdi de mim em ti
o meu sustento

Macias são no vento
as mansas rosas com que alimento o tempo

26/10/71

Isabel — Final — Irmã

Deponho, companheira
em ti
o que já canso

mas em ti — manso
claro, erecto:
inteiro

claridade tua
à proa deste barco

coragem de ti
em corpo inteiro

07/11/71

Final — Fátima — De rosas

Afago o teu ardor,
irmã,
o fogo

de ti o frágil
a frágua — o feto

o feltro dos teus olhos
no equilíbrio último das
palavras

impensadas palavras
que usas como rosas

e rasgas — e segues
ou rogas ou as rosas
devoras

ou as rosas retomas
ou as rosas dormes porque o foram

07/11/71

Três fragmentos do diário de uma mulher de nome Mariana morta em 11 de agosto de 1971

INVOCAÇÃO I

Adoeço de ti em meu silêncio.

    Poiso o cigarro e fico apenas a ouvir a tua voz:

    Porquê redescobrir-te agora? Esta febre súbita que me toma: esta planta que se me instalou no ventre e abre as suas pétalas, uma a uma, venenosas e lentas, viciosas e doces. Esponjosas e doces...

13/11/71

INVOCAÇÃO II

Recorro à tua imagem.

Às tuas mãos que volteiam no profundo e liso vidro da memória.

À tua boca que ainda desconheço, ou já esqueci: ou só nos dedos lembro.

Desesperado, talvez, mas tão doce e lento, este vício de ti que agora começo.

Retomo?

Eis a vertigem da tua língua, enquanto a ignoro e a mim me venço.

13/11/71

INVOCAÇÃO III

Que lentas piscinas os teus versos...
Nelas me afundo (refugio?) a reencontrar a sabedoria do corpo. Dos nervos. Das aves. A sua vertiginosa água a envolver-me os membros, a tomar-me a boca.
Que manso suicídio o dos teus olhos...

13/11/71

Poema encontrado no diário de uma mulher de nome Mónica

INTIMIDADE

Lembra-te amor
de quando me despias:

os teus dedos correndo
lentamente:
lentamente afastavam e me abriam

                                                21/II/71

Terceira carta última

Escreve-vos, irmãs, carta última, porque muito instou comigo uma de vocês para que o fizesse.

Falta-me, pois, a vontade de vos dizer: acabámos e tirámos disso conclusões: assim como me falta coragem de unir minhas mãos às vossas a fazer convosco uma rosa de riso.

Também me falta a vontade de vos (nos) acusar, empurrar, cravando devagar as palavras na vossa (minha) pele.

O que nos resta depois disto? Mas o que nos restava antes disto? — Penso que bastante menos: muito menos, mesmo.

Solidão com vocês, nossa camaradagem que não tecemos em tear alheio e muito menos se de macho, pois de homem gostamos (e muito) mas jamais a esconsas e somente se não marialva (o que é difícil, convenhamos...) e afinal nos rimos.

Ah! irmãs, se nos rimos!

E hoje (como tantas vezes) vos confesso a minha perplexidade perante o mundo, o meu medo, a minha raiva, a minha voracidade de tudo. O meu amor nunca cansado mas inútil.

Desacerto das coisas e nas pessoas...

E em boa verdade vos digo: que continuamos sós mas menos desamparadas.

25/11/71

Meu texto de amor ou proposto de uma mulher, à maneira de monólogo

Não necessariamente, meu amor, sem ti a liberdade ou a pressa de morte no meu corpo.

A morte que se bebe pela sede voraz; a morte que se bebe como vinho doce, dourado à transparência do vidro. A morte que se bebe pela dormência ou indiferença de tudo e já nada importa que saibamos.

Conservemos, meu amor, raivosamente, ambiciosamente, a vertigem. Esta vontade de te morder os pulsos e o ventre, as verilhas. Esta ansiedade de que me beijes os ombros e me violentes devagar até ao êxtase. Esta ternura esgarçada e leve de passar lentamente a língua pelas tuas pernas, pelas tuas axilas, pelos teus testículos, tão frágeis e desprotegidos, tão maravilhosamente quentes e veludo de que se vestem os frutos.

Urgentemente.

Mergulhemos, caiamos até ao fundo bem fundo da vertigem. Da tontura.

Utilizemos, meu amor, a loucura. Móvel, tão móvel; tão cega e tão detida, tão *sequer* de tudo já erguida se retornas.

E me tomas.

Te governo eu pela cintura e nos olhos. No lume das tuas veias: nós tão pouco de vontade: só por sagacidade, impulso imediato. Minha louça e ouro e linho e viagem.

Provoquemos a perda, o limite, o começo de tudo o que nos cerca; não oiçamos o tempo. Neguemos as pessoas:

todas; uma por uma; enquanto as mulheres com os seus compridos cabelos a aflorarem a cintura desenham a boca e os homens têm as armas apontadas, os dedos apertados no ardor das armas, no ardor ácido e amargo do ódio.

Esqueçamos, meu amor, esqueçamos. Mesmo que desesperadamente nos mantenhamos lúcidos e a vertigem não seja mais que a fictícia queda de um pesadelo sonhado em qualquer cama. Assim caio e penso que me suicido e de manso me enovelo na queda, no vento, no sol, na pedra mansa do ar, na vontade de voar não permitida. Assim me envolvo no medo do peso do corpo que me arrasta e me desguarnece do riso, ancorada a mim.

Como um afogado vou agarrada ao teu pescoço enquanto tu nadas contra a minha morte.

Não, jamais... e vejo-te naufragar sem pena...

Debrucemo-nos, tombemos bem até ao fundo a tocarmos com os pés o lodo, abaixo das escarpas. Que as plantas mansas da loucura começam já a rodear-nos com os seus caules macios, suaves, graves, a sugarem-nos o sangue e dele a febre e a raiz meu amor e nada nos resta entre os outros.

Escolhamos o silêncio, entreguemos: os braços às agulhas que nos rasgam as veias e adormeçamos devagar depois, sem pesadelos mais do que nós próprios.

Lá em baixo as árvores esperam-nos.

Lentamente desço sobre elas, verdes, radiosas, enormes, a taparem o chão penumbroso onde os nossos corpos descansarão depois, onde os nossos corpos baterão em vez de sobre as árvores que já se abrem, se entreabrem a fim de nos deixarem passar:

húmidas, férteis, vibrantes, alimentadas de terra; de estrume, de pequenos animais que lhes matam a fome, o desejo.

Como na realidade é meiga a pedra calcinada, a pedra ruída, ruiva, mansa, morna, que me recebe. Eis a morte que se bebe como vinho doce, dourado à transparência do vidro.

Um vinho velho que adormeceu há séculos, amodorrado nos frascos postos em fila, com as suas pesadas rolhas de vidro trabalhado.

Eis, meu amor, a morte à qual tu afinal não pertences:

desço sozinha, ambiciosamente, pela vertigem, e descanso enfim nos degraus escondidos debaixo das árvores:

enormes degraus de pedra carcomida, escavada pelos anos, de onde a minha cabeça pende e de onde os cabelos se espalham ainda aquecidos e vivos. Agarro com as mãos as tuas mãos que já me desprendem para o vácuo.

Nas ancas tenho ainda a marca dos teus dedos; a marca da tua boca, o traço molhado da tua língua, dos teus dentes.

Desço:

macio deve ser o chão que as árvores conservam com a sua seiva.

Não necessariamente meu amor sem ti a liberdade ou a pressa de morte no meu corpo.

25/10/71

Maria Teresa Horta nasceu em 1937, em Lisboa. É jornalista, poeta e militante feminista. Seu segundo livro, *Minha senhora de mim* (1971), foi censurado pela Polícia Internacional e de Defesa do Estado (Pide). Com uma obra extensa, tem mais de quarenta livros publicados. Em 2017, recebeu o Prêmio Camões, mas se recusou a recebê-lo.

Maria Isabel Barreno nasceu em 1939, em Lisboa, e faleceu em 2016 na mesma cidade. Escritora, ensaísta, artista plástica e jornalista, dedicou-se à causa feminista em todas as suas atividades. Depois de seu livro de estreia, *De noite as árvores são negras* (1968), teve mais de vinte obras publicadas.

Maria Velho da Costa nasceu em 1938, em Lisboa, e faleceu em 2020 na mesma cidade. Um dos nomes mais reconhecidos da literatura portuguesa, foi presidente da Associação Portuguesa de Escritores entre 1975 e 1977. Deixou uma obra vasta que inclui ficção, poesia, roteiros de cinema, peças de teatro e ensaios. Recebeu o Prêmio Camões em 2002.

© Maria Isabel Barreno, Maria Teresa Horta e Maria Velho da Costa, 2024
Novas Cartas Portuguesas — Edição anotada © 1998, 2010,
Publicações Dom Quixote e autoras, 1ª edição, 1972

Todos os direitos desta edição reservados à Todavia.

Respeitou-se aqui a grafia da edição original.

Todos os esforços foram feitos para encontrar os detentores de direitos autorais das imagens e dos textos incluídos neste livro. Em caso de eventual omissão, a Todavia terá prazer em corrigi-la em edições futuras.

capa
Julia Custodio
imagem de capa
Fotografia das "Três Marias" na saída do Tribunal da Boa Hora
após a sentença que as absolveu, em 25 de maio de 1974. Centro
de Documentação 25 de Abril (Coimbra, Portugal)
preparação
Érika Nogueira Vieira
revisão
Eloah Pina
Tomoe Moroizumi

Dados internacionais de Catalogação na Publicação (CIP)

Barreno, Maria Isabel (1939-2016)
 Novas cartas portuguesas / Maria Isabel Barreno,
Maria Teresa Horta, Maria Velho da Costa. — 1. ed. —
São Paulo : Todavia, 2024.

 ISBN 978-65-5692-571-4

 1. Literatura portuguesa. 2. Romance. 3. Ficção
contemporânea. 4. Feminismo. 5. Portugal — história. I. Horta,
Maria Teresa. II. Costa, Maria Velho da. III. Título.

CDD 869.3

Índice para catálogo sistemático:
1. Literatura portuguesa : Ficção 869.3

Bruna Heller — Bibliotecária — CRB-10/2348

todavia
Rua Luís Anhaia, 44
05433.020 São Paulo SP
T. 55 11 3094 0500
www.todavialivros.com.br

fonte
Register*
papel
Pólen natural 80 g/m²
impressão
Geográfica